Die Chicagoerin Barbara D'Amato ist die Autorin mehrerer Krimis und Musicals, die in London und Chicago inszeniert wurden. Sie hat als Detektivin gearbeitet und lehrt Polizeibeamte in Chicago das Schreiben von Kriminalromanen.
Als Knaur Taschenbuch werden noch mehrere Krimis mit ihrer Heldin Cat Marsala erscheinen.

Von Barbara D'Amato sind außerdem erschienen:

Mörderische Lotterie (Band 67023)
Eine Bombe für Cat Marsala (Band 67052)
Cat Marsala und die tote Hure (Band 67063)

Deutsche Erstausgabe November 1997

Titel der Originalausgabe: »Hard Christmas«

Originalverlag: Scribner, New York
Umschlaggestaltung: Agentur Zero, München
Umschlagillustration: Cornelia Niere, München
Satz: Ventura Publisher im Verlag
Druck und Bindung: Clausen & Bosse, Leck
Printed in Germany
ISBN 3-426-67119-0

5 4 3 2

Barbara D'Amato

Eine Leiche auf dem Gabentisch

Krimi

Aus dem Amerikanischen von
Thomas A. Merk

Knaur

Das Zitat aus »Alice im Wunderland« auf Seite 256 wurde der Übersetzung von Christian Enzensberger, erschienen im Insel Verlag, entnommen.

Danksagung

Viele Menschen haben mir bei diesem Buch geholfen.
Zuvorderst möchte ich mich bei Doug VanderSys von der Buchhandlung The Bookman in Grand Haven, Michigan, bedanken, der im Nebenberuf Christbäume anbaut. Er hat sich mit bewundernswerter Geduld meine vielen Fragen angehört, und sein profundes Wissen über Bücher machte seine Ratschläge doppelt wertvoll für mich.

Außerdem danke ich:
Dirk Hoffius, Esq. von Varnum, Riddering, Schmidt und Howlett in Grand Rapids, Michigan.
Case Hoogendorn, Esq. von Hoogendorn, Talbot, Davids, Godfrey & Milligan in Chicago.
Mary Swain aus Grand Rapids in Michigan für ihren Rat und die Informationen über die im westlichen Michigan tätigen Umweltgruppen.
Jerome C. Steketee für die Geschichte von Mayor Gillis Steketee aus Grand Rapids in Michigan, 1881.

Das Holland Archiv am Hope College in Holland, Michigan, und Jeanne Jacobson.
Wer sich näher für den frühen Christbaumhandel in Michigan interessiert, sollte das Kinderbuch »The Christmas Tree Ship« von Jeanette Winter lesen, das die Geschichte von Herman Scheunemann erzählt, der mit seinem Schoner voller Christbäume jeden Dezember quer über den Lake Michigan segelte, bis das Schiff 1912 in einem Wintersturm kenterte und sank.

1

April

Zwischen der Farm und dem Lake Michigan erstreckten sich zwei Reihen von Dünen. Eine westliche Brise brachte Gerüche von weit her, darunter den frischen Duft von hundertfünfzig Kilometern offenen Wassers und feuchten Ufersands und das warme, würzige Aroma der Dünengräser, das an Zimt, Muskat und auch Koriander erinnerte.

Über der zweiten Reihe von Dünen mischte sich dem Wind der flüchtige Geruch der dort in üppigen Beständen wachsenden Buchen bei. Mit ihren bläulichsilbernen Stämmen und zarten, feingeäderten Blättern im ersten Frühlingsgrün dufteten die Bäume nach Sonne, Zitronen und einem Hauch von trockenem Eukalyptus.

Kurz vor der Farm dann nahm der Wind noch den starken, harzig grünen und warmen Geruch von vierzig Hektar in endlosen Reihen stehenden Kiefern an, der das ganze Jahr über ein wenig an Weihnachten erinnerte.

Henry DeGraaf stand auf der Veranda und sog die Luft Michigans in vollen Zügen ein. Er kannte jede einzelne Duftnote hier und mußte nicht erst hinauf zu den leicht nach Osten geneigten Wipfeln der großen Eichen vor dem Haus blicken, um zu wissen, daß der Wind aus dem Westen kam. Bei Südwind hätte es weniger nach Wasser und mehr nach frisch gedüngten Äckern gerochen, bei Nordwind nach Pferden. Nur wenn die Brise aus dem Osten gekommen wäre, hätte sie den Gestank nach Industrie- und Autoabgasen herbeigetragen. Henry wußte genau, wann der Wind Regen und wann er nur eine willkommene Abkühlung bedeutete. Er war jetzt Ende Siebzig und kannte dieses Stück Land sein ganzes Leben lang. Diese Brise würde rasch wieder abflauen, das erkannte er an dem staubigen Geruch, der sich ganz leicht den anderen beigemischt hatte. Wenn die Sonne höher am Himmel stand, würde die Luft sich erwärmen und zur Ruhe kommen.

Und das bedeutete auch, daß dann das Flugzeug mit dem Insektenvernichtungsmittel kommen würde. Solange es so windig war, würde der Pilot gar nicht erst starten, aber andererseits war er bereits einen Tag in Verzug. Jetzt war die Zeit der Fliederblüte, und in dieser Jahreszeit vermehrten sich die Schildläuse auf den Kiefern. Nur jetzt, im Larvenstadium, konnte man diese Schädlinge wirksam bekämpfen. Waren sie hingegen erst einmal ausgewachsen, klebten sie, geschützt von einem undurchdringlichen, wachsartigen Panzer, wie winzige Muscheln an den Zweigen der Bäume. Lediglich im Frühjahr gab es einen Zeitraum von ein paar Tagen, in dem die jungen Insekten auf der Suche nach einem geeigneten Freßplatz ungeschützt auf den Bäumen herumkrochen. Henry trat zurück in die Küche und schenkte sich von seinem starken Kaffee nach. »Es ist gleich zehn, Carat,« wandte er sich an seinen Golden Retriever. »Komm, laß uns nachsehen, ob der Flieger auch all unsere Markierungen erkennen kann.«

Die Hündin sprang auf, drehte sich einmal um sich selbst und sprang zwischen der Tür und Henry hin und her. Dabei warf sie ihrem Herrn immer wieder ungeduldige Blicke zu, als wolle sie fragen, weshalb er nur so entsetzlich langsam war.

»Ich hol mir nur noch rasch meine Signalweste«, sagte

Henry. Er stellte die Tasse auf den Tisch und warf Karat die Reste seines Toasts zu. Der Name Carat war Henrys Enkelin Nell eingefallen, die fand, daß das Fell der Hündin glänzte wie vierundzwanzigkarätiges Gold. Andere Leute waren allerdings der Ansicht, daß das Tier wegen seiner orangegelben Farbe eher »Karotte« heißen sollte.
Während Henry zu der kleinen Garderobe neben der Hintertür ging, stupste Carat ihn von hinten in die Kniekehlen und tollte ausgelassen um ihn herum.
»Hör auf, du Wildfang! Wenn ich hinfalle und mir das Steißbein breche, dann ist es mit deinem Auslauf aber Essig.«
Carat rannte im Kreis um ihn herum.
»Wo ist denn bloß meine Weste?«
An den zehn Wandhaken hingen seine drei Schirmmützen, ein Cowboy- und ein Indiana-Jones-Hut, eine graue Weste mit vielen Taschen, eine gelbe Regenhaut, und die lange, grünbraune Armeejacke, die Henry ab und zu beim Fischen anzog. Die orangefarbene Daunenweste aber fehlte.
»Warum würde sich irgend jemand ausgerechnet dieses alte Stück nehmen?« wollte er von Carat wissen, der die Frage herzlich egal war. Sie rannte schon wieder zwischen der Tür und Henry hin und her.
»Na schön«, sagte Henry und steckte sich sein Asthmaspray in die hintere Jeanstasche, bevor er die Armeejacke anzog und mit dem Fuß den riesigen, violetten Dinosaurier zur Seite schob. Eigentlich hatte das Stofftier einmal Nell gehört, aber als sie vor Jahren das Interesse daran verloren hatte, hatte sie es Carat geschenkt, und die schleppte das Ding noch immer durchs Haus. Früher hatte das Monster mal einen Namen wie Benni, Barney oder Beanie gehabt, aber Henry hatte ihn immer nur den »dicken, fetten Menschenfresser« genannt und Nell damit zum Lachen gebracht.

Als Henry aus dem Haus trat, rannte ihn Carat fast über den Haufen. Obwohl die Brise nahezu abgeflaut war, hing immer noch der unverwechselbare Geruch des Sees in der Luft, vermischt mit dem Duft der Kiefernwälder.

Entlang der Auffahrt zum Haus standen elf Roteichen, von denen man eine als groß und zehn getrost als riesig bezeichnen konnte. Hendrik DeGraaf, einer von Henrys Vorfahren und mit unter den ersten Siedlern in dieser Gegend, soll vier dieser mächtigen Bäume bereits vorgefunden haben, als er das Land rings um das Haus gerodet hatte. Wenn diese alte Familienlegende stimmte, dann mußten die Eichen, die Hendrik mit sechs weiteren zu einer langen Reihe ergänzt hatte, an die hundertfünfzig Jahre alt sein.

Henry hatte schon des öfteren mit dem Gedanken gespielt, die Universität von Michigan mit einer Jahresringanalyse zu beauftragen, sich aber aus Angst, den Bäumen damit zu schaden, nie wirklich dazu durchringen können.

Wie immer warf er jetzt im Vorbeigehen einen prüfenden Blick auf die Knospen der Roteichen, die noch immer fest geschlossen waren. Wenn sie so groß waren wie die Ohren eines Eichhörnchens, so hatte Henrys Großvater immer gesagt, konnte man getrost mit der Aussaat der Maiskörner beginnen. Bis dahin aber war es noch einige Wochen hin.

Henry schlenderte durch seinen kleinen Gemüsegarten, wobei er es vermied, auf den hinteren Teil des großen Beetes zu treten, in dem der Spargel vielleicht schon erste Spitzen trieb. Langsam wurde es Zeit, auch den vorderen Teil des Beetes umzugraben.

»Na los, Carat«, sagte Henry, als ob der Hund nicht schon längst vorausgelaufen wäre. »Laß uns die Markierungen für das Spritzflugzeug überprüfen.«

Um den Flugzeugen zu zeigen, wo sie zur Schädlingsbekämpfung hinfliegen mußten, wurden die Ränder des Feldes oder Waldstücks mit großen Markierungstafeln gekennzeichnet. Dazu pinselte man große Nummern auf je zwei zeltförmig aneinandergenagelte Tafeln, die der Pilot aus zwei Richtungen erkennen konnte. Diese Tafeln wurden dann an Holzpflöcken befestigt, die so hoch waren, daß sie über die zu spritzenden Bäume hinausragten. Allerdings kam es immer wieder vor, daß der Wind eine Plastikfolie oder ein Stück Papier über die Tafeln wehte und so die Zahlen verdeckte. Wenn der Pilot aber ein Areal nicht einwandfrei identifizierten konnte, dann spritzte er es nicht, denn Chemikalien, die eine bestimmte Ernte schützten, konnten eine andere unter Umständen vernichten. Hier in der Gegend gab es zum Beispiel eine Menge Blaubeerfelder, die sowohl ein anderes Sprühmittel benötigten als auch zu ganz anderen Zeiten gespritzt werden mußten als die Bäume.

Henry war eigentlich ein Gegner von chemischen Pflanzenschutzmitteln, aber bei der angespannten Marktlage heutzutage blieb einem Waldbesitzer gar nichts anderes übrig, als sie einzusetzen. Und selbst dann hatte man noch lange nicht die Garantie, daß man mit seinen Bäumen Geld verdiente, dachte Henry.

Jetzt mußte er sich aber beeilen, denn wenn der Pilot sicher war, daß der Wind sich gelegt hatte, würde er nicht lange warten.

Zuerst ging er an einer Anpflanzung von Kiefern entlang, dann, östlich davon, an einer Schule von Blautannen, die erst einen Meter hoch waren. Das war jedesmal ein kleines Erlebnis. Sie waren gerade groß genug, um schon wie richtige Bäume auszusehen, aber noch so klein, daß man sich vorkam wie ein Märchenriese, der mit Siebenmeilenstiefeln durchs Unterholz schritt. Hier waren die Markierungstafeln alle in Ordnung.

Dahinter schlossen dann zwei Hektar Kiefern an, die das Flugzeug spritzen sollte. Die Hälfte der Bäume war erst im letzten Jahr gepflanzt worden. Sie reichten Henry gerade bis ans Knie. Im großen und ganzen machten sie einen gesunden Eindruck, obwohl man hier und da ein paar Schäden erkennen konnte, die die schweren Schneefälle Ende des Winters verursacht hatten. Weil Nadelbäume auch im Winter ihre Nadeln nicht abwarfen, litten sie mehr unter der Last des Schnees als unter der Kälte. Der schwere, nasse Schnee konnte Äste abbrechen und auch schon mal größere Bäume umknicken.
Hinter den Kiefern standen fünfjährige Tannen, und auch hier waren die Nummern auf den Pfosten gut lesbar. Danach kam eine Waldparzelle mit ausgewachsenen Tannen, die in diesem Jahr als Weihnachtsbäume verkauft werden sollten. Die Bäume waren durchgehend einen Meter achtzig bis zwei Meter hoch, schön ausladend und so grün, wie man sich einen Christbaum vorstellte.
Hier hatte sich ein schwarzer Müllsack am Markierungspfosten verfangen und verdeckte die Nummern. Der Wind mußte ihn wohl von einem Feld herbeigeweht haben. Henry riß ihn herunter, knüllte ihn zusammen und stopfte ihn in seine Jackentasche. Dann wandte er sich zum Gehen.
Es war auch höchste Zeit, denn Henry meinte, in der Ferne schon das Geräusch eines Flugzeugs hören zu können. Vielleicht war es aber auch nur Ed DeBryn, der Sohn seines Nachbarn, mit seinem Motorrad.
Henry beeilte sich, von den Tannen wegzukommen, denn er wollte nicht von der Sprühwolke überrascht werden. Nicht, daß das Zeug gerade tödlich gewesen wäre, schließlich verwendete man mittlerweile eine sogenannte umweltverträgliche Mischung, die hauptsächlich pflanzliche Bestandteile und nur wenig von dem giftigen Orthen enthielt,

das man früher fast unverdünnt gespritzt hatte. Trotzdem war es bei Henrys Asthma nicht ratsam, mehr von solchem Zeug einzuatmen als unbedingt nötig.
Gefolgt von Carat, eilte Henry zum Rand der Tannenschonung.
Vor sich sah er schon den kleinen Doppeldecker, der sich im Tiefflug von der Farm her näherte. Es war also doch nicht Eds Motorrad gewesen, das er vorhin gehört hatte. Henry fing an, dem Flieger mit ausgestreckten Armen zuzuwinken, aber die Bäume rings um ihn waren zu hoch, als daß ihn der Pilot hätte wahrnehmen können.
Henry mußte sich sofort außer Reichweite der Sprühwolke bringen. Er rannte los in Richtung der fünfjährigen Tannen, doch noch bevor er sie erreichen konnte, kurvte der Flieger über die kleinen Blautannen gleich beim Haus. Gräulich weißer Dunst sprühte fächerartig aus dem Heck der Maschine und sank rasch zu Boden.
Henry rannte wild winkend weiter.
Auf einmal wurde ihm bewußt, daß er ja die Tarnjacke anhatte und nicht die leuchtend orangefarbene Signalweste, die er sonst immer trug, wenn er in den Wald ging, und die dem Piloten sicher nicht entgangen wäre. In der Tarnjacke hingegen war er so gut wie unsichtbar.
Henry versuchte, der Wolke seitwärts zu entkommen, aber er schaffte es nicht. Beim Herabgleiten dehnte sich die Wolke noch weiter aus, bis sie ihn und die Bäume ringsum völlig einhüllte. Es stank entsetzlich.
Henry war sich nicht sicher, was er tun sollte. Wenn er weiterrannte und sich so rasch wie möglich aus der Gefahrenzone brachte, dann führte diese Anstrengung womöglich zu einem Asthmaanfall. Trotzdem blieb er in Bewegung und nahm im Laufen einen tiefen Zug aus dem Asthmaspray.

Schon bemerkte er das altbekannte Ziehen in den Bronchien, das erste Zusammenschnüren des Brustkorbs.
Rasch verschlechterte sich sein Zustand, bis er das Gefühl hatte, weder ein- noch ausatmen zu können.
Das Flugzeug neigte sich langsam in eine weite Kurve, um einen weiteren Anflug auf das Wäldchen zu machen, in dem Henry stand.
Von panischer Angst getrieben, rannte er an den Rand der Schonung, wo er atembare Luft zu finden hoffte. Er klammerte sich an das Spray und sprühte sich mehr von der Medizin in den Mund, aber weil er im Laufen nicht richtig atmen konnte, gelangte nur wenig davon an die richtige Stelle.
Auf dieser Seite der Farm gab es einen Bach, an dessen Ufern Henry einen dreißig Meter breiten Streifen von Eichen, Ahornbäumen und Unterholz hatte stehen lassen. Zum einen, weil es mühsam gewesen wäre, die Uferböschung zu roden und neu anzupflanzen, zum anderen, weil so ein kleines Wäldchen einfach hübsch anzusehen war, wenn man vom Haus her über die Felder blickte. Jetzt kam ihm das Fleckchen unberührter Natur wie eine von Gott gesandte Zuflucht vor.
Wenn er es bis dorthin schaffte, würden die Eichen und Ahornbäume die Sprühwolke aufhalten. Unten am Wasser wäre die Luft dann bestimmt so sauber, daß er wieder atmen konnte. Er mußte jetzt nur genügend Luft bekommen, um es bis dorthin zu schaffen.
Das Sprühmittel bedeckte Henrys Gesicht wie ein feiner, öliger Film. Er konnte weder ein- noch ausatmen. Auch seine Augen schienen verrückt zu spielen. Während er auf das Wäldchen zustolperte, glaubte er, dort gelbliche Lichtblitze und merkwürdige dunkle Flecken zu sehen.
Aber er schaffte es. Am Rand des Wäldchens fiel er in ein

paar stachelige Brombeersträucher, aber er spürte es nicht, daß sie ihm die Hände zerkratzten. Carat rannte neben ihm her, schnüffelte an seinen Beinen und winselte ängstlich. Die Hündin wußte genau, daß etwas nicht in Ordnung war. Während er auf den Bach zutorkelte, stieß Henry mehrmals gegen die Stämme von Buchen und Roteichen, und als er schließlich am Wasser angelangt war, fiel er auf die Knie und hielt sich das Asthmaspray an den Mund. So sehr er sich auch bemühte, er schaffte es kaum mehr, die Medizin einzuatmen.

Was davon schließlich in seine Lunge kam, war einfach nicht genug. Langsam verschwammen die Bäume vor seinen Augen, und das sanfte Glucksen des Baches klang auf einmal, als dränge es aus weiter Entfernung an seine Ohren. Das Brummen des Flugzeuges hörte er schon gar nicht mehr. Henry wußte, daß er im Sterben lag. Er spürte, wie seine Brustmuskeln gegen die Enge ankämpften, wie seine Rippen sich unter der gewaltigen Anstrengung bogen. Die Welt um ihn herum war jetzt so dunkel, daß er einfach die Augen schloß.

Carat fing an zu heulen. Sie rannte ein paarmal zwischen der Böschung und ihrem auf dem Boden liegenden Herrn hin und her, bis sie sich neben ihm ausstreckte und ihren Kopf auf seinen Arm legte.

Dezember 1894

Meine liebe Katya,

Wir haben uns jetzt eingelebt, wenn man das so sagen kann. Nach und nach mache ich das Land hier urbar, und obwohl es schon ziemlich kalt ist und die Luft nach Schnee riecht, muß ich jedesmal, wenn ich eine Stunde mit der großen Baumsäge gearbeitet habe, zum Bach hinuntergehen, um mir kühlendes Naß ins Gesicht zu spritzen. Der Bach ist wirklich wunderschön, wie er sich so durch meine Felder schlängelt, aber weit wichtiger war mir, daß er uns mit Wasser versorgt hat, bis wir den kleinen Brunnen fertig hatten. Unser Geld reichte gerade für eine alte Handpumpe, aber die erleichtert nun Pieterkes Leben ganz erheblich, weil sie jetzt Wäsche waschen kann, ohne für jeden Eimer Wasser zum Bach hinuntergehen zu müssen.

Und ich muß noch etliche Ladungen Holz fällen und verkaufen, damit wir an Weihnachten etwas Geld haben. Dann werden wir zwei Strümpfe an die Hüttentür nageln und die Kinder mit Geschenken überraschen. Pieternella und der kleine Gerrit waren so brav, daß ich ihnen einfach ein paar Spielsachen kaufen muß. Die beiden helfen mir beim Holzsammeln, und Pieternella geht ihrer Mutter beim Kochen zur Hand und kehrt jeden Tag die Hütte aus. Beim Gottesdienst hat mir irgend jemand erzählt – ich glaube, es war Minnie VerSluis, die immer meint, sie wüßte, wo man was am billigsten bekommt –, daß mehrere der Siedler sich aus Chicago Puppen schicken lassen, die gar nicht so viel kosten sollen. Ich kann mir allerdings nur eine ganz kleine leisten, und auch die nur, wenn sie sehr, sehr günstig zu haben ist.

Was aber soll ich Gerrit schenken? Zunächst wollte ich ihm einen Reifen basteln, aber nach längerer Überlegung verwarf ich den Gedanken wieder. So ein Reifen muß absolut rund sein, um richtig rollen zu können. Und wo sollte das Kind denn überhaupt damit spielen, wo wir hier in dieser primitiven Siedlung doch keine einzige feste Straße haben? Aber warum sollten wir auch, liebe Katya? Es gibt ja schließlich keine Kutschen hier, und selbst wenn wir welche hätten, wüßten wir nicht, wohin wir damit fahren sollten.

Ich habe ziemlich viele Eschen und Eichen gefällt und muß jetzt noch jemanden finden, der mir einen Pferdeschlitten leiht. Mit dem kann ich dann die Stämme ins Dorf bringen und verkaufen und mit einem Teil des Erlöses eine kleine Puppe erstehen. Mein eigener Schlitten, den ich mir selbst gebaut habe, hat leider nur Holzkufen, und ich kann ihn nur mit ein paar Baumstämmen beladen. Weil ich kein Pferd habe, lege ich mich selbst ins Geschirr und ziehe, aber meine Kraft reicht gerade, um das Haus zu erreichen. Bis ins Dorf würde ich es niemals schaffen.

Vielleicht schnitze ich Gerrit aus Eschenholz eine kleine Dampfmaschine. Eschenholz schneidet sich wie Butter, und es brennt sogar, wenn es noch ganz grün ist. Es ist ein wunderbares Holz. Vielleicht könnte ich auch irgendwo ein Stück Blech kaufen und Gerrit ein Windrad daraus basteln, so wie es mir zu Hause in den Niederlanden mein Vater gemacht hat, als ich noch ein kleiner Junge war.

Je näher die Feiertage rücken, desto öfter muß ich an die alte Heimat zurückdenken. Als ich noch ganz klein war, nahm mich meine Mutter nach Amsterdam mit, um Sinterklaas, den Nikolaus, zu sehen, der am Nikolaustag dort mit einem Boot anlegte und sich von seinem Helfer Zwart Piet den schweren Sack an Land tragen ließ.

Aber ich darf nicht zu sehr in diesen Kindheitserinnerungen schwelgen. Schließlich arbeite ich ja für die Kinder und deren Zukunft. Einzig und allein für sie.

Was sollen wir bloß am Weihnachtstag essen? An neun von zehn Tagen essen wir nichts als Maisbrei zum Frühstück, Maiskuchen zu Mittag und Maisbrot zu Abend. Wir rösten sogar Mais und trinken ihn als Kaffee-Ersatz. Zweimal gelang es mir, eine Schildkröte im Bach zu fangen, und eine davon war eine große Schnappschildkröte, an der eine Menge Fleisch war. Aber diese Schildkröten sind sehr gefährlich und schwer zu fangen. Ihre Kiefer sind so stark, daß sie einem glatt den Finger abbeißen können.

Jetzt fängt es gerade an zu schneien. Dicke Flocken wirbeln herunter, und es sieht ganz so aus, als würde der Schnee tagelang so weiter fallen. Das Dorf ist einen halben Tagesmarsch entfernt, und ich kann mir bei diesem Wetter höchstens einen Ausflug dorthin erlauben, um das Blech und die Puppe zu erstehen, bevor die Schneewehen zu hoch werden. Und ich kann mir keinen Festtagsschinken leisten, geschweige denn Mandelpaste für Weihnachtsgebäck oder auch nur Weizenmehl. Das kostet mit fünfzig Cents pro Sack viermal so viel wie Mais und ist für uns einfach unerschwinglich. Wir werden uns wohl mit einem kargen Weihnachtsessen begnügen müssen.

Hendrik DeGraaf

2

Thanksgiving Day
(vierter Donnerstag im November)

Mein alter Bronco lief zur Abwechslung mal wie am Schnürchen. Das ist nicht selbstverständlich, denn das gute Ding hat so seine Launen. Für gewöhnlich gibt die Tankanzeige von einem Tag auf den anderen den Geist auf. Dreimal ist es mir schon passiert, daß ich friedlich vor mich hinfahre und plötzlich feststelle, daß sich die Nadel die letzten hundertfünfzig Kilometer nicht vom Fleck gerührt hat. Zweimal habe ich es gerade noch bis zur nächsten Tankstelle geschafft, aber einmal mußte ich laufen.

Jetzt fuhr ich den Highway 31, der den Staat Michigan in Nord-Süd-Richtung durchquert und sich dabei an der Ostküste des Lake Michigan entlangschlängelt, nach Norden. Ein paar Meilen nördlich von Holland, einer Stadt mit fünfundzwanzigtausend Einwohnern, bog ich nach Westen in den Thornapple Drive ab, der in Richtung See führte. Einen Kilometer oder so führte die Straße durch weite Blaubeerfelder, die aus der Ferne betrachtet rötlich schimmerten. Als ich näher kam, bemerkte ich, daß das Rot von den Knospen herrührte, die sich jetzt, im Herbst, gebildet hatten und an den orangefarbenen Zweigen auf den nächsten Frühling warteten. Die Namen auf den Briefkästen entlang der Straße lauteten DeBruyn, TerHorst, Vandekamp und DenUyl und ließen keinen Zweifel daran aufkommen, daß es Holländer waren, die diese Gegend einst besiedelt hatten. Auch an der Zufahrt, die ich suchte, stand ein holländischer Name auf dem Briefkastenschild. DeGraaf. Nummer 5807 Thornapple Drive.

Die Zufahrt war ein langer, zweispuriger Kies- und Sandweg, der nach hundert Metern in dichten Baumpflanzungen verschwand. Im Licht der Novembersonne leuchteten die Bäume in allen möglichen Grüntönen: bläuliche Blautannen, smaragdgrüne Fichten und Bäume mit leicht gelblichen Nadeln und herabhängenden Zweigen, deren Namen ich nicht kannte. Die Bäume standen in verschiedenen Höhen in quadratischen Schonungen. Im Vorbeifahren sah ich winzige Blautannen, hoch aufragende Fichten oder eine ebenfalls quadratische Lichtung, auf der nur Baumstümpfe standen. Die Tatsache, daß die Bäume in exakt voneinander abgegrenzten Blöcken wuchsen, brachte ihre Unterschiede in Farbe, Form und Größe um so eindrucksvoller zur Geltung.

Nachdem die Zufahrt erst eine Rechts- und dann eine Linkskurve gemacht hatte, sah ich ein großes, weißes Gebäude vor mir, in dem ich die nächsten drei Tage wohnen sollte. Es war ein altes Haus, das aus waagerechten, weiß lackierten Holzbrettern gebaut war. Im mittleren Teil des Hauses waren die Bretter viel schmäler als heute üblich, und auch die Fenster waren altertümlich schmal. An den drei Seiten des Hauses, die ich sehen konnte, lief eine Veranda entlang, die an einem Ende ein dickeres Geländer hatte als am anderen. Hier waren auch die für die Wände verwendeten Bretter stärker und die Fenster breiter als hoch. Ich schloß daraus, daß dieser Teil erst viele Jahre nach dem Bau des Haupthauses hinzugekommen war. Das Dach war mit rötlich gefleckten Zedernholzschindeln gedeckt, und in der Mitte und am rechten Ende des Gebäudes sah ich je einen

Kamin aus hübschen, rosafarbenen Ziegelsteinen. Aus dem Kamin in der Mitte stieg Rauch auf.
Ich parkte den Wagen hinter einem Motorrad, das vor dem Haus stand. Als ich die Tür öffnete, hörte ich Hundegebell, und gleich darauf sprang ein wunderschöner Golden Retriever am Wagenfenster hoch und schaute mich freundlich an. Das war kein Wachhund, es sei denn, man hatte Angst vor seinen wilden Liebesbeweisen. Ich stieg aus.
Der Hund war ein Weibchen, eine Hündin, die mich überschwenglich begrüßte. Während ich meine Reisetasche aus dem Auto holte, leckte sie mir erst die Hand und dann den Arm hinauf bis zum Ellenbogen und wedelte dabei pausenlos mit dem Schwanz.
Gerade als ich die Wagentür zugeworfen hatte, erschien ein junges Mädchen aus dem Haus, das vielleicht zwölf oder dreizehn Jahre alt sein mochte.
»Entschuldigen Sie bitte!« rief das Kind atemlos. »Sie darf keine fremden Leute belästigen. Ihr Name ist Carat, weil ihr Fell so golden aussieht. Sie ist zwar nicht allzugut erzogen, aber dafür ist sie wunderschön, finden Sie nicht?«
Nach meiner Erfahrung gibt es zwei Arten von Kindern. Die einen reden, wenn sie Fremde treffen, ununterbrochen, die anderen bekommen kein einziges Wort heraus. Die Kleine hier gehörte offensichtlich der ersten Kategorie an. Sie war selbst mindestens ebenso hübsch wie ihr Hund, mit dem sie das schöne, blaßgoldene Haar und die freundliche, offene Art gemeinsam hatte. Allerdings schien sie besser erzogen zu sein.
Es war später Nachmittag, und auf einmal verschwand die Sonne in einer Wolkenbank, die ganz langsam vom Westen herangetrieben war. Jetzt, wo die schwache Herbstsonne nicht mehr schien, wurde es schlagartig kühler.
Außer dem Motorrad standen noch zwei Autos vor dem

Haus, und ein drittes war in der Garage abgestellt. Wahrscheinlich gehörten die Fahrzeuge im Freien Verwandten, die über Thanksgiving zu Besuch da waren.

»Tante Marie müßte eigentlich jeden Augenblick zurück sein, und alle anderen sind mit Papa in der Scheune. Außer Oma. Die ruht gerade. Mich haben sie hiergelassen, damit ich auf Sie warte«, sagte das Mädchen, während Carat schon wieder an mir hochsprang. »Am besten, Sie gehen schnell ins Haus. Drinnen springt Carat nämlich nicht hoch. Anscheinend hält sie es für ein Spiel, das man nur draußen spielen kann.«

Carat schnappte nach meiner Tasche, in der ich ein paar Kleider und meinen Laptop hatte. Darüber hinaus zeigte sie großes Interesse an meinen Schuhen, die für einen Hund wohl ein wahres Bouquet von Großstadtdüften darstellten. Und dann war da noch mein Papagei namens Long John Silver, dessen Reisekäfig ich in einem Kindersitz auf der Rückbank des Wagens festgeschnallt hatte. Er hätte für das Wochenende eigentlich bei Sam Davidian, meiner derzeitigen besseren Hälfte, bleiben sollen. Leider wurde nichts daraus, denn Sam ist Notfallchirurg und mußte überraschend für seinen Kollegen Chad Bennett einspringen, der auf einem frisch gebohnerten Korridor ausgerutscht war und sich eine Beruhigungsspritze, die eigentlich für einen Patienten vorgesehen gewesen war, selbst ins Bein gerammt und sich bis zum Ende der Woche außer Gefecht gesetzt hatte. »Wer andern eine Spritze gibt ...« hatte Sam gescherzt. Mir war sofort klargewesen, daß er nicht gleichzeitig Nachtdienst schieben und sich um Long John kümmern konnte, und so hatte ich den Vogel kurzerhand in seinen Reisekäfig gesteckt und ihn mitgenommen.

Jetzt holte ich ihn aus dem Wagen.

»He, Wahnsinn!« sagte das Mädchen.

»Er heißt Long John Silver. Tut mir leid, daß ich ihn mitbringe, aber ich habe niemanden gefunden, der auf ihn aufgepaßt hätte. Ich werde ihn einfach in mein Zimmer stellen, da stört er niemanden, und stinken tut er auch nicht.«

»Was ist er denn für ein Vogel?«

»Ein afrikanischer Graupapagei. Er ist zwar nicht der Schönste, aber dafür kann er reden wie ein Wasserfall.« LJ gehört nicht zu den gutaussehenden blaugrünen oder gelbroten Papageien. Afrikanische Graupapageien haben ein langweilig metallgraues Gefieder mit mattroten Flecken an Rücken und den Schwanzfedern, die mich immer an getrocknetes Blut erinnern.

»Ich bin froh, daß Sie ihn dabeihaben«, versicherte mir das Mädchen.

LJ sah sie an und sagte: »Schönheit ist sich selbst genug.«

Das Mädchen errötete. »Meint er damit etwa mich?«

»Sieht ganz so aus.« Manchen Leuten tut der verdammte Vogel vom ersten Augenblick an schön, andere hingegen versucht er zu beißen.

»Das war aber nicht von Shakespeare«, belehrte ich ihn. »Ich glaube, das stammt von Ralph Waldo Emerson.«

»Wieso Shakespeare?« fragte das Mädchen.

»Der verrückte Vogel glaubt, er würde ausschließlich Shakespeare zitieren, bloß weil er zwanzig Jahre bei einem Englischprofessor gelebt hat. Diese Erfahrung hängt ihm noch heute nach.«

Carat schnüffelte am Käfig und betrachtete LJ mit hungrigen Augen. Das Mädchen sagte: »Vielleicht sollten wir jetzt besser ins Haus gehen.« Wir stiegen die Stufen zur Veranda hinauf. »Ich heiße Cat«, sagte ich. »Und wie heißt du?«

»Oh, Entschuldigung! Ich heiße Nell.«

»Das ist aber ein schöner Name!«
»Mein voller Name klingt, ehrlich gesagt, bescheuert. Aber wissen Sie, den haben wir alle praktisch vergessen. Nur die Oma nennt mich noch beim vollen Namen.«
»Und wie lautet der?«
»Pieternella. Mal ehrlich, würden Sie gern mit so einem Namen rumlaufen?«

Ich war hier draußen, weil ich meinen Redakteur, Hal Briskman, beschwatzt hatte. Ich befand mich an einem Punkt meiner Karriere, wo ich nicht so recht wußte, wie es weitergehen sollte, und hatte deshalb versucht, ihm mal eine andere Art von Story schmackhaft zu machen.
»Christbäume?« hatte er gefragt.
»Genau. Ein ländliches, fast schon poetisches Thema.«
»Da ist es mir ja beinahe lieber, wenn du wieder jemanden auf dich schießen läßt.«
»So was macht man nicht absichtlich, Hal.«
»Laß es dir nicht zu Kopf steigen, Cat, aber du bist in dieser Stadt mittlerweile so etwas wie eine Berühmtheit. Die knallharte Reporterin. Für dieses Image hast du lange genug gearbeitet, jetzt versau es dir nicht.«
»Äh,ich ...«
»Weißt du eigentlich, daß Si Newhouse die Zeitung aufgekauft hat?«
»Ja.«
»Ich würde dich gerne überregional einsetzen. Da könntest du ganz groß herauskommen.«
»Und warum springt dabei nicht mehr Geld heraus?« warf ich ein.
»Na ja, du weißt doch ...«
»Ja, ich weiß! Und genau deswegen möchte ich jetzt auch zur Abwechslung mal etwas Besinnlicheres machen, nicht

immer diese blutigen Sensationsgeschichten. Ich will zurück zu den Wurzeln.«

»Und deshalb hast du dir die Christbäume ausgesucht? Nimmst du das mit den Wurzeln nicht etwas zu wörtlich?«

»Schon gut. Ich kann dir ja auch einen Exklusivbericht über Traumstrände auf den Bahamas schreiben. Allerdings nur, wenn die Zeitung alle Spesen übernimmt.«

»Kommt nicht in Frage.«

»Dann vielleicht etwas Bedeutungsvolleres? Wie wär's, wenn ich mich in einen Pariser Kunstfälscherring einschleusen würde?«

»Man hat uns aufgekauft, Cat, nicht umbenannt in *Reise und Freizeit.*«

»Wenn das so ist, dann fahre ich eben bloß nach Holland in Michigan.«

»Wie bitte?«

»Weihnachten steht vor der Tür.«

»Tatsächlich?«

»Und ich habe da zufällig einen Draht zu ein paar Leuten, die Christbäume herstellen.«

»Tja, wenn das so ist ... Ich muß dir ehrlich sagen, wenn ich dieses Jahr noch mal so eine zuckersüße Bastelanleitung für Weihnachtsengel bringen muß, dann laufe ich ernsthaft Gefahr, zum Diabetiker zu werden.«

»Siehst du, und deshalb finde ich, wir sollten zur Abwechslung mal die Frage behandeln, woher eigentlich unsere Christbäume kommen. Die meisten Leute denken, daß da einfach ein paar Holzfäller in den Wald gehen und munter drauflos hacken. Aber wer weiß schon, wo und wie die Bäume wachsen? Und wie lange das dauert? Ziemlich lange, vermutlich. Schließlich handelt es sich um richtige Bäume und nicht um Omas Zierpflanzen. Und was macht einen guten Christbaum aus?«

»Ganz einfach. Er darf kein Vermögen kosten und nicht am ersten Tag sämtliche Nadeln verlieren.«

»Der Vorsitzende des Baumpflanzerverbands von West Michigan hat mich übrigens in sein Haus eingeladen.« Bei diesen Worten heiterte sich Hals Miene zusehends auf, und ich wußte genau, warum. »Du könntest also eine Menge Spesen sparen, Hal.«

»Irgendwie finde ich die Idee gar nicht mal so schlecht ...«

»Dann würde ich mich freuen, wenn du mir einen kleinen Vorschuß geben könntest. Ich werde heute noch packen und morgen mittag losfahren.«

»Morgen? Morgen ist doch Thanksgiving! Die sitzen doch den ganzen Nachmittag beim Thanksgiving-Essen!«

»Die machen ihr Festessen schon mittags. Den Rest des Tages brauchen sie dazu, um das Fällen der Christbäume vorzubereiten, das am Tag nach Thanksgiving beginnt. Gegen drei Uhr nachmittags soll ich dort auftauchen.«

»Cat, West-Michigan ist einer der schönsten Plätze der Welt – im Sommer. Endlose Sandstrände, Segeln, Wasserski, Windsurfing. Felder voller Erdbeeren und Blaubeeren zum Selberpflücken. Und im Winter kann man dort Ski oder Snowboard fahren und im See auf Eisberge klettern. Aber ehrlich, Cat, wir haben jetzt November! Das ist die falsche Jahreszeit für West-Michigan.«

»Aber die richtige für einen Vorschuß.«

»Jetzt werd nicht gleich unverschämt, nur weil du eine gewisse Berühmtheit erlangt hast. Wahrscheinlich werde ich das noch bereuen.«

»Danke, Hal. Das werde ich dir nicht vergessen. Und wenn ich erst mal überregional arbeite, dann nehme ich dich mit.«

Ich war Hal noch aus ganz anderen Gründen dankbar dafür, daß er mir den Auftrag gegeben hatte. Sehr dankbar sogar.
Meine Familie traf sich nämlich dieses Jahr bei meinem Bruder – meinem ältesten Bruder – und seiner Frau, um in deren Haus in Terre Haute Thanksgiving zu feiern.
Lange Jahre der Erfahrung haben mich gelehrt, daß bei diesen Essen zwar ein Truthahn verspeist wird, es einem anderen Vogel aber wirklich an den Kragen geht. Und der bin unweigerlich ich, als einzige noch ledige Frau in der Familie. Dabei tun sich meine Mutter und meine Schwägerin regelmäßig zusammen, um mich fertigzumachen.
Zuerst köpfen sie mich:
»Du bist doch eigentlich eine attraktive junge Frau, Catherine.«
»Stimmt. An ihrem Aussehen gibt's wirklich nichts auszusetzen.«
»Aber warum trägst du immer solche Stiefel?«
»Hast du dir schon mal überlegt, daß man sich auch andere Klamotten außer Jeans und Sweatshirts kaufen kann.«
Dann rupfen sie mich:
»Catherine, hast du denn nicht etwas Weiblicheres zum Anziehen?«
»Zartes Pink würde dir gut stehen.«
»Warum machst du nicht irgend etwas mit deinen Haaren?«
»Ist das da ein graues Haar, Catherine? Du könntest dir doch einmal die Woche eine schöne, dunkle Tönung leisten. Das würde schon viel ausmachen.«
Einmal die Woche, das sagt sich so einfach! Ich arbeite schließlich! Als Journalistin bin ich ständig unterwegs. Glauben die eigentlich, meine Artikel schreiben sich von selbst?
Dann füllen sie mich:
»Du wärst viel mehr *ausgefüllt*, wenn du eine Familie hättest.«

»Catherine, du brauchst einen Mann, mit dem du gemeinsam durchs Leben gehen kannst.«
»Gib deinem Leben eine Bedeutung.«
»Kinder machen das Leben erst richtig lebenswert.«
Und das von meiner Schwägerin, die keine Gelegenheit ausläßt, zu betonen, daß das Beste an der Vorschule ihrer Kinder der Umstand ist, daß die lieben Kleinen dort bis fünf Uhr nachmittags aufgehoben sind. Und deren jüngster Sohn wegen seiner Wutausbrüche schon bei vier Psychologen war. Ich kannte den Grund dafür: Er war vierunddreißig Jahre alt, meistens zartrosa eingekleidet, und hatte perfekt gestyltes, gleichmäßig kastanienbraun getöntes Haar.
Zum Schluß begießen sie mich ein bißchen, natürlich nur mit der allerfeinsten Butter:
»Du hast doch so schöne Haare. Aus schwarzen Locken kann man was Tolles machen.«
»Ich bin mir sicher, daß auch du noch den Richtigen finden wirst, meine Liebe.«
»Ja, mach dir mal keine Sorgen, Cat.«
Wenn ich von so einem Familienessen zurückkomme, habe ich meistens das Gefühl, als wären von mir nur noch die abgenagten Knochen übrig.

»Hier, das ist Ihr Zimmer«, sagte Nell mit leiser Stimme.
»Das ist aber schön. Es ist wirklich nett von deinen Eltern, daß sie mich hier wohnen lassen.« Ich stellte meine Reisetasche neben das Bett und LJs Käfig auf das Nachtkästchen. Der mit Kiefernholz getäfelte Raum hatte eine schlichte, sympathische Ausstrahlung, und vor dem Fenster standen Tausende von Nadelbäumen.
»Für gute Publicity tun sie alles – oh –« Nell hielt sich erschrocken die Hand vor den Mund, nahm sie aber gleich

wieder herunter und kicherte. »Ich glaube, das hätte ich jetzt nicht sagen dürfen.«
»Dann erzählen wir es auch niemandem.«
»Ich rede deshalb so leise, weil meine Oma ihren Mittagsschlaf macht. Aber sie wohnt im anderen Flügel des Hauses.«
»Verstehe. Das ist ja ein ziemlich großes Haus.«
»Stimmt. Mein Urgroßvater war eines von elf Kindern.«
»Und er ist hier großgeworden?«
»Ja. Genauso wie sein Vater auch. So um neunzehnhundert wurden noch ein paar Zimmer angebaut.« Sie hielt inne. »Ach – übrigens, hier ist das – em, Sie wissen schon.«
Das »em –, Sie wissen schon« stellte sich als Badezimmer heraus.
»Wollen Sie sich – äh – frischmachen? Oder hätten Sie lieber einen Kaffee? Der ist schon fertig. Oder Tee? Oder sollen wir hinaus in die Scheune gehen und schauen, was die anderen da machen?«
»Am liebsten hätte ich zuerst mal einen Kaffee.« Auf die Toilette mußte ich nicht, das hatte ich schon auf der Tankstelle im Ort erledigt, getreu dem alten Motto von Reportern und Fernfahrern: Achte immer darauf, daß dein Tank voll und deine Blase leer ist, denn du weißt nie, was alles auf dich zukommt.
LJ in seinem Käfig zog eine beleidigte Schnute, als ich den Raum verließ. Ja, ja, ich weiß, daß man das mit einem Schnabel eigentlich gar nicht richtig hinkriegt, aber LJ macht es eben auf seine Art, indem er den Kopf einzieht und den Schnabel ins Brustgefieder steckt.
Die Küche war, ebenso wie mein Schlafzimmer, mit Kiefernholz getäfelt, das selbst in dem trüben Licht des späten Herbstnachmittags einen warmen Farbton hatte. Nell goß Kaffee aus einer halbgefüllten Kanne in einen kleinen Glas-

krug, heizte ihn in der Mikrowelle auf und goß das Gebräu in eine dickwandige Tasse. Dann holte sie eine Tüte Milch aus dem Kühlschrank und stellte sie neben eine Zuckerschale, die die Form eines Holzschuhs hatte.

»Ich darf noch keinen Kaffee trinken, wissen Sie.«

»Weil du dann nicht mehr wächst, stimmt's?« entgegnete ich, woraufhin wir beide lachen mußten.

»Das behaupten sie jedenfalls.«

Dann sah sie mich direkt, aber nicht unhöflich an. Nachdem sie mich eine Weile gemustert hatte, wandte sie sich ab und holte sich ein Glas Milch. Sie setzte sich wieder und schaute mir in die Augen.

Kinder machen mich nervös. Ich mache nur selten Interviews mit Kindern, und wenn ich wirklich mal eines führen muß, komme ich unweigerlich ins Schwitzen. Dabei habe ich etliche Neffen und Nichten verschiedenster Altersstufen, von denen ich zwei sogar ziemlich regelmäßig sehe. Bei den anderen kommt es mir so vor, als könnten sie nur mit Gummibändern kleine, U-förmig gefaltete Papiergeschosse auf meinen Nacken abfeuern oder mich zum hunderttausendsten Mal fragen, wann ich denn endlich heiraten wolle. Letzteres ist eigentlich nicht ihr Fehler, denn dazu werden sie bestimmt von ihren Eltern angestachelt. Aber es zeigt meines Erachtens doch einen bedenklichen Mangel an natürlicher, kindlicher Bosheit, wenn sie sich darauf einlassen.

Nell schienen die Worte ausgegangen zu sein.

»Dann lebt deine Familie also schon seit langem hier?« fragte ich.

»Zigtausend Jahre. Mögen Sie Kartoffelchips?«

»O ja, aber jetzt möchte ich keine essen.«

»Ach so, ich verstehe«, sagte sie mit einem zögerlichen Lächeln.

»In welche Klasse gehst du denn?« Mein Gott, war das eine banale Frage. Nicht viel besser als die Männer, die einen in der Bar anmachen und fragen: »Sie sind Waage, hab ich recht?«
Nell schien das nichts auszumachen. Als wäre sie mit den Gedanken gerade ganz woanders, antwortete sie mit abwesend klingender Stimme: »In die siebte.« Dann fügte sie rasch hinzu: »Papa sagt, daß Sie eine Reporterin sind.«
»Ja, das stimmt.«
»Er sagt, Sie schreiben eine Menge Artikel über Sachen, die in Chicago passieren, und daß Sie schon bei Oprah Winfrey in der Talkshow waren. Er sagt, Sie sind eine Reporterin, die Sachen aufdeckt.«
»Ja, das kann man so sagen. Aber freiberuflich.«
»Was bedeutet freiberuflich?«
»Freiberuflich heißt, daß ich wenig Geld verdiene. Nein, im Ernst, es bedeutet, daß ich nicht fest bei einer Zeitung angestellt bin, sondern für mehrere Blätter arbeite.«
»Und Sie forschen nach Hintergründen.«
»Stimmt.«
»Nach politischen?«
»In meinen Artikeln? Manchmal. Ab und zu schreibe ich über bestimmte Politiker. Aber am liebsten erkläre ich, wie bestimmte Dinge hinter den Kulissen funktionieren. Ich habe zum Beispiel mal eine lange Geschichte über die Lotterie geschrieben. Solche Sachen mache ich hauptsächlich.«
»Aha.« Sie stockte wieder. »Schreiben Sie auch über Verbrechen?«
»Ja, das auch – manchmal.«
»Und was waren das für Verbrechen?«
Da hatte ich die Bescherung. Ein Grund, warum mich Unterhaltungen mit Kindern so unsicher machen, ist der,

daß ich dabei immer die Eltern dieser Kinder vor Augen habe, die nicht wollen, daß ihre Sprößlinge allzuviel von der bösen Welt da draußen erfahren. Aber ich lüge nun mal nicht gerne, und so weiß ich nie, was ich sagen soll und was nicht. Was sollte ich zum Beispiel diesem behütet aufgewachsenen Kind aus einer konservativen Landgemeinde über Verbrechen erzählen? Über Prostitution? Über Drogen? Über Neunjährige, die sich gegenseitig mit Spielzeugpistolen aus leuchtfarbenem Plastik beschießen?

»Also, ich habe schon über einige Mordfälle geschrieben«, erklärte ich, wohl wissend, daß Kinder wie Nell an einem einzigen Fernsehabend bestimmt mehrere Krimileichen und einige echte Morde in den Nachrichten serviert bekamen. Auf ihre Reaktion war ich deshalb überhaupt nicht vorbereitet.

»Wirklich!« Sie stieß vor lauter Begeisterung die Milchtüte um und bekam sie gerade noch zu fassen, bevor sie vom Tisch fiel. Carat war sofort aufgesprungen und leckte die paar verschütteten Tropfen vom Boden auf.

»Das ist ja wirklich interessant«, sagte Nell mit etwas ruhigerer Stimme. »Dann sind Sie wahrscheinlich auch öfter am Tatort?« Es klang so, also wolle sie wissen, ob ich in eine bestimmte Kneipe gehe.

»Ja, manchmal schon. Das gehört zu meinem Job.«

»Sprechen Sie dann mit den Detectives?«

»Ab und zu. Ich kenne einige Polizisten in Chicago.«

»Sagen Sie – verraten die ihnen, wie sie den Fall lösen?«

»Ja. Irgendwie schon. Manchmal zumindest. Polizisten geben genauso gerne an wie andere Leute auch.«

Betont beiläufig wollte sie dann noch wissen: »Haben Sie auch schon einmal selbst einen Mordfall gelöst?«

»Das habe ich in der Tat.«

»Sie wüßten also, wie man so was macht?«

»Na ja, nicht unbedingt. Das kommt schon auf die Umstände an.«

»Aber im Grunde genommen könnten Sie es.«

»Möglicherweise.«

Sie öffnete gerade ihren Mund für die nächste Frage, als von draußen das Schlagen einer Autotür hereindrang. Nell sprang so schnell auf, als hätte man sie beim Naschen ertappt, und rief: »O Gott! Das ist Tante Marie!«

Ich sah mich in der Küche um. Wir hatten doch nichts Verbotenes getan, oder?

3

Tante Marie hatte so rasant hinter meinem Bronco geparkt, daß im Kies der Auffahrt noch die Bremsspuren zu sehen waren. Ihr Wagen war knallrot, lag tief und war sportlich, aber kein Cabrio. So was kaufen in diesem Klima nur wenige Verrückte.

Sie kam durch die Hintertür mit einer Papiertüte voll Lebensmittel herein.

»Sie müssen die Reporterin sein«, sagte sie.

»Cat Marsala. Bitte nennen Sie mich Cat.«

Sie stellte die Tüte auf der Küchentheke ab und ergriff meine ausgestreckte Hand. »Marie Heidema.«

»Tante Marie ist die Schwester meines Vaters«, erklärte Nell.

»Die große Schwester,« ergänzte Marie lachend. Mit groß meinte sie wohl älter, denn sie war zierlich und schlank und trug einen graubraunen, schicken Overall und eine goldene Halskette. Sie trug ihr blondes Haar in einem Pagenkopf, der bestimmt oft nachgeschnitten werden mußte. Die Eleganz ihrer Erscheinung und der rote Sportwagen überraschten mich ein wenig. Irgendwie hatte mich das alte Farmhaus mit seinem traditionell holländischen Ambiente eher eine ländliche Frau mit grauen Haaren und Schürze erwarten lassen. Das war natürlich ein Vorurteil, und sobald mir das bewußt wurde, warf ich es ganz schnell über Bord. Schließlich lebten diese Leute in den neunziger Jahren dieses und nicht des vergangenen Jahrhunderts.

Eigentlich hätte mir das schon die Einrichtung der Küche

sagen müssen, die eine Mischung aus traditionell und modern war. Da stand ein alter Holzherd neben einer nagelneuen Mikrowelle, Töpfe aus Gußeisen und Kupfer gab es ebenso wie eine hochmoderne Küchenmaschine.
Auch wenn die Küche vorbildlich aufgeräumt war, sah ein geübtes Auge auf den ersten Blick, daß heute Thanksgiving war. Im Abfall entdeckte ich die Verpackung einer vorgefertigten Mischung für Truthahnfüllung und Plastiktüten, in denen Preiselbeeren gewesen waren. In der Spüle stand ein großes Sieb voller Kartoffel- und Zwiebelschalen. »Die kommen auf den Komposthaufen«, sagte Nell, die meinen Blicken gefolgt war.
Auf dem Herd stand ein riesiger Topf, in dem Truthahnknochen für eine Suppe ausgekocht wurden, und hinter der Spüle standen zwei Küchenwecker aus Plastik, mit denen man vor ein paar Stunden die Bratzeit des Truthahns bestimmt hatte. Hätte ich den Kühlschrank aufgemacht, hätte ich dort bestimmt Schüsseln voller Truthahnfleisch gefunden.
»Ich hätte nie gedacht, daß wir heute noch Brot für Sandwiches brauchen würden«, sagte Marie und nahm je zwei Laib Weißbrot und Vollkornbrot aus der Tüte, dazu ein Glas holländischen Senf mit ganzen Körnern.
»Wir waren wohl so mit dem Truthahn und den Blaubeerkuchen beschäftigt, die Mutter an Thanksgiving immer bäckt, daß wir gedacht haben, wir bräuchten nie wieder etwas zu essen.«
»Rate mal, was wir im Haus haben, Tante Marie?« fragte Nell.
»Was denn?« fragte Marie lächelnd zurück, »du weißt doch, wie schlecht ich im Raten bin.«
»Einen Papagei. Cat hat ihn mitgebracht.«
»Aber er ist ganz sauber und macht auch keinen Lärm«,

beeilte ich mich zu sagen. »Außerdem lasse ich ihn im Käfig.«
»Nach diesem toten Truthahn tut ein lebendiger Vogel zur Abwechslung ganz gut«, lachte Marie.
»Soll ich Cat jetzt die Scheune zeigen?« fragte Nell.
»Nur zu, wenn Cat nichts dagegen hat.«

In der anbrechenden Dunkelheit überquerten wir den Hof und betraten die Scheune. Und hier machte ich wirklich einen Schritt zurück ins neunzehnte Jahrhundert.
In der Mitte stand ein gußeiserner Kanonenofen mit einem Fenster aus feuerfestem Glas, hinter dem orangefarbene Flammen loderten. Ein etwa sieben Meter langes Ofenrohr führte hinauf zu einer Blechmanschette im Dach, die ich in dem schwachen Licht nur als ein metallisches Schimmern erkennen konnte.
Die Scheune war ein riesiger, offener Raum, in dem nur an den Enden der beiden Schmalseiten hohe Lagergalerien eingezogen waren. Den Boden bildete derselbe rötliche Sand, der mir auch schon draußen zwischen den Bäumen aufgefallen war und der die Luft in der Scheune mit rötlichem Staub füllte.
Das alte Kiefernholz der Seitenwände hatte eine golden schimmernde Farbe. Direkt neben dem Ofen stand ein großer Mann, der mit der linken Hand einen Schleifstein drehte und mit der rechten eine große Heckenschere schärfte, deren Metall dabei ein kreischendes Geräusch von sich gab. Obwohl es November und draußen schon kalt war, hatte der Mann sein Hemd abgelegt, so daß seine schweißnasse, rötlich-blasse Haut im Widerschein des Feuers glänzte. Seine kräftigen Haare standen zerzaust vom Kopf ab und waren ebenso hellblond wie seine Augenbrauen. Der Mann paßte gut zu den rotgoldenen, warmen Farbtönen in der

Scheune, die einen starken Kontrast zum kühlen Blau des schwindenden Tages draußen bildeten.
Vor ein paar Jahren gab es im Art Institute in Chicago eine Ausstellung mit englischen Genrebildern des neunzehnten Jahrhunderts. An eines davon, das »Die Schmiede« hieß und von Joseph Wright aus Derby gemalt war, erinnerte mich die Szene in der Scheune. Das bernsteinfarbene Glimmen, die roten Spitzlichter, die angespannten Muskeln ...
Ich spürte die Hitze des Ofens auf meinem Gesicht, wohingegen mein Rücken ganz kalt war. In unserer heutigen Zeit, wo wir fast überall von gleichmäßig verteilter Wärme oder Kühle umgeben sind, war das ein seltenes, aber angenehmes Gefühl. Es erinnerte mich daran, wie ich im Sommer an einem der Badestrände von Chicago im feuchten Sand des Lake Michigan gelegen hatte und mir die warme Sonne auf den Bauch habe brennen lassen.
Alles rings um mich hatte im bernsteinfarbenen Licht des Feuers eine rötliche Farbe angenommen, deren Schattierungen von hellorange bis rostrot reichten, und paßte damit gut zu dem warmbraunen Hintergrund der Scheunenwände. Es dauerte ein paar Sekunden, bis ich erkannte, daß da noch andere Leute im Raum waren. Es war eine Scheune für Gerätschaften, nicht für Futtermittel, und überall standen landwirtschaftliche Maschinen und Geräte herum. Dazwischen entdeckte ich zwei Männer und einen jungen Burschen, die sich gerade an einem Gefährt am Ende der Scheune zu schaffen machten. Ein weiterer Junge hockte in der Nähe des Ofens auf dem Boden und bearbeitete mit einer Feile die Zähne einer Kettensäge, deren Metall bei jeder Bewegung des Werkzeugs qietschte. Eine Frau mit einem Garnbeutel im Schoß saß auf einem Berg von Kisten und tat nichts.
An jedem Ende der Scheune gab es eine elektrische Lampe,

die aber ein sparsamer Mensch lediglich mit Fünfundzwanzigwattbirnen bestückt hatte. Als sich meine Augen an das dämmrige Licht gewöhnt hatten, erkannte ich einzelne Gegenstände, die den orangeroten Schein des Feuers reflektierten: eine alte Sense mit geschwungener Klinge und Holzstiel, wie sie der Gevatter Tod im *Siebten Siegel* trägt; ein orangefarben lackierter Grubber; eine Harke mit breiter, durchlöcherter Klinge. Dann gab es noch etliche alte Schaufeln, deren bräunliche Metallteile ölig glänzten, und drei Fahrräder – ein verstaubtes rotes, ein verrostetes gelbes und eines, das in Einzelteilen herumlag. Daneben sah ich Rechen aus Holz, Metall und Bambus mit den unterschiedlichsten Zinken und jede Menge Sägen: Fuchsschwänze, Bügelsägen, Zugsägen, Astsägen, Metallsägen und eine über einen Meter lange Bogensäge mit einem verwitterten Holzgriff und großen Zähnen, deren Form mich an die Rückenflosse eines Haifischs erinnerten. Hinter den Sägen standen ein Motor- und ein alter Handrasenmäher, dessen roter Lack an vielen Stellen abgewetzt war.

Die Luft in der Scheune roch nach Metall, Öl und Kiefernholz, nach feuchter Erde und Männerschweiß.

Ein schlanker Mann im hinteren Teil des großen Raumes war der erste, der auf mich aufmerksam wurde. Als er nach vorne ging, hörte der Mann am Schleifstein mit seiner Arbeit auf und kam auf mich zu.

»Sie sind Ms. Marsala?« fragte er mit tiefer Stimme, während er vor den schlankeren Mann trat. »Tut mir leid, ich war mitten in der Arbeit!« Er griff sich sein rotes Flanellhemd und streifte es über, ohne es zuzuknöpfen. Dann streckte er mir die Hand entgegen und stellte sich vor: »Ich bin Henry DeGraaf. Aber nennen Sie mich doch bitte Hank.«

Unter dem offenen Hemd sah ich seine muskulöse, mit rötlichen Haaren bewachsene Brust. Erst nachdem er mir

die Hand gedrückt hatte, knöpfte er das Hemd zu, während er weiter mit mir sprach.
»Schön, daß Sie uns besuchen.«
»Vielen Dank für die ...«
»Daß wir heute an Thanksgiving arbeiten, liegt daran, daß wir morgen mit dem Fällen anfangen. Nach den Regeln unserer Erzeugergemeinschaft darf keine Blautanne vor Thanksgiving gefällt werden. Eigentlich heißt es bis zur Woche, in die Thanksgiving fällt, aber wir fangen immer erst am Tag nach dem Feiertag an. Wenn man Blautannen zu früh fällt, verlieren sie noch vor Weihnachten ihre Nadeln. Bei Kiefern ist das anders, die kann man schon ab der letzten Oktoberwoche fällen. Unsere Kundschaft legt großen Wert auf frische Bäume und weiß, daß sie bei uns nur wirklich erstklassige Ware bekommt. Das verschafft uns natürlich einen entscheidenden Wettbewerbsvorteil, den es aber jedes Jahr aufs neue zu behaupten gilt.«
Seine Marketingsprüche katapultierten mich mit einem Schlag aus dem neunzehnten zurück ans Ende des zwanzigsten Jahrhunderts.
Nell ergriff die Hand des Mannes, der mich zuerst erblickt hatte. Auch die anderen waren jetzt nähergetreten und warteten darauf, mir vorgestellt zu werden. Nell sagte: »Cat, das hier ist mein Vater John DeGraaf. Und hier ist meine Tante Jennifer ...«
»Meine Frau Jennifer«, donnerte Hank dazwischen und übertönte Nells Kinderstimme. Jennifer erhob sich von den Kisten und schüttelte mir zaghaft die Hand. »Und hier ist mein Bruder John. John ist Nells Vater. Dort drüben steht mein Sohn Don.« Er deutete auf einen Jungen von ungefähr vierzehn Jahren. »Und da ist Dan, mein zweiter Sohn. Calvin, mein Ältester, ist heute nicht da.«
Dan sah aus wie sechzehn.

Mir fiel auf, daß er *mein* Ältester gesagt hatte, obwohl er, da seine Frau bei ihm war, von *unserem* Ältesten hätte reden können. Außer natürlich, wenn Jennifer nicht die leibliche Mutter von Calvin war, aber irgendwie hatte ich das Gefühl, als würde Hank so gut wie alles als das *seine* bezeichnen.

»Und das hier ist Luis Montoya, mein Vorarbeiter.«

John, Don und Dan, deren verwandtschaftliche Ähnlichkeit unverkennbar war, waren alle eher blonde Typen mit der für diesen Menschenschlag typischen, hellen und empfindlich wirkenden Haut. Luis hingegen war mittelgroß und kräftig und hatte eine Haut in der Farbe von dunklem Kiefernholz. Sein Haar war glatt und schwarz. Als er mir die Hand gab, bemerkte ich, daß er einen angenehmen, festen Händedruck hatte, bei dem man nicht gleich Angst um die Finger haben mußte wie vorhin, als Hank mir die Hand gedrückt hatte. »Angenehm«, sagte er. Meiner Schätzung nach mußte er wohl so um die neunzehn, zwanzig Jahre alt sein.

Nachdem die Begrüßungsformalitäten erledigt waren, wandte Hank sich von Louis ab und mir zu. »Schade, daß es draußen nicht mehr hell ist. Ich hätte Ihnen gerne meine Pflanzungen gezeigt, die um diese Jahreszeit am schönsten sind. Es gibt nichts Herrlicheres als Blautannen, und unsere sind die besten weit und breit. Schließlich beziehen wir unsere Jungpflanzen nur von ausgewählten Baumschulen in Colorado, mit denen wir schon seit Jahrzehnten zusammenarbeiten. Sie sehen also, daß wir weder Kosten noch Mühen scheuen, um unseren Kunden die besten Bäume anzubieten, die man für Geld kaufen kann …«

Während er seinen Vortrag hielt, fiel mir auf, daß Nell, die drüben bei den Fahrrädern stand, die Augen verdrehte. Luis ging zu ihr hinüber und flüsterte ihr etwas ins Ohr.

»… auch diese herrliche, blaugrüne Farbe«, sagte Hank

gerade. »Fichten hingegen sind eher bei traditionsbewußten Kunden beliebt, die ein sattes Grün bevorzugen. Aber ganz gleich, für welche Sorte Sie sich entscheiden, alle unsere Bäume sind kerzengerade gewachsen, dicht benadelt und voller eng beeinanderstehender Zweige.«

»Ich habe mich in Chicago schon ein wenig in die Materie eingelesen«, warf ich ein und hatte bereits das Gefühl, als wäre Chicago Lichtjahre von hier entfernt. »Angeblich soll der am meisten gekaufte Christbaum die Kiefer sein.«

»Da muß ich Ihnen recht geben. Aber nur, weil sie am billigsten ist. Sie wächst eben viel schneller als die anderen Bäume.«

»Dann bauen Sie wohl keine Kiefern an?«

»Doch, doch, natürlich tun wir das. Wir müssen uns ja schließlich nach den Wünschen unserer Kunden richten. Und außerdem behält die Kiefer ihre Nadeln überdurchschnittlich lange. Aber wenn Sie mich fragen würden, ob die Kiefer ein schöner Baum ist, dann würde ich das glatt verneinen.«

Indirekt hatte ich ihn das auch gefragt.

»Zur Zeit machen wir hier Versuche mit einer neuen Tannenart, der Frazertanne. Aber das werde ich Ihnen morgen zeigen, dann können Sie alles mit eigenen Augen sehen.«

»Sehr schön.«

Er griff wieder nach dem Werkzeug, das er gerade bearbeitet hatte. Es war eine Baumschere mit eineinhalb Meter langen Griffen. Ich fragte: »Fällen Sie etwa damit Ihre Bäume?«

»Aber nein, natürlich nicht. Mit dieser Schere kappen wir nur die untersten Zweige, damit der Baum besser in die Verpackungsmaschine paßt. Aber sie ist ein wunderschön konstruiertes Werkzeug, finden Sie nicht?«

»Doch, sehr schön.«

»Diese Schere arbeitet nach dem Amboßprinzip. Normale Scheren, bei denen die beiden Schneiden aneinander vorbeigleiten, können brechen, wenn der Ast zu dick ist. Ganz anders bei dieser hier …« Er ließ die Baumschere mit einem häßlichen metallischen Geräusch zuschnappen, das mich irgendwie an eine Guillotine erinnerte. »Bei der drückt eine einzelne Schneide auf ein flaches Gegenstück. Da kann nichts abgleiten und auch nichts brechen. Und sehen Sie bloß, was das für ein hochwertiger Stahl ist.«

»Hm.« Die frisch geschliffene Klinge funkelte im Feuerschein. Hank war aber anscheinend mit seiner Arbeit noch nicht ganz zufrieden, denn er strich mit einem Finger über die Schneide und öffnete und schloß das Werkzeug mehrere Male. Dann drehte er sich um und suchte mit den Blicken nach Luis, der sich noch immer mit Nell unterhielt.

»He, Lu! Bring mir doch mal das Maschinenöl. Und hör mit dem Gequatsche auf. Schließlich haben wir noch eine Menge zu tun.«

4

In dieser Jahreszeit geht die Sonne in Michigan um Viertel nach fünf unter, und um halb sechs ist es bereits stockdunkel. Als ich zusammen mit Nell und John, ihrem Vater, von der Scheune hinüber zum Haus ging, war es schon fast völlig finster. Luis dröhnte, mit Handschuhen, Helm und Parka gegen die Kälte geschützt, auf seinem Motorrad die Zufahrt hinunter, während Hank, der das Feuer im Kanonenofen sorgfältig gelöscht hatte, die Scheune verschloß und zusammen mit seiner Frau Jennifer und seinen beiden Söhnen in einen alten Pick-up-Truck stieg. Nachdem er uns mit dröhnender Stimme gute Nacht gewünscht hatte, fuhr er davon.

»Wohnen denn Hank und seine Familie nicht hier im Haus?« fragte ich John.

»Nein, sie haben ein eigenes Haus in der Nähe von Zeeland.«

»Und wie weit ist das von hier entfernt?«

»Ach, keine fünfzehn Kilometer. Zwölf etwa.«

»Aber es war doch Hank, der mich eingeladen hat, hier zu wohnen?«

»Ja.«

»Und dabei wohnt er selbst nicht hier.«

John und Nell warfen sich wissende Blicke zu. So ist er nun mal, unser Hank, schienen diese Blicke zu sagen. »Als er den Vorschlag machte«, sagte John, »hielt meine Mutter das sofort für eine prima Idee. Und glauben Sie nicht, daß Sie nicht willkommen sind, bloß weil wir alle arbeiten müssen. Aber wir fällen die Bäume nun mal jedes Jahr zur selben Zeit. Es ist immer dasselbe, und deshalb freue ich mich, daß wir dieses Jahr einen Gast im Haus haben. Das macht die Arbeit irgendwie interessanter.«

»Danke. Es freut mich, das zu hören. Leben Sie eigentlich alle von Christbäumen?«

»Aber nein, wo denken Sie hin!« John fand die Frage offenbar ziemlich absurd, aber er war viel zu höflich, um darüber zu lachen. Im Gegensatz zu Hank sprach er mit sanfter Stimme, war eher herzlich als herzhaft und hatte auch keine so bullige Figur wie sein Bruder. Wie seine elegante Schwester Marie verkörperte er ganz offenbar die schlankere Linie der DeGraafs. »Um mit Christbäumen genügend Geld zu verdienen, müßten Sie schon Tausende von Hektar damit bepflanzen. Und dann müßten Sie immer noch mit den Schwankungen des Marktes zurechtkommen. Weyerhauser hat vor Jahren einmal den Anbau im großen Stil versucht und ist damit jämmerlich gescheitert. Das Geschäft ist einfach zu unsicher.«

Wir waren auf der Veranda angekommen und blickten hinaus über die Schonungen.

»Dann gehören diese Bäume also alle kleinen bis mittleren Betrieben?«

»Hier im Staat Michigan gibt es an die dreihundert Produzenten von Weihnachtsbäumen. Und praktisch alle sind kleine, um nicht zu sagen winzige Familienunternehmen, die dieses Geschäft nur als Nebenerwerb betreiben. Trotzdem decken wir zusammen ungefähr ein Drittel des US-amerikanischen Marktes ab.«

»Was ist dann Hanks eigentlicher Beruf?«

»Er ist Vorarbeiter in einer Möbelfabrik.«

»Ach so. Und was machen Sie?«

»Ich unterrichte Englisch an der örtlichen High-School.«
»Und was ist mit Marie?«
»Die verdient ihr Geld als Röntgentechnikerin am Holland Hospital.«
»Verstehe.«
Tatsächlich verstand ich eine Menge mehr, als ich durchblicken ließ. Von Anfang an war ich das vage Gefühl nicht losgeworden, daß irgend etwas mit meiner Beurteilung der Farm und der Familie nicht gestimmt hatte. Mein erster Eindruck war der einer reichen oder zumindest wohlhabenden Sippe gewesen. Schließlich besaßen sie ein riesiges Haus, und die Farm schien mir mindestens vierzig Hektar groß zu sein. Aber dann, bei näherem Hinsehen, hatte ich bemerkt, daß das Geld hier doch nicht im Überfluß vorhanden war. Vielleicht waren die DeGraafs sogar ein wenig knapp bei Kasse, denn die Außenwände des Hauses hätten einen neuen Anstrich dringend nötig gehabt. Drinnen war das Haus zwar komfortabel eingerichtet, aber die Möbel waren alt, die Teppiche abgetreten, und die Küche war zwar gut ausgestattet und funktionstüchtig, aber nicht gerade auf dem neuesten Stand. Die Scheune sah ebenfalls so aus, als wäre sie um das Jahr neunzehnhundertundzehn herum erbaut und seither nicht mehr großartig verändert worden. Von den drei Fahrrädern, die ich gesehen hate, war das eine alles andere als neu, das zweite alt und das dritte diente meines Erachtens als Ersatzteillager für dic beiden anderen. Und wenn ich schon dabei war: Maries kleiner Flitzer wirkte zwar ziemlich sportlich, war aber alles andere als teuer.
Nicht, daß die DeGraafs etwas verbergen oder beschönigen wollten. Das Gegenteil traf zu. Nichts hier war auf Show gemacht, alles diente einem bestimmten Zweck. Der Hof war nichts weiter als die Verbindung zwischen Haus und Scheune, und die Zufahrt war ungeteert. Vor Jahren hatte

man hier Kies aufgeschüttet, aber jetzt zeigten sich hier und da schon größere, sandige Stellen. Wenn die Einfahrt breit war, dann nicht aus Angeberei. Über Jahre hinweg hatte sie sich durch die an ihrem Rand abgestellten Arbeitsfahrzeuge von selbst verbreitert. Und das Land und die Wälder, das bei weitem beeindruckendste und schönste an der Farm, waren schon lange vor den DeGraafs hier gewesen und würden wohl auch noch hier sein, wenn die Familie längst wieder verschwunden war.

Ich blieb noch eine Weile in der Dunkelheit stehen. Zu dieser Jahreszeit hat die Nacht fünfzehn Stunden, und die Sonne gibt nur ein kurzes Gastspiel. Im Sommer ist das anders, da weicht die Sonne nur widerwillig der Nacht, um gleich darauf wieder am Himmel zu erscheinen.

»Der Mond geht auf«, bemerkte ich. Er stand tief am Horizont und leuchtete nur schwach in der schwindenden Dämmerung.

»Er ist auf beiden Seiten konvex.«

»Und was bedeutet das?«

»Das heißt, daß er kein Halbmond mehr, aber auch noch kein Vollmond ist. Morgen oder übermorgen werden wir Vollmond haben.«

»Sie achten hier bestimmt mehr auf den Mond als wir in Chicago.«

»Kann schon sein. Der Wintermond steht höher am Himmel als der Sommermond. Wußten Sie das?«

»Ist wohl eine Art Ausgleich für die wenige Sonne tagsüber.«

»Hm. In dieser Jahreszeit geht der Mond kurz nach Sonnenuntergang auf und erst kurz vor Morgengrauen wieder unter. Wir nennen den Mond um die herbstliche Tagundnachtgleiche den Erntemond, weil er in der Dämmerung so hell strahlt und den Farmern beim Einbringen der Ernte bis spät in die Nacht Licht gibt.«

»Aber die Tagundnachtgleiche war doch schon im September.«

»Stimmt. Aber auch im Oktober und November geht der Mond noch ziemlich genau bei Sonnenuntergang auf. Der Mond nach dem Erntemond heißt bei uns Jägermond, weil er kurz vor Sonnenuntergang die Wälder für die Jäger anstrahlt. Beim Licht des Jägermondes jagen die Leute hier Kaninchen und Rehe.«

Mir war ein wenig kühl geworden.

»Es ist wunderschön hier draußen«, bemerkte ich.

»Finden Sie?« lächelte John. »Es ist eine Schönheit, für die nicht jeder Augen hat. Wir haben hier weder Berge noch Wasserfälle.«

»Es ist eine liebliche Landschaft«, sagte ich und betrachtete die dunklen, vom Schnee überzuckerten Bäume und die sandigen Wege zwischen ihnen. »Und dann die Farben! Wie Elfenbein und Büffelleder, gemischt mit Hellblau und staubigem Grün.«

»Gut beobachtet. Sie sollten mal am See entlangfahren. Die Landschaft dort geht einem richtig unter die Haut. Wir machen dort Wanderungen, sooft wir dazu die Zeit haben. Oder wir nehmen ein Kanu mit, lassen es an irgendeinem Steg ins Wasser und paddeln ein paar Meilen die Küste hoch. Inzwischen fährt jemand mit dem Auto zu einem anderen Steg und holt uns wieder ab ...«

»Man kann auch gegen den Wind paddeln, bis man nicht mehr kann«, meldete sich Nell nach längerem Schweigen wieder zu Wort, »und sich dann zurücktreiben lassen. Dann braucht man die Paddel nur noch zum Steuern. Ist fast wie Segelfliegen.«

»Nell liebt es, sich auf dem See treiben zu lassen«, fügte John hinzu und strich ihr durchs Haar.

Die beiden gingen ganz unverkrampft miteinander um, was

man nicht gerade von jedem Vater und jeder Tochter behaupten kann. Wo war Nells Mutter? fragte ich mich. Niemand hatte sie bisher auch nur mit einem Wort erwähnt.

»Sie sind sicher froh, daß Sie einen so schönen Besitz haben.«

John warf einen Blick über die Farm und drehte sich dann mit starrem Gesichtsausdruck zur Tür. »Ich hoffe nur, daß wir ihn auch behalten können«, murmelte er.

»Ist es – müssen Sie soviel Steuern zahlen? Ich habe gehört, daß bei vielen Farmen die Steuern heutzutage höher sind als der Verdienst, den sie erwirtschaften.«

»Das spielt mit Sicherheit auch eine Rolle«, meinte John und ging ins Haus.

5

Freitag früh wurde ich von knatternden Motorrädern, dröhnenden Pick-ups, klirrendem Geschirr und klappernden Töpfen und Pfannen aus dem Schlaf gerissen. Sogar ein paar Schüsse aus einer Schrotflinte meinte ich zu hören. Als ich die Augen öffnete, war es stockdunkel. Dann glitt das Licht eines Autoscheinwerfers über die Wand, und ich sah auf die Uhr. Es war siebzehn Minuten nach sieben. Eigentlich war das gar nicht so früh, aber um diese Jahreszeit ging die Sonne eben erst gegen acht Uhr auf. Ich war froh, daß ich noch am Abend vor dem Zubettgehen geduscht hatte. Das habe ich mir so angewöhnt, weil ich der Auffassung bin, daß man vor der ersten Tasse Kaffee am Morgen keine größeren oder gar gefährlichen Anstrengungen unternehmen sollte. Jetzt brauchte ich nur in meine Levi's und ein Sweatshirt zu schlüpfen und war fünf Minuten später schon in der Küche.

Wie alle anderen auch.

Die alte Mrs. DeGraaf, die von ihrer Familie liebevoll Oma genannt wurde, stand zusammen mit einer anderen älteren Dame am Herd.

»Kann ich irgend etwas helfen?« wollte ich wissen, aber die beiden antworteten wie aus einem Mund: »Nein, danke. Um das Kochen kümmern wir uns.«

Nell kicherte. »Sie können Holzfällen, Artikel schreiben oder nur auf der Veranda sitzen, aber fürs Kochen ist nun mal Oma zuständig. Und Tante Clara natürlich, wenn sie hier ist.« Ihre Großmutter warf Nell einen wohlwollenden Blick zu. Es war offensichtlich, daß sie die Kleine sehr gerne hatte.

Ich hatte die Oma gestern beim Abendbrot kennengelernt. Ich hatte eigentlich eine stämmige, holländische Großmutter mit grauen Haaren und einem rundlichen Gesicht wie ein Brotlaib erwartet und mußte erkennen, wie sehr solche Stereotypen doch von der Wirklichkeit abweichen. Oma DeGraaf hatte sich als eine schlanke, alte Frau mit zarter, rosiger Haut herausgestellt, die erstaunlich wenige Falten hatte. Obwohl sie zierlich wirkte, war ihr Auftreten resolut. Auch das war eine Überraschung für mich, denn als ich gestern hörte, daß sie »ruhe«, hatte ich mir ganz automatisch eine kranke, zerbrechliche Greisin vorgestellt. Vermutlich aber hatte sie sich nur deshalb hingelegt, weil sie schon seit vier Uhr früh auf den Beinen gewesen war, um mit den Vorbereitungen für das Festessen zu beginnen. Oma DeGraaf hatte schlohweißes Haar, das mich mit seinen kleinen Löckchen an einen Rauschgoldengel erinnerte. Sie stammte noch aus einer Generation, in der man großen Wert auf eine »schöne« Frisur legte, und erinnerte mich an meine Mutter und Großmutter, die vor jeder Familienfeier zum Friseur rannten. Und nicht nur zum Nachschneiden, wie ich, sondern um sich eine Dauerwelle machen zu lassen. Genau wie meine Mutter vertrat Mrs. DeGraaf vermutlich die Ansicht, daß Frauen in ihrem Alter ohne Dauerwelle »ungepflegt« seien, und das ist zumindest aus dem Mund meiner Mutter das schlimmste Urteil, das sie über einen Menschen zu fällen vermag.

Oma DeGraaf legte Wert auf Umgangsformen.

Und regierte ihre Familie vermutlich mit eiserner Hand. Im Moment hantierte sie mit zwei großen, gußeisernen Pfannen.

»Möchten Sie auch einen *pannekoek*, Catherine?« fragte sie. Das dreisilbige Wort mußte wohl holländisch sein.

»Und ob!« stieß ich mit mehr Begeisterung hervor, als es die pure Höflichkeit verlangt hätte. Es brachte mir ein Lächeln von der alten Dame ein.

In der Küche waren an die zehn Personen. Außer Nell, Oma DeGraaf und Tante Clara (die in Wirklichkeit eine Großtante von Nell war) befanden sich noch Luis und sechs junge, kräftige Burschen im Raum. Einer davon sah ebenso mexikanisch aus wie Luis und hieß Raymond. Zwei andere waren Hanks Söhne Don und Dan, die ich ja gestern bereits kennengelernt hatte. Neben ihnen saß ein junger Mann, der vermutlich ihr Bruder Cal war, der gestern abend nicht in der Scheune gewesen war. Ein weiterer Junge sah mit seiner rosigen Haut, seinem blonden Haar und seinem vierschrötigen Körperbau ziemlich holländisch aus, aber diese Vermutung lag hier im Kernland holländischer Besiedelung ja auch nahe. Woanders hätte er ebensogut als Nachfahre deutscher oder polnischer Einwanderer durchgehen können. Sein Name war Ken. Der letzte der sechs jungen Burschen war wohl so an die achtzehn Jahre alt, sah weder mexikanisch noch holländisch aus und stellte sich mir als »Horace, aber sagen Sie Skip zu mir« vor. Sie alle tranken Kaffee oder holländischen Kakao, und zwei aßen im Stehen ihre Pfannkuchen. Carat, die zu ihren Füßen saß, ließ sie nicht aus den Augen und hoffte, von ihrer Mahlzeit etwas abzubekommen.

Die Tür ging auf, und Hank kam mit einer Schrotflinte über der Schulter herein. »Hab grade ein Kaninchen geschossen«, verkündete er und sah mich um Anerkennung heischend an, die ich ihm aber verweigerte. »In aller Früh erwischt man sie am besten. Ich habe es in die Garage gehängt, damit es auskühlt. Hättest du vielleicht Lust, es zu braten, Mutter? Jennifer macht das nicht so gern.«

»Das wundert mich überhaupt nicht«, meinte Oma DeGraaf.

Hank verschwand kurz im Haus und kam kurz darauf ohne die Flinte zurück.

Dann schneite John vom Hof herein, holte sich eine Tasse Kaffee und verschwand, nachdem er mich rasch begrüßt hatte, wieder nach draußen. Oma DeGraaf reichte mir einen Teller voller Pfannkuchen und wies mir einen Platz an dem langen Holztisch zu. Ich kam mir vor wie in einem Gemälde von Norman Rockwell. Kaum hatte ich mich gesetzt, da sah ich, wie Tante Maries kleiner roter Flitzer die Zufahrt entlangfuhr, dann wendete und hinter den Pick-ups und Motorrädern stehenblieb.

Vom Hof drang das laute Geräusch einer Kettensäge herein, das nach ein paar Sekunden abrupt aufhörte. Dafür hörte ich, wie draußen jemand »verdammtes Mistding« sagte.

Oma DeGraaf hob mißbilligend den Kopf, und ich war erleichtert, daß nicht noch schlimmere Schimpfworte gefallen waren.

Auf dem Hof wurde ein Gong geschlagen, woraufhin die Männer sich augenblicklich zum Gehen wandten. Nur Luis blieb noch kurz in der Küche und schenkte sich Kaffee aus der großen Edelstahlkanne nach. Als die Tür wieder frei war, stürzte Marie herein.

»Streif dir die Füße ab!« wurde sie prompt von Oma DeGraaf ermahnt.

Marie blieb wie angewurzelt stehen und kam, während sie mich mit einem kurzen »Hi!« begrüße, der Aufforderung ihrer Mutter nach. Dann nickte sie Oma DeGraaf zu, strich Nell übers Haar und nahm sich eine Kaffeetasse. Ohne ihren Mantel auszuziehen, schenkte sie sich aus einer zweiten, riesigen Kanne ein und ließ mich wissen: »Falls Sie bei dieser seltsamen Zeremonie von Anfang an dabei sein wollen, dann sollten Sie jetzt lieber mit mir kommen.«

»Nimm gleich den Kaffee für die Männer mit raus, Pieternella«, sagte Oma DeGraaf zu Nell, die offenbar ebenfalls mitkam.

»Ja, Oma.«

»Laß mich das machen«, bot sich Luis an.

»Pieternella schafft das ganz gut allein«, erwiderte Oma DeGraaf.

»Das ist mir schon klar, Madame, aber die Kannen sind doch ganz schön schwer. Ich muß ja sowieso raus, da kann ich ihr doch helfen.«

Nell lächelte zu ihm hinauf. Oma DeGraaf runzelte die Stirn, sagte dann aber nur: »Danke, Luis. Es war noch nie verkehrt, sich wie ein Gentleman zu benehmen.« Irgendwie hatte ihre Stimme einen zweifelnden Unterton.

»Nun kommen Sie schon, Cat«, drängte Marie.

Ich sah hinüber zu Oma DeGraaf, als müsse ich sie um Erlaubnis fragen. Dabei spießte ich gleich noch zwei Stücke vom Pfannkuchen auf und steckte sie mir in den Mund.

»Gehen Sie ruhig«, sagte Oma DeGraaf.

Und das tat ich dann auch.

Draußen war es immer noch dunkel, aber der Himmel im Osten hatte bereits eine violette Färbung angenommen. Auf dem von einer einzigen, auf einem hohen Mast angebrachten Laterne beleuchteten Hof drängten sich so viele Fahrzeuge, als stünde eine neue Invasion in der Normandie bevor. Ich sah einen kleinen Tieflader, dessen Ladefläche von einer Art Geländer umgeben war, und ein seltsam aussehendes Gefährt, das wie ein riesiger Metalltrichter auf Rädern aussah. Es war etwa so groß wie ein kleiner

Geländewagen. Zwischen den Fahrzeugen lagen Kettensägen, Baumscheren und andere Werkzeuge auf dem Boden. Marie hatte ein Klemmbrett in der rechten und einen Erste-Hilfe-Kasten mit einem roten Kreuz darauf in der linken Hand. Dann konnte ja nichts mehr schiefgehen.

Es war sehr kalt, und alle außer mir trugen Handschuhe. Wie blöd von mir. Ich rannte ins Haus zurück, wobei ich mir brav die Füße abstreifte, und holte mir aus meinem Zimmer im ersten Stock meine Handschuhe. Sechzig Sekunden später stand ich wieder auf dem Hof. Hank lachte, als er mich kommen sah. Er stand neben Luis, der sich gerade eine auf dem Boden liegende Kettensäge besah.

»Netter Sprint«, kommentierte er.

»Ich lebe eben gesund. Warum müssen wir uns eigentlich so sehr beeilen?«

»Um diese Jahreszeit haben wir nur ungefähr sieben Stunden Tageslicht. Wenn der Himmel bedeckt ist, sogar noch weniger. Davor und danach kann man nicht richtig arbeiten. Und so was nennt sich Erntezeit!«

»Das unterscheidet uns von allen anderen Farmern in der Welt«, fügte Luis hinzu.

»Genau«, fuhr Hank fort. »Wenn andere Ernten eingeholt werden, ist das Klima sehr viel erträglicher.«

»Warum arbeiten Sie denn nicht bei künstlichem Licht? Die Autos haben doch alle Scheinwerfer.«

»Haben Sie schon mal im Dunkeln mit einer Kettensäge gearbeitet? Das will ich meinen Leuten nicht zumuten.« Ich wollte angesichts solcher Fürsorge für seine Arbeiter gerade anerkennend nicken, als er fortfuhr: »Außerdem bin ich für alle Unfälle haftbar, die in meinen Pflanzungen passieren. Schon beim Ausdünnen der Bestände im Sommer passiert mehr als genug. Sie sollten mal meine Versicherungsprämien sehen.«

Luis warf mir einen verstohlenen Blick zu und verzog einen Mundwinkel zu einem angedeuteten Grinsen.
Hank wandte sich wieder an Luis: »Versuch, sie noch mal zu starten.«
Luis stellte einen Fuß in den Griff der Motorsäge und riß am Starterseil. Diesmal sprang sie ratternd an und pustete dichte Wolken blauen Rauchs in die Luft. Luis betätigte einen Hebel, woraufhin die Säge im Leerlauf vor sich hin schnurrte.
»Na, also«, meinte Hank.
Ich folgte Hank zur Scheune, aus der gerade Skip mit einem Kanister Benzin und Raymond mit den großen Baumscheren kamen. Drinnen warf Cal irgendwelche Gegenstände in die Luft, aber bei näherem Hinsehen sah ich, daß er mit einem Hammer und anderen Werkzeugen jonglierte.
Don, sein jüngster Bruder, sah gespannt zu, wie der Hammer, ein Steinbrocken, ein Ölkännchen und eine Zange immer höher und weiter durch die Luft wirbelten.
»Verdammt noch mal, Cal, was machst du da?« brüllte Hank. »Hast du keine Arbeit oder was? Leg das Zeug sofort wieder hin!«
Cal setzte zum Finale an. Als die Gegenstände immer höher in die Luft flogen, kam ihm einer davon aus und traf die Fahrräder, ein anderer polterte auf eine der Galerien am Ende der Scheune. Den Stein und die Zange bekam Cal zu fassen und verbeugte sich unbekümmert vor einem imaginären Publikum.
»Was ist eigentlich los mit dir?« schrie Hank. »Heb sofort den Hammer auf, und du, Lu, holst das Ölkännchen. Okay, jetzt, alle Mann an die Arbeit! Es wird gleich hell draußen!«
Tatsächlich hatte die Wintersonne, die noch hinter dem Horizont verborgen war, den halben Himmel bereits rosa

gefärbt. Der Mond ging gerade unter. Es war zehn vor acht. John, Skip und Hank nahmen jeweils eine Kettensäge. »Nichts wie los«, war Hanks kurzes Kommando.
Wir brachen auf zu den Schonungen.

Deshalb war ich schließlich hier. Wir durchquerten die erste Schonung mit den einen Meter fünfzig hohen Tannen, dann mit den kleinen Kiefern, und schließlich eine mit Weihnachtsbäumen, die für mich ausgewachsen aussahen, aber wohl doch noch nicht gefällt werden durften. Als wir an einer ziemlich weit vom Haus gelegenen Pflanzung ankamen, setzten die Arbeiter ihre Benzinkanister und Sägen ab. Alle schienen genau zu wissen, was sie zu tun hatten, und als die Sonne die Baumwipfel erfaßte, wurde mit der Arbeit begonnen.
John, Skip und Luis gingen jeder für sich auf eine Reihe von Blautannen zu, wobei sie, offenbar aus Sicherheitsgründen, darauf achteten, daß jeweils eine Reihe zwischen ihnen stehenblieb. Die Kettensägen fingen an zu knattern und fraßen sich in die ersten Baumstämme.
Die Bäume standen ganz dicht nebeneinander, aber in regelmäßigen Abständen führten etwas breitere Pfade durch ihre Reihen. Auf einen dieser Pfade manövrierte Hank den Tieflader, dicht gefolgt von seinem Sohn Don, der das merkwürdige, trichterförmige Gefährt steuerte. Marie stapfte mit ihrem Klemmbrett in der Hand neben dem Tieflader her. Wenn Luis, John und Skip die Bäume abgeschnitten hatten, zog Cal sie hinaus auf den Pfad, wo Don die untersten Zweige abschnitt. Danach legte Raymond die Bäume auf eine merkwürdige Maschine, die sie ordentlich durchschüttelte.
»Wieso müssen denn die Bäume geschüttelt werden?« wollte ich wissen.

»Damit kann man tote Nadeln, Blätter, Zweige und alte Vogelnester entfernen«, erklärte Hank.
Er hatte den Tieflader ganz in der Nähe abgestellt und hob nun zusammen mit Raymond die Bäume an die große Öffnung des seltsamen Trichters. Hank befestigte den Stamm des Baums an einer Kette, die, von einem gleichmäßig vor sich hintuckernden Stationärmotor getrieben, den Baum in den Trichter zog. Dabei wurden alle Äste nach oben gebogen wie bei einem Menschen, der die Hände über dem Kopf zusammenschlägt. An der kleinen Öffnung des Trichters wurde der Baum schließlich in ein orangefarbenes, von einer ringförmigen Spule ablaufendes Plastiknetz verpackt. Das Netz sah aus wie ein enger Nylonstrumpf und preßte die Äste eng an den Baumstamm. Nach dieser Prozedur waren die Bäume transportfertig verpackt. Ken mußte nur noch das Netz abschneiden, das Ende verknoten und den Baum auf den Tieflader werfen. Marie trug jeden Baum auf ihrem Klemmbrett in eine Liste ein.
In der Zeit, in der ich das alles beschrieben habe, lagen bereits ein halbes Dutzend Bäume auf dem Tieflader.

Ich beobachtete John eine Weile beim Sägen. Bei jedem Baum mußte er in die Hocke gehen, sich unter die untersten Äste bücken und die schwere Kettensäge bis an den Stamm vorschieben. Diese Arbeitshaltung sah ziemlich anstrengend aus, besonders für John, der im Gegensatz zu Hank schmächtig wirkte. Cal stand an der der Säge abgewandten Seite, drückte den Baum mit seinem Stock weg von John. Wenn der Stamm durchgeschnitten war, nahm Cal ihn und brachte ihn weg, während John sich aufrichtete, die Glieder streckte und dann zum nächsten Baum ging. Von den beiden anderen Sägern ging der eine wie John in die Hocke, während sich der andere auf den Boden kniete.

»Mein Gott, das geht vielleicht ins Kreuz«, sagte er, nachdem er noch einige Bäume abgeschnitten hatte. »Jemand hat sogar schon mal eine Säge auf Rädern erfunden, die man einfach unten an den Bäumen entlangzog, aber das hat nie so recht hingehauen.«
»Wie schwer ist denn so eine Säge?«
»An die vier Kilo. Aber nach einer halben Stunde kommen die einem wie vierhundert vor.«
Mit diesen Worten gab er die Säge an Hank weiter.
»Was ist denn los mit dir?« frozzelte Hank. »Früher hast du noch ein paar Bäume mehr geschafft.«
»Tja, früher war ich auch noch ein paar Jährchen jünger.«
Ich ging zwischen den arbeitenden Männern herum und beobachtete alles ganz genau. Bei solchen Recherchen vor Ort nehme ich immer eine Art Zwitterstellung ein, sei es als Beobachterin auf der Notfallstation eines Krankenhauses, als Mitreisende auf einer Segeljacht oder bei einem Auftrag wie diesem, bei dem ich ins Familienleben integriert bin. Ich bin zwar keine Fremde, aber auch keine Freundin des Hauses. Manchmal komme ich mir vor wie eine Anthropologin, die fremde Sitten und Gebräuche studiert. Natürlich war mir klar, weshalb mich die DeGraafs eingeladen hatten, schließlich war ein Artikel über sie eine Art kostenlose Werbung für ihre Christbäume. Aber langsam bekam ich das Gefühl, daß einige Mitglieder der Familie, allen voran Nell, mich wie eine Freundin behandelten. So etwas kann auch peinlich sein, denn dann erfährt man Dinge, die einen nichts angehen und von denen man eigentlich nichts wissen sollte.
Ich ging hinüber zu Marie, hielt ihr mein Diktiergerät so hin, daß sie es ohne weiteres sehen konnte (ich bin keine Anhängerin von verdeckten Ermittlungen), und fragte: »Und Sie zählen die verpackten Bäume?«

»Nicht nur. Zuerst sehe ich mir jeden Baum genau an und bewerte seine Qualität. Sehen Sie sich zum Beispiel diesen Baum an, der gerade in die Verpackungsmaschine geht. Der hat drei schöne Seiten und ist damit qualitativ nicht so hochwertig wie einer mit vier schönen Seiten. Diese Bäume haben Premium-Qualität und erzielen den höchsten Preis.«

»Logisch.«

»Logisch. Für Bäume mit zwei guten Seiten bekommt man naturgemäß am wenigsten. Und noch etwas: Sehen Sie sich diesen Baum hier an. Sein Stiel ist acht Zentimeter lang und liegt damit perfekt in der Toleranzzone. Unsere Bäume dürfen nicht mehr als zweieinhalb Zentimeter Stiel pro dreißig Zentimeter Höhe haben.«

»Was verstehen Sie unter einem Stiel?«

»Den Fuß des Baumes, das Stück Stamm also, das unterhalb des ersten Astes liegt und das man später in den Christbaumständer steckt.«

»Vielen Dank.«

»Vom amerikanischen Landwirtschaftsministerium gibt es Klassifizierungscodes für Christbäume ebenso wie für Eier oder Oliven. USDA Nr.1 bedeutet zum Beispiel drei gute Seiten. Diese Güteklasse fügen wir der Identifikationsnummer für unsere Farm an, mit der wir jeden Baum kennzeichnen.«

Ich schaltete das Diktiergerät aus, ging ein paar Schritte zur Seite und befand mich auf einmal hinter Luis und dem jungen Cal, die mir die Rücken zudrehten und miteinander sprachen. Cal rauchte eine Zigarette.

»Nun komm schon, Cal, laß uns weiterarbeiten«, hörte ich Luis sagen. Der Vorarbeiter hatte seine Säge an Raymond weitergegeben und half nun beim Verpacken.

»Du hast mir überhaupt keine Befehle zu geben!«

»Das war doch kein Befehl. Aber wir müssen unser Tagespensum schaffen.«

»Ach laß mich doch in Ruhe!« maulte Cal und entfernte sich. Luis blickte ihm nach und machte sich wieder an seine Arbeit, ohne auch nur den Kopf zu schütteln.

Hank hatte mir Luis zwar als Vorarbeiter vorgestellt, aber Cal war nun einmal der Sohn des Chefs. Oder, darauf wäre ich jede Wette eingegangen, der Enkel der Besitzerin. Ich war mir ziemlich sicher, daß die Farm Oma DeGraaf gehörte. Dafür, daß Luis die Hände gebunden waren, war er erstaunlich ruhig geblieben. Überhaupt wirkte er auf mich wie ein reifer und vernünftiger Mann.

Der Morgen war recht kühl, und nach ein paar Minuten fiel mir auf, daß aus dem Ofenrohr der alten Scheune Rauch aufstieg. Fröstelnd ging ich hinüber und merkte erst jetzt, wie sehr ich fror.

Drinnen war es wunderbar warm. So warm, daß mir meine durchgefrorenen Finger richtig weh taten. Nell hantierte mit zwei großen Kaffeekannen herum, die auf mit Spiritus befeuerten Rechauds warm gehalten wurden. »Hi!« begrüßte sie mich. »Kommen Sie ruhig herein und wärmen Sie sich ein bißchen auf.«

Um den Ofen herum standen alte Gartenmöbel aus Aluminium und Stoff. In einem der Stühle lümmelte Cal wie eine Imitation von James Dean und streckte die Füße aus. Vor ihnen lag Carat so nah am Ofen, daß es nach warmem Hundefell roch.

»Puh, ist das kalt«, war alles, was ich herausbrachte.

Nell wußte, was ich meinte. »Dastehen und Zuschauen ist zwar nicht der härteste Job, aber bestimmt der kälteste.«

Sie goß mir eine Tasse Kaffee ein und machte sich wieder an die Arbeit. Sie wischte verschütteten Kaffee auf, sammelte leere Tassen ein und prüfte, ob die Kannen auch richtig warm gehalten wurden. »Diese Kanne ist fast leer. Da muß ich gleich Nachschub aus der Küche holen.«

Cal schloß die Augen.

Von draußen waren auf einmal laute Schritte zu hören, und gleich darauf stürmte Hank mit wütendem Gesicht in die Scheune. Ohne Nell oder mich eines Blickes zu würdigen, ging er schnurstracks auf seinen Sohn zu. Cal stand nicht einmal auf.

»He, Cal«, rief er, »wie lange hockst du schon hier drinnen rum?«

Der junge Bursche blickte rasch auf Nell und mich. An seinem Gesicht konnte ich ablesen, daß er mit uns als Zeugen seinem Vater keine Lüge aufzutischen wagte. Außerdem machte sein Vater den Eindruck, als wüßte er die Antwort auf seine Frage bereits.

»Dann hat mich dieser Gastarbeiter also verpfiffen«, war alles, was Cal sagte.

Nell richtete sich auf und wies ihn mit leiser, aber bestimmter Stimme zurecht: »Luis ist kein Gastarbeiter, sondern amerikanischer Staatsbürger. Ein Bürger der Vereinigten Staaten meine ich«, verbesserte sie sich selbst. Kluges Kind, denn Mexiko ist ja auch ein amerikanischer Staat.

»Tatsächlich?« gab Cal zurück. »Warum hat er dann immer noch diesen unmöglichen Akzent?«

»Auf jeden Fall spricht er besser Englisch als du Spanisch.«

»Wieso sollte ich denn Spanisch sprechen wollen?«

»Jetzt hör endlich auf!« fuhr Hank dazwischen. »Außerdem hat Luis mir nichts gesagt, ich habe dich beobachtet. Jedes Jahr ist es dasselbe mit dir! Dabei weißt du genau, daß du nur für getane Arbeit bezahlt wirst. Das gibt jetzt eine Stunde Abzug. Und jetzt mach dich wieder an die Arbeit. Und zwar ein bißchen plötzlich!«

Cal stand betont langsam auf, ging wie in Zeitlupe durch die

Scheune und schob sich lässig nach draußen. Offenbar wollte er damit seine Unabhängigkeit demonstrieren, aber letztendlich tat er doch das, was sein Vater ihm befahl.

»Und halt dich gerade, verdammt noch mal!« rief Hank ihm noch nach.

6

Nach einer weiteren Stunde wurde mir das Zuschauen langweilig, außerdem zitterte ich vor Kälte. Also fragte ich Hank, ob ich nicht mithelfen könnte, die Bäume auf den Tieflader zu werfen. Inzwischen war man schon bei der dritten Ladung, und die beiden ersten lagen auf der Zufahrt bereit, um später von Lastwagen abgeholt zu werden. »Bezahlen kann ich Ihnen nichts«, meinte Hank mit einem breiten Grinsen, »aber arbeiten dürfen Sie gerne.«

Obwohl es ein Scherz gewesen war, konnte ich ihm ansehen, wie er im Kopf zu rechnen anfing. Immerhin bekam er Gratisarbeit im Wert von mehreren Dollar.

Bald machte ich die Entdeckung, daß die Arbeiter ihre Handschuhe nicht nur gegen die Kälte anhatten, sondern auch als Schutz gegen die Tannennadeln, deren Stiche weh taten und zudem auch noch die Haut reizten. Bald hatte ich oberhalb meiner Handschuhe die ersten roten Punkte, die sich langsam zu einem richtigen Ausschlag auswuchsen.

Cal und Luis hatten ihre Sägen an Hank und Horace weitergegeben, und die dritte Säge wurde in der Scheune gerade nachgeschliffen. John half beim Verpacken, und Luis warf zusammen mit mir die fertigen Bäume auf den Tieflader. Dabei nickte er mir anerkennend zu. »Sie machen das ziemlich gut.«

»Ich bin bestenfalls ausdauernd. Sie arbeiten ja doppelt so schnell wie ich.«

»Ausdauer ist genau das, was man braucht. Woody Allen hat einmal gesagt, daß fünfundneunzig Prozent des Erfolges daraus bestehen, daß man pünktlich zur Arbeit kommt.«
Ich mußte lächeln. Luis war ein Arbeitstier. Den ganzen Vormittag über hatte er keine Pause eingelegt. Erst als Nell aus der Scheune kam und uns zusah, trat er beiseite, ließ Don seinen Platz einnehmen und streckte sich, indem er die Schultern nach links und rechts bewegte. Ich konnte es ihm gut nachfühlen. Obwohl die Bäume nicht schwer waren, gingen die immer gleichen Bewegungen nach einiger Zeit in die Knochen: bücken, Baum aufheben, die paar Schritte zum Tieflader gehen und den Baum hinaufwerfen. Und dann alles wieder von vorne, wieder und immer wieder.
Ich hörte, wie Nell Luis fragte: »Möchtest du denn nicht auch eine Pause machen? Die anderen waren alle schon drinnen beim Kaffeetrinken.«
»Na schön. Außerdem muß ich mit dir reden.«
Sie gingen ein paar Schritte zurück, sprachen kurz miteinander und machten sich dann auf den Weg zur Scheune.
Ich bemerkte, wie Marie ihnen hinterherblickte. Neugierig geworden, drehte ich mich nach John um und sah, daß auch er die beiden beobachtete.
Na ja, nicht weiter verwunderlich, dachte ich, denn sie war zwölf oder dreizehn und er neunzehn oder zwanzig. Also war auch eine kleine Romanze nicht ausgeschlossen. Na und wenn schon, dachte ich, die Scheune war ja schließlich kein Geheimversteck. Die Tür war offen, und ständig ging irgendwer hinein oder heraus. Vielleicht konnten sie sich dort unterhalten, aber mehr war nicht drin.
Aber Väter machen sich nun mal so ihre Gedanken.
Sicher spielte auch das Gesellschaftliche eine Rolle. Immerhin war Luis nur ein Arbeiter, zudem war er Mexikaner und noch zu jung, um schon seinen Collegeabschluß zu

haben. Das legte die Vermutung nahe, daß er nach der High-School gar nicht aufs College gegangen war, sondern angefangen hatte zu arbeiten. Höchstwahrscheinlich war er auch noch katholisch, und ganz bestimmt war er viel zu alt für Nell.

»Gottverdammte Scheiße!«

Irgend jemand im Feld sprang auf und humpelte auf einem Bein herum. »Himmel noch mal!« schrie Hank. »Ich habe dich nicht gesehen. Was hast du überhaupt hier zu suchen?«

Ohne allzugroße Eile legte Marie ihre Arbeitsmappe zur Seite, griff nach dem Erste-Hilfe-Kasten und ging, dicht gefolgt von mir, hinüber zu der Stelle, von der der Lärm kam.

Dan saß auf dem Boden – oder war es Don? Die beiden sahen sich zum Verwechseln ähnlich. Er hielt sich mit beiden Händen das Schienbein. Aus seiner Hose quoll Blut hervor.

Hank, der noch immer die Kettensäge in der Hand hatte, raunzte ihn an: »Laß mich mal sehen.«

»Jetzt warte doch, verdammt noch mal!«

Ich sah, daß es tatsächlich Don war. Wie nicht anders zu erwarten, schob sich Marie zwischen die beiden. »Hank, laß mich durch. Was ist los, Don?«

Sie stellte den Erste-Hilfe-Kasten auf den Boden und sagte Don, er solle sich hinlegen. Dann nahm sie ihm sanft die Hände von der Wunde, was Don anstandslos geschehen ließ.

Die Wunde kam mir riesengroß vor. Sie war ein tiefer Schnitt im Unterschenkel, etwa zehn Zentimeter oberhalb des Knöchels. Dons Hose und der lederne Arbeitsstiefel waren blutgetränkt. Zum Glück trug er keine so engen Jeans, die man hätte aufschneiden müssen. Marie schob das Hosenbein nach oben und legte die Wunde frei, während Don immer wieder »Scheiße, gottverdammte Scheiße!« sagte. Ich hoffte, daß Oma DeGraaf ihn nicht hören konnte.

Inzwischen hatten sich alle Arbeiter um uns versammelt. Hank hielt noch immer die Kettensäge, die das Unheil verursacht hatte. Ein wenig unbeholfen redete er auf Don ein: »Jetzt mach nicht so ein Theater!«

»Also, es schaut nicht allzu schlimm aus«, beruhigte uns Marie.

Sie riß eine sterile Verpackung auf und holte ein feucht aussehendes Gazequadrat heraus. Vermutlich war es mit einem antiseptischen Mittel getränkt. Marie brauchte mehrere dieser sterilen Gazestücke, um die Haut rings um die Wunde zu säubern.

Ganz offensichtlich hatte sie Erfahrung mit diesen Dingen.

Don fluchte weiter vor sich hin.

»Der Schnitt ist gar nicht so tief«, sagte Marie. Zwar quoll immer noch frisches Blut aus der Wunde, aber nicht allzu schnell. »Ich glaube nicht, daß er genäht werden muß. Ich lege dir einen Verband an, einverstanden?«

Die Frage war zwar an Don gerichtet, aber es war Hank, der antwortete: »Ja, genau, mach ihm einen Verband, und dann geht's wieder an die Arbeit.«

»Was meinst du, Don«, fragte Marie.

»Ja klar, ich möchte sowieso nicht genäht werden.«

Es ging mich zwar nichts an, aber ich mußte ihn einfach fragen, ob er denn gegen Tetanus geimpft war.

Don nickte nur. »Das sind wir alle«, antwortete Marie. »Und wir lassen die Impfungen selbstverständlich regelmäßig auffrischen.«

»Ist doch klar«, mischte Hank sich ein. »Und außerdem ist

das noch gar nichts. Sehen Sie sich das einmal an.« Er zog seine Hose hoch und zeigte mir eine lange, häßliche Narbe. Sie reichte vom Knöchel bis fast zum Knie. »Die hat wirklich genäht werden müssen. Oder sehen sie diese hier.« Er zog Hemd und Jacke hoch und zeigte mir auf seiner linken Seite eine weitere lange Narbe, die von den Rippen bis zum Rücken lief. Großer Gott! Dieser Mann zog sich Ende November auf einem schneebedeckten Feld halb aus, bloß um mir seine Narben zu zeigen. Das erinnerte mich an Lyndon B. Johnson. »Im Grunde genommen sind das läppische Wunden«, fuhr er fort. »Die Verletzungen von Kettensägen sind meistens nicht sehr tief, weil die Kette zu breit ist und auch nicht wirklich scharf. Sie sollten mal die Unfälle sehen, die wir haben, wenn wir die Bäume zurückschneiden.« Er streckte seine Hände aus, die voller schlimmer Narben waren.

»Du meine Güte!« rief ich aus, und zwar so laut, daß Hank sich geschmeichelt fühlen mußte. Das war er dann auch.

Marie packte rasch zwei weitere Gazequadrate aus, diesmal allerdings trockene, und legte sie auf Dons Wunde. Dann klebte sie sie mit Leukoplast fest.

»Okay, und jetzt laßt uns wieder arbeiten«, drängelte Hank.

»Aber Don arbeitet nicht«, bremste ihn Marie. »Ich möchte, daß er in die Scheune geht und sich zwanzig Minuten ausruht. Außerdem soll er eine Tasse Kaffe mit viel Zucker trinken.«

»Aber wir mussen mit der Arbeit weiterkommen.«

»So ein Unfall ist ein Schock, und wenn er jetzt weiterarbeitet, passiert bloß gleich wieder etwas.« Sie starrte Hank in die Augen und sagte mit Bestimmtheit: »Er geht jetzt zurück in die Scheune, Hank. Ende der Diskussion.«

Hank machte auf dem Absatz kehrt und warf seine Kettensäge an. Noch bevor sie ansprang, hörte ich ihn etwas

murmeln, das klang wie: »– ich bin als Kind nicht so verwöhnt worden!«
Marie half Don beim Aufstehen, gab ihm einen Klaps auf die Schulter und sagte: »Dumme Geschichte.«

Ich begleitete Don zur Scheune. Irgendwie wollte ich sichergehen, daß er in Ordnung war. »Bekommst du für deine Arbeit Geld?« wollte ich wissen.
»Na klar.«
»Genug?« Schließlich war ich nicht wirklich ein Gast des Hauses, also durfte ich auch neugierig sein.
»Ich denke schon. Das Beste an dieser Arbeit ist, daß sie nicht das ganze Jahr über geht, verstehen Sie? Ein paar Tage im November und beim Zurückschneiden der Bäume im Frühjahr arbeitet man sich den Arsch ab, aber den Rest der Zeit stehen die Bäume nur herum und wachsen.« Er warf mir einen Blick zu, um zu sehen, wie ich auf seine Sprache reagierte. Von mir aus konnte er reden, wie er wollte.
In der Nähe des Ofens flimmerte die Luft vor Hitze. John war damit beschäftigt, zwei der langen Baumscheren und eine Baumsäge mit ölgetränkten Tüchern abzureiben. Wie Hank am vorhergehenden Abend auch, hatte er sich zum Arbeiten sein Hemd ausgezogen, trug aber noch ein Unterhemd. John war viel schmächtiger als Hank. Er hatte einen mageren Oberkörper, aber kräftige Arme. An seiner Schulter entdeckte ich eine Narbe, die aussah, als habe ihm ein kleiner Hai ein Stück Muskel herausgebissen. Ob sie wohl auch von einem Unfall mit der Kettensäge stammte?
Langsam fragte ich mich, ob wohl alle Männer hier voller Narben waren.
»Dieses verdammte Harz ist schlimmer als jeder Klebstoff«, fluchte John und bearbeitete die Zähne der Baumsäge mit

einer Drahtbürste, wobei er immer nur in eine Richtung bürstete.

Nell reichte Don eine Tasse Kaffee. »Ich hab dir ein bißchen mehr Zucker reingetan. Bist du okay?«

»Ja klar.«

Nell setzte sich neben ihn auf einen Gartenstuhl. Sie legte die Hände in den Schoß und blickte gedankenverloren an die Wand. Weil ich sie nicht stören wollte, wandte ich mich an Don.

»Was muß man sich eigentlich unter dem Zurückschneiden der Bäume vorstellen?«

Er humpelte zur Wand, wo mehrere Werkzeuge hingen. »Das macht man mit diesem Messer hier«, sagte er und drückte mir eine lange Klinge in die Hand, die vorne nicht spitz, sondern rund zulief. Das Werkzeug erinnerte mich an einen großen Spatel oder eine sehr dünne Machete. Es war etwa fünfundsiebzig Zentimeter lang, aber nur fünf Zentimeter breit. Die Schneide war so scharf wie eine Rasierklinge.

»Wenn man im Frühjahr die frischen Triebe abschneidet, wachsen die Bäume buschiger«, erklärte Don. »Dazu kann man so ein Messer oder eine Schere verwenden, aber mit der Schere dauert es doppelt so lang.«

»Tannen schneiden wir im April zurück, noch bevor sie zu treiben anfangen«, mischte John sich ein. »Dann bilden sie im Jahr drauf viel mehr Triebe. Die Kiefern hingegen werden erst im Juni zurückgeschnitten, wenn sie schon Triebe haben, diese aber noch nicht verholzt sind.«

»Wir haben auch schon elektrisch betriebene Scheren ausprobiert, aber damit ging es letztendlich auch nicht schneller«, sagte Don.

»Bei einer zwei Meter hohen Tanne muß man an die hundert Triebe zurückschneiden«, ergänzte John.

»Stimmt. Und mit so einem dauert das Ganze nur eine halbe Minute!« meinte Don, schwenkte das Messer und ließ die Klinge pfeifend durch die Luft sausen.

»Hör auf damit!« rief John. »Das ist gefährlich!«

»Ist ja schon gut.«

Don hängte das Messer wieder an die Wand, grinste John, Nell und mir ins Gesicht und wandte sich erneut seinem Kaffee zu.

7

Zum Mittagessen gab es für die Familie und mich holländische Erbsensuppe in der Küche der DeGraafs. Die Arbeiter aßen woanders. Horace, Ken und Raymond quetschten sich in Raymonds alten Wagen und fuhren zu Wendy's oder McDonald's. Luis blieb in der Scheune und aß ein paar belegte Brote, die er sich mitgebracht hatte.

»Das spart mir ein paar Dollar«, hatte er mir gesagt.

Die zehn DeGraafs und ich mußten in zwei Schichten essen, weil an dem großen Tisch in der Küche nicht alle auf einmal Platz hatten. Hank, der neben mir saß, strich mit der Hand über das Holz und sagte: »Sehen Sie sich bloß dieses schöne, helle Kiefernholz an. Was für eine Maserung! Und nicht ein einziges Astloch, obwohl die Bretter dreißig Zentimeter breit sind.«

Oma DeGraaf entschuldigte sich dafür, daß die Erbsensuppe nicht genau nach dem alten Familienrezept zubereitet war. »Eigentlich kocht man die getrockneten Erbsen zusammen mit Zwiebeln, Karotten, Kartoffeln und Sellerie in einer Fleischbrühe, die man aus Mettwurst oder einem Schinkenknochen herstellt. Ich habe statt dessen die Truthahnbrühe von gestern verwendet. Bei mir kommt nichts um.«

Zur Suppe gab es schweres, ohne Hefe gebackenes, holländisches Roggenbrot, das wir mit Gouda oder anderem Schnittkäse belegten. Das hört sich einfach an, schmeckt aber köstlich.

Tante Clara, die als einzige Oma DeGraaf in der Küche helfen durfte, war so rund wie ein kleines Butterfaß. Sie ging auf die achtzig zu, war einen Meter fünfzig groß und hatte seidiges, schneeweißes Haar. Sie war die Schwester von Henry, Oma DeGraafs erst im Frühjahr dieses Jahres verstorbenem Ehemann. Henry hatte einundzwanzig Jahre lang das Amt des Vorsitzenden des Pflanzerverbands innegehabt, das jetzt auf seinen Sohn Hank übergegangen war. Irgendwie hatte ich das Gefühl, daß bei seiner Wahl das Mitgefühl eine wichtige Rolle gespielt hatte. Henry war nämlich ganz plötzlich und unerwartet ums Leben gekommen.«

»Es war ein dummer und vermeidbarer Unfall«, erzählte Clara.

»Wie kam es überhaupt dazu?«

»Aus reinem Zufall. Henry war gerade in den Schonungen, als das Sprühflugzeug kam. Henry hätte sich mit seinem Asthma niemals den Sprühnebeln aussetzen dürfen.«

Als alle aufstanden, um wieder zu arbeiten, holte Oma DeGraaf aus einem zweiten Kühlschrank einen Truthahn, den sie für das Abendessen entbeinen wollte. Das Tier war fast so groß wie ein Shetlandpony. Ich fragte, ob ich ihr bei der Arbeit helfen solle.

»Ach was. Das ist doch keine Arbeit«, entgegnete Oma DeGraaf und trug den Truthahn herum, als wäre er eine Barbiepuppe. Oma DeGraaf war so klein, daß sie mich an eine Hummelfigur erinnerte, aber gleichzeitig erstaunlich kräftig. Wieder einmal fragte ich mich, weshalb sie bei meiner Ankunft geschlafen hatte. Eigentlich kam sie mir so fit vor, als würde sie jeden Tag hundertmal eine Zwanzigkilohantel stemmen.

Vom Truthahn fehlten nur ein paar kleinere Stücke sowie ein Schenkel. »Der ist wohl an Thanksgiving nicht ganz aufgegessen worden«, bemerkte ich.

»Na ja, ich habe aber auch drei Zwölfkilotruthähne gebraten. Wenn es ans Bäumefällen geht, sind alle sehr hungrig.«

Nach der Mittagspause begannen wir mit der Arbeit in einer anderen Pflanzung. Die Bäume werden in quadratischen Blöcken angepflanzt, und zwar jeder Block mit einer einzigen Art. Die Pflanzung, in der wir jetzt arbeiteten, war voller Fichten. Auch sie waren dicht benadelt und schön gewachsen. Die Bäume waren alle um die zwei Meter hoch, und es tat mir in der Seele weh, daß sie gefällt wurden. Dann aber dachte ich an die Familien, die sich beim Christbaumverkauf ihren Baum aussuchten, nach Hause nahmen und liebevoll schmückten. »Was machen Sie eigentlich mit diesem Block, wenn alle Bäume gefällt sind?« fragte ich John.
»Da pflanzen wir für ein Jahr lang weißen Klee an, damit sich der Boden wieder erholt. Danach pflügen wir den Klee und die Baumstümpfe, die inzwischen weitgehend vermodert sind, unter und pflanzen wieder neue Bäume.«
Es war ein ewiger Kreislauf.
Während des Mittagessens war Nell ungewohnt schweigsam gewesen, als würde sie über irgendwelchen Problemen brüten. Ich hatte mir vorgenommen, sie später darauf anzusprechen, wenn sie allein in der Scheune war. Den richtigen Zeitpunkt zu erraten, stellte sich als ziemlich schwierig heraus. Obwohl wir jetzt näher am Haus arbeiteten als am Vormittag, verdeckte ein kleiner Hügel den Blick auf die Scheune. Hinzu kam, daß immer nur zwei der drei Kettensägen im Einsatz waren. Zwar konnte man sie vor Ort aus Kanistern mit Benzin und Öl befüllen, aber irgendeine Säge hatte immer eine Macke und mußte in die Scheune gebracht werden, um die Zündkerze zu säubern, die Kettenzähne nachzuschärfen oder die Kette vom Harz zu befreien. Sobald eine Säge wieder einsatzbereit war, wurde die näch-

ste in die Scheune gebracht. So war beide Male, in denen ich Nell in der Scheune aufsuchen wollte, jemand dort, der gerade an einer Säge herumreparierte.
Ich bekam keine Möglichkeit, mit Nell unter vier Augen zu sprechen.

Um die Mitte des Nachmittags herum veränderte sich das Licht. Eines nach dem anderen zogen dunkle Wolkenbänder über den leicht bedeckten Himmel, bis er sich schließlich ganz zugezogen hatte. Das milchige Sonnenlicht wurde deutlich schwächer. Und dann fing es auf einmal an zu schneien, aber nicht in Form von weichen Flocken, sondern von harten, runden Eiskörnern. Die englische Sprache hat kein Wort für diese Art von Schneefall, aber vielleicht wissen ja die Eskimos, wie man ihn nennt.
Die Arbeit ging trotz des Schneefalls weiter, der nicht allzu heftig war und kaum liegen blieb. Nur in den Vertiefungen, die unsere Stiefel oder Werkzeuge im sandigen Boden hinterlassen hatten, sammelten sich die vom Wind umhergetriebenen Körnchen an.
Um vier Uhr stand die Sonne schon so tief, daß Don, Hank und Horace, die augenblicklich mit den Kettensägen arbeiteten, noch rasch ein paar letzte Bäume umlegten und sich dann auf den Rückweg zur Scheune machten. Luis und zwei der jungen Burschen schnitten diesen Bäumen die unteren Zweige ab und machten dann auch Schluß. Um Viertel nach vier sah ich zu, wie der letzte Baum durch die Verpackungsmaschine lief und Marie die letzte Eintragung des Tages machte. Wir waren mit dem Abholzen des Blocks nicht ganz fertig geworden.
Als ich in die Scheune kam, bot Nell mir den letzten Schluck Kaffee aus der Kanne an. Ich nahm dankend an. Wie kann ein Mensch, der noch halbwegs bei Sinnen ist, eine Tasse

Kaffee ausschlagen? Selbst die letzte Tasse schmeckte noch herrlich, so durchgefroren und hungrig wie ich war. Allerdings machten die DeGraafs auch den ganzen Tag über frischen Kaffee und erinnerten mich damit an meinen alten Freund Harold McCoo von der Polizei in Chicago, der wohl nach Balzac der größte Koffeinsüchtige aller Zeiten sein dürfte. Auch McCoo bestand darauf, daß sein Kaffee stets frisch gebrüht wurde.

Sobald die Arbeit getan war, verschwanden Ken, Raymond und Horace so schnell sie konnten. Luis holte Öl und Lösungsmittel und legte die Kettensägen zum Saubermachen auf die Werkbank. Ihre Kettensägen waren für die DeGraafs ein mindestens ebenso wichtiges Handwerkszeug wie für mich mein Computer.

Nell, Dan und Don nahmen die Kaffeekannen und die Milch und trugen sie aus der Scheune. Ich fragte Nell, ob ich auch etwas mit ins Haus bringen sollte. Ich wußte nicht, was über Nacht in der Scheune blieb und was nicht.

»Ja, nehmen Sie doch bitte den Zucker, sonst machen sich die Mäuse und die Waschbären darüber her. Ach ja, und den Abfall können Sie mitnehmen. Wissen Sie, wo der Müllcontainer ist?«

»Weiß ich.« Ich hatte ihn bereits nach dem Mittagessen ausfindig gemacht, weil ich irgendwo das Zeitungspapier aus Long Johns Käfig entsorgen mußte.

Der Müllsack war nicht schwer, denn schließlich waren ja nur Styroporbecher und Papierservietten drin. Ich warf ihn mir mit einer Hand über die Schulter und nahm mit der anderen die Zuckerdose.

Der Müllcontainer befand sich gleich hinter der Scheune. Nachdem ich den Sack hineingeworfen hatte, wollte ich eigentlich ins Haus gehen, aber beim Anblick des Landes im Abendlicht blieb ich wie gebannt stehen.

Weit hinter den Wäldern, die sich nach Westen erstreckten, war noch ein rostroter Streifen am Horizont zu sehen. Im Osten hingegen hatten sich dicke Wolken aufgetürmt. Ich trat hinaus in den Hof, um einen freieren Blick zu haben. Die Schonungen konnte ich in der Dunkelheit schon nicht mehr erkennen, aber der weiter entfernte Wald mit seinen kahlen Eschen- und Eichenstämmen und beschneiten Kiefern hob sich noch deutlich vom rötlichen Himmel ab.
Ich atmete den würzigen Geruch der Nadelbäume ein, der nach Sonnenuntergang noch intensiver geworden war. Darüber hinaus roch es nach feuchtem Sand und Rauch von einem Holzfeuer. Dazu gesellte sich ein starker, leicht modriger Geruch, der vermutlich von dem Moos kam, das zwischen den abgestorbenen Nadeln am Boden wuchs. Ich verstand nur zu gut, daß man dieses Land lieben konnte.
Rechts von mir, gleich an der Ecke der Scheune, hörte ich auf einmal jemanden flüstern. Eigenartigerweise hört man Flüstern oft besser als normale Stimmen.
»Das meinst du doch nicht im Ernst.«
Eine zweite Stimme antwortete, ebenfalls flüsternd: »Und ob!«
An der Stimme erkannte ich, daß es Luis sein mußte. Er hatte eine sanftere und leisere Stimme als die DeGraafs.
»Denk dran, daß du dich auch täuschen kannst«, sagte die andere Stimme, immer noch im Flüsterton.
Was Luis darauf antwortete, konnte ich nicht verstehen. Er hatte sich wohl abgewandt. Dann hörte ich »– und das tun, was zu tun ist.«
Den Rest der Unterhaltung konnte ich nicht verstehen. Einen Augenblick lang hatte ich sogar daran gedacht, mein Diktiergerät einzuschalten, aber ich ließ es dann doch bleiben. Schließlich ging mich diese Unterredung nichts an, und außerdem war es ohnehin schon zu spät. Dann hörte

ich Schritte auf dem verschneiten Sand. Es waren die Schritte einer Person, wahrscheinlich Luis, die zielstrebig zur anderen Seite der Scheune ging. Die zweite Person stand vermutlich immer noch da und rührte sich nicht.

Als ich in die Küche kam, traf ich dort Nell und Hanks Söhne Dan und Don, die gerade von Tante Clara und Oma DeGraaf mit Keksen verwöhnt wurden. Kurz darauf kam auch John herein, dessen Hände ölverschmiert waren.

»Wasch dir die Hände«, sagte Oma DeGraaf, »bevor du hier irgend etwas anrührst.«

Hanks Frau Jennifer betrat die Küche. »Ich möchte möglichst bald nach Hause fahren, damit ich das Abendessen kochen kann. Habt ihr Hank gesehen?«

Als nächster kam Cal herein, gefolgt von Marie, die immer noch das Klemmbrett unter dem Arm hatte. »Wann werden eigentlich die Bäume abgeholt?« fragte sie.

»Gleich morgen früh, soviel ich weiß«, antwortete John, der sich noch immer die Hände im Becken schrubbte. Ich hatte das Gefühl, als würde diese Familie hauptsächlich in der Küche leben.

In dem Augenblick flog die Tür auf, und Hank kam rückwärts herein und zog einen Christbaum hinter sich her, eine zwei Meter hohe Blautanne. Die Kinder sprangen auf. »Das war der schönste von allen«, strahlte Hank. »Auf allen Seiten perfekt gewachsen.«

»Ich hole gleich den Baumständer!« rief Nell. Sie rannte mit Don hinaus, und ich konnte die beiden die Treppe hinunter in den Keller poltern hören. Selbst für die Kinder von Christbaumfarmern hatte Weihnachten offenbar nichts von seiner Faszination eingebüßt.

»Ich möchte relativ bald nach Hause, Hank«, sagte Jennifer.

»Kein Problem.«

Sie suchten Don, Cal und Dan und gingen hinaus zu ihrem Wagen. Zum Abschied versprach mir Hank noch, daß er mir am nächsten Tag mehr über das Anpflanzen und Aufziehen der Bäume erzählen werde. Tante Clara wollte mir von der alten Zeit auf der Farm berichten und Marie einen Einblick ins Marketing geben. Vor lauter Versprechungen hätte ich fast nicht bemerkt, daß Nell mir ganz unauffällig aus dem Weg ging.

Während das Abendessen vor sich hin köchelte, legte sich Oma DeGraaf für ein halbe Stunde aufs Ohr.

Es gab Truthahn in Pilzsahnesoße und dazu einen Kartoffelauflauf. Für diesen hatte Oma DeGraaf Kartoffeln und Zwiebeln in flüssiger Butter geschwenkt, dann dicht in eine Auflaufform gepackt und zwei Stunden lang im Rohr gebacken. Schließlich stürzte sie die Form auf einen großen Teller, und der fertige Auflauf war herrlich knusprig und braun. »Hier läßt es sich leben!« rief ich erfreut aus.

Damit erntete ich eines von Oma DeGraafs seltenen Lächeln.

Vor dem Essen sprach die Familie gemeinsam ein Tischgebet: »Herr Jesus Christus, segne dieses, unser Mahl und uns, deine Diener. Amen.«

Das Abendessen, bei dem John, Nell und ich ordentlich zulangten, war um sechs Uhr, und weil es bereits um halb sechs Uhr dunkel geworden war, hatte ich um acht das Gefühl, als wäre es bereits Mitternacht. Vermutlich fühlten sich die anderen ebenso erschöpft wie ich. Es war ein langer Tag voller körperlicher Arbeit draußen in der Kälte gewesen, und jetzt spürte ich eine angenehme, entspannte Müdigkeit in mir. Die Wärme und das gute Essen hatten eine wohltuend einschläfernde Wirkung, so daß wir alle gegen neun Uhr ins Bett gingen.

Zuvor mußte ich allerdings noch LJs Käfig säubern. Nell war

mit in mein Zimmer gekommen und spielte mit LJ auf dem Boden. »Können wir ihn morgen vielleicht hier im Haus herumfliegen lassen?« fragte sie.

»Nur über meine Leiche!«

»Warum? Hier kann ihm doch nichts passieren.«

»Darum geht es auch gar nicht. Aber Papageien tun so, als wären sie nicht stubenrein. Deine Großmutter ist eine so perfekte Hausfrau, die wirft mich glatt raus, wenn er hier auf die Möbel macht.«

Nell kicherte und hielt LJ die Hand hin. Er kletterte auf ihr Handgelenk, und von dort auf ihre Schulter. »Puh, das kitzelt!«

Ich hätte eigentlich gern ein paar Worte mit ihr geredet, aber irgendwie war es nicht der richtige Moment. Vielleicht war ich aber auch nur zu müde.

Nachdem Nell mir gute Nacht gesagt hatte, machte ich mich daran, meine handschriftlichen Notizen und Tonbandaufzeichnungen des Tages zu ordnen und in meinen Laptop einzugeben. Das mache ich immer, auch wenn ich hundemüde bin. Läßt man die eigenen Aufzeichnungen zu lange links liegen, verliert man den Bezug dazu. Und wenn man erst einmal mit dem Auswerten in Verzug geraten ist, rächt sich das am nächsten Tag, weil man dann die doppelte Arbeit hat. Wer aber aufhört, gewissenhaft Notizen zu machen, kann sich gleich einen neuen Job suchen.

Obwohl ich schlief wie eine Tote, wachte ich mitten in der Nacht auf, weil sich im Haus etwas regte. Ich drehte mich auf den Rücken und lauschte in die Dunkelheit. Weit entfernt hörte ich Nells Stimme sagen: »Daddy! Bitte, wach doch auf. Ich bilde mir das nicht ein!« Ich knipste das Licht an und sah auf die Uhr. Es war halb fünf Uhr.

Dann hörte ich John antworten: »Schon gut, schon gut, meine Süße. Gib mir eine halbe Minute.« Nell mußte wohl durch die geschlossene Schlafzimmertür mit ihm geredet haben, denn sonst hätte sie um diese Uhrzeit bestimmt nicht so laut gesprochen. Abgesehen davon, daß sie von Natur aus eher leise sprach, war sie so wohlerzogen, daß sie einen Gast des Hauses niemals wecken würde.

John, Nell und ich waren alle im Nordflügel untergebracht, während Oma DeGraaf im Südflügel schlief, wo sie Nell nicht hören konnte.

Was immer auch Nells Aufregung verursacht haben mochte, es ging mich im Grunde genommen nichts an. Als ich sie dann aber sagen hörte: »Wir müssen draußen nachsehen!«, klang das doch nach etwas Ernsterem. Außerdem hörte ich an Nells Stimme, daß sie sich Sorgen machte. Sie hörte sich an, als ob ihr etwas die Kehle zugeschnürt hätte.

Ich brauche nur dreißig Sekunden, um in Jeans, T-Shirt und Schuhe zu schlüpfen. Das ist noch ein Überbleibsel aus meiner Zeit als rasende Reporterin bei einer großen Chicagoer Tageszeitung, bei der ich für Brände und Autounfälle zuständig gewesen war. Als ich angezogen war, schaute ich vorsichtig aus der Tür und versuchte, so normal wie möglich zu klingen, als ich fragte: »Ist was nicht in Ordnung, Nell?« Der Gang war dunkel.

Genau in dem Moment kam John aus seinem Zimmer und knipste das Licht an.

Es schien Nell in ihrer Aufregung gar nicht aufzufallen, daß der Gast des Hauses um halb fünf in der Früh vollständig angezogen war. Sie sagte nur »Da!« und deutete auf ein Fenster, das, genau wie das Fenster in ihrem Zimmer, hinaus auf den Hof führte.

Nell zog John und mich vor das Fenster. »Ich bin aufgestanden und auf das – du weißt schon – gegangen«, erzählte sie

ihrem Vater. »Und bevor ich wieder ins Bett bin, habe ich noch kurz aus meinem Fenster geschaut.«
Die Lampe auf ihrem hohen Mast zwischen Haus und Scheune erhellte den Hof mit bläulichem Licht, das dem Schnee am Boden einen Glanz wie gebürstetes Aluminium verlieh.
Anfänglich wußten weder John noch ich, was Nell uns zeigen wollte. Aber dann deutete sie hinaus und sagte: »Da, im Schatten bei der Zufahrt!«
»Oh!« war Johns einzige Reaktion.
»Was ist denn dort?« fragte ich.
»Das da ist das Motorrad von Luis«, erklärte Nell. »Mit dem ist er heute morgen zur Arbeit gekommen, und damit fährt er auch jeden Abend heim. Wo ist er also?«

8

»Vielleicht ist er ja verletzt!« sagte Nell. »Es könnte doch sein, daß er sich beim Saubermachen der Kettensäge geschnitten hat oder so was! Vielleicht verblutet er gerade in der Scheune.«

Gar nicht so abwegig, dachte ich.

»Aber Luis ist doch immer sehr vorsichtig«, entgegnete John. »Es kann also gar nicht so schlimm sein.« Trotzdem eilte er sofort Richtung Treppe, und wir folgten ihm. Auf dem Weg durch die Küche sprachen wir trotz unserer Aufregung nur ganz leise miteinander, um Oma DeGraaf nicht zu wecken. An der Hintertür angekommen, nahmen John und Nell ihre Jacken vom Haken. Ich schnappte mir irgendeine.

»Sag mal, wäre es nicht besser, wenn du im Haus warten würdest?« fragte ich Nell.

»Warum denn?«

John begriff, was ich meinte. »Das finde ich auch, Liebling. Weißt du, es ist für den Fall, daß …«

»Zur Sicherheit«, warf ich ein. »Nell, was machen wir, wenn Luis in der Scheune von einem Einbrecher bedroht wird? Das hoffe ich zwar nicht«, fügte ich nach einem Blick in ihr verängstigtes Gesicht schnell hinzu, »aber es liegt ja immerhin im Bereich des Möglichen. Warum wartest du nicht hier neben dem Telefon und siehst uns durch das Fenster zu? Sobald wir um Hilfe winken oder du einen Fremden hier draußen auf dem Hof siehst, dann wählst du sofort die

Notrufnummer. So was habt ihr doch hier auf dem Land, oder?«

John sah mich dankbar an. »Aber sicher«, bestätigte Nell eifrig. »Geht in Ordnung, ich bleibe hier. Aber jetzt beeilt euch!« Sie machte keinerlei Schwierigkeiten und sagte auch keine albernen Sachen wie, daß sie Angst habe, nur mit ihrer schlafenden Großmutter allein im Haus zu bleiben. Nell war ein bewundernswertes Kind.

John und ich öffneten die Hintertür und traten auf den bläulich beleuchteten Hof hinaus. Es war absolut windstill, und es hatte aufgehört zu schneien. Das Land ringsum war totenstill. Kein Hund bellte, kein Käuzchen schrie. Der Mond verbarg sich hinter einer vorbeiziehenden Wolke.

Ich spürte, wie John neben mir zögerte. Ich sah ihn an, legte einen Finger auf die Lippen und deutete mit dem Kinn in Richtung Scheune. Das, was ich Nell über einen möglichen Einbrecher gesagt hatte, war gar nicht so weit hergeholt. Es ist schon mehrmals vorgekommen, daß eine ganze Familie auf einer einsamen Farm nachts überfallen und ermordet wurde. Und zwar von Verbrechern, die einen Unterschlupf suchten, Einbrechern, die der irrigen Meinung waren, auf einer Farm läge immer eine Menge Bargeld herum, oder Psychopathen, die aus reiner Mordlust töteten. Ich selbst glaubte allerdings, daß Luis gestürzt war und sich dabei den Kopf angeschlagen hatte. Vielleicht war er auch zuckerkrank und lag deshalb im Koma, schließlich wußte ich ja nicht über seinen Gesundheitszustand Bescheid. Wie dem auch war, wir mußten ihn schnellstmöglich finden, sonst starb er in der inzwischen wieder eiskalten Scheune noch an Unterkühlung. Trotzdem durften wir nicht jegliche Vorsicht außer acht lassen.

Die Scheune hatte zwei Zugänge: Ein Doppeltor an der

Vorderseite, durch das man mit Traktoren samt Anhängern fahren konnte, und eine normal große Hintertür. Diese ließ sich bestimmt leiser öffnen als das große Tor, und so bedeutete ich John, mir dorthin zu folgen.
Die Tür stand einen Spalt offen, durch den wir Licht in der Scheune sahen.
»Normalerweise ist die Tür immer abgeschlossen. Luis macht das für gewöhnlich, wenn er geht«, flüsterte John mir zu.
»Ein Grund mehr für die Vermutung, daß er noch da drin ist.«
Ich wollte gerade in die Scheune gehen, als John mich zurückhielt. »Nein, warten Sie, lassen Sie mich zuerst gehen. Das hier ist meine Verantwortung!« sagte er und öffnete die Tür. Auf den Zehenspitzen betraten wir die Scheune. Auf so einem Sandboden, bemerkte ich, konnte man sehr leise gehen.
Es brannte nur eine schwache Birne bei der Werkzeugwand, und so lagen große Teile der Scheune in der Dunkelheit. Soweit ich es beurteilen konnte, hatte sich hier nichts verändert, aber ich konnte auch keine Spur von Luis entdecken. Wir blieben eine halbe Minute lang an der Tür stehen und sahen uns um. Nichts rührte sich.
John griff nach einem Lichtschalter gleich neben der Tür und knipste eine Lampe an der Wand über uns an.
»Ich kann ihn nirgends sehen«, sagte John mit normal lauter Stimme.
»Lassen Sie uns nach Anzeichen für einen Unfall suchen«, entgegnete ich.
Wir durchsuchten die ganze Scheune und achteten dabei besonders auf den Boden. Aber wir fanden nichts.
»Keine Spur von Blut«, meinte John.
»Nein. Und auch keine Schleifspuren.«

»Wie können Sie das sagen?« fragte John. »Da sind doch jede Menge Spuren auf dem Boden.«
»Das stimmt, aber es müßten langgezogene, parallele Linien sein. Wie von Absätzen, die über den Boden gezogen werden.«
John sah mich einen Augenblick lang an, als käme ich von einem anderen Stern. Dann aber begriff er. »Richtig. Dann sollten wir wohl besser draußen weitersuchen.«
»Ich fürchte, das müssen wir. Gibt es hier irgendwo eine Taschenlampe?«
»Da drüben.« Er ging zur Werkbank und kam mit zwei Taschenlampen wieder, von denen er mir eine gab.
Wir gingen zur Mitte des Hofes, von wo aus wir Nell am Küchenfenster sehen konnten. Wir zuckten auffällig die Schultern und zeigten ihr unsere leeren Handflächen, um ihr zu verstehen zu geben, daß wir noch immer nicht wußten, was los war. Dann deuteten wir in Richtung Zufahrt und Schonung, wo wir unsere Suche fortsetzen wollten. Nell nickte und machte uns durch Zeichen klar, daß sie in der Küche bleiben würde. Gut so.

»Lassen Sie uns methodisch vorgehen«, schlug John vor. »Wollen wir zuerst rund ums Haus suchen?«
»Okay.«
Danach sprachen wir nicht mehr. Nell sah uns zu, wie wir uns entgegen dem Uhrzeigersinn auf den Weg ums Haus machten. Das lag nahe, denn links vom Haus befand sich die Garage. Die Engländer sagen zwar, daß es Unglück bringt, wenn man linksherum um eine Kirche geht, aber meines Wissens trifft das auf Häuser nicht zu. Trotzdem hatte ich böse Vorahnungen, als wir die Garage betraten. Nell hatte mitgedacht und bereits vom Haus aus das Licht eingeschaltet, und so sahen wir rasch, daß sich hier nichts

verbarg außer einer alten Limousine, einer Menge Rechen und Harken und einigen Behältern mit Streusalz oder Frostschutzmittel.

Hinter der Garage war es dunkel. Wir ließen die Lichtkegel über die kahlen Büsche und die Bäume dahinter gleiten. Hier war niemand, und an keinem der Büsche war ein Zweig abgeknickt. An den paar Stellen, an denen der Schnee liegen geblieben war, konnte ich keine Fußspuren entdecken.

Von der Garage begaben wir uns an die Hinterseite des Hauses. Nell erschien im Fenster des Wohnzimmers und sah uns zu. Wir winkten ihr.

Danach überprüften wir die der Scheune zugewandte Seite des Hauses und schließlich die Vorderfront.

»He!« rief John auf einmal.

Ich zuckte zusammen.

»Tut mir leid. Ich wollte Sie nicht erschrecken«, entschuldigte sich John. »Mir ist nur gerade eingefallen, daß wir uns vielleicht als erstes Luis' Motorrad hätten anschauen sollen.«

»Ja, natürlich! Sie haben recht! Vielleicht ist ja nur ein Reifen platt.«

»Aber wenn das so wäre, wo ist dann Luis? Zu Fuß nach Hause gegangen ist er sicher nicht, dafür ist es zu weit. Er wäre doch sicherlich ins Haus gekommen und hätte jemanden angerufen, der ihn abholen kommt. Ich bin mir ziemlich sicher, daß er mit keinem anderen mitgefahren ist, denn als ich ihn zuletzt sah, waren alle bis auf Hank schon gegangen.«

»Und Hanks Pick-up war schon voll besetzt mit seiner Frau und seinen Söhnen«, bemerkte ich. »Außerdem hätte Hank uns bestimmt erzählt, daß er Luis mitnehmen wollte, nicht wahr?«

Wir gingen die Zufahrt entlang zu der Stelle, wo Luis' Motorrad im Schatten einiger Wacholderbüsche stand. Dabei sprachen wir weiter miteinander. Das beruhigte die Nerven.

»Mir gegenüber hat Luis kein Wort darüber verloren, daß sein Motorrad nicht in Ordnung sei«, sagte John.

Und offenbar war es auch in Ordnung, denn als wir uns die Maschine ansahen, fiel uns auf den ersten Blick kein Defekt auf. Die Chromteile des vorbildlich gepflegten Motorrads blitzten unter einer dünnen Schneeschicht, und der Motor kam mir aus der Nähe betrachtet viel größer vor als sonst, wenn man aus dem vorbeifahrenden Auto einen Blick darauf wirft. Das Rücklicht war blitzblank, und die Reifen sahen fast neu und prall aufgepumpt aus. Es lagen auch kein Werkzeug oder herausgeschraubte Zündkerzen herum, aus denen man hätte schließen können, daß jemand an diesem Motorrad herumrepariert hatte.

»Sehen Sie mal«, sagte ich und deutete auf die Reifen. »Da unten hat der Wind den Schnee hingeblasen. Es ist also seit einiger Zeit nicht mehr bewegt worden. Wenn Luis versucht hätte, die Maschine zu starten, dann hätte er sie doch wenigstens ein Stück nach vorne oder hinten geschoben.«

John erwiderte nichts und nickte nur. Dann drehte er sich um und ließ seinen Blick über den stillen Hof und die stillen Wälder hinaus in die stille Nacht gleiten. Weit in der Ferne hörte man einen Lastwagen auf dem Highway vorbeibrummen.

»Das gefällt mir ganz und gar nicht«, sagte er schließlich.

»Mir auch nicht.«

»Aber wir können doch nicht so einfach die Polizei rufen. Schließlich haben wir keinen Beweis dafür, daß hier irgend etwas faul ist, oder?«

»Nein.«

»Sollen wir ihn draußen in der Schonung suchen? Vielleicht ist er ja noch mal rausgegangen, um irgendein Arbeitsgerät zu holen und ist aus irgendeinem Grund zusammengebrochen.«
»Okay«, sagte ich. »lassen Sie uns die Schonung durchsuchen.«
Es war eiskalt und totenstill. Die Lichtkegel unserer Taschenlampen tasteten sich durch die Dunkelheit und brachten dabei die Eiskristalle in der Luft zum Blitzen, so daß wir aussahen wie zwei Jedi-Ritter mit ihren Lichtschwertern. Allerdings waren die Strahlen unserer Schwerter völlig kraftlos. Sie glitten nur über die Bäume und brachten nichts Ungewöhnliches ans Licht.
Schweigend gingen wir durch eine Schonung mit schulterhohen Kiefern zu dem Block, an dem wir am Nachmittag die Fichten abgeholzt hatten. Der fast schon volle Mond stand tief am Himmel und warf ein gespenstisches Licht auf die Baumstümpfe, die sich dunkel vor dem schneebedeckten Boden abhoben. All diese in Reih und Glied stehenden, schwarzen Kreise auf weißem Untergrund erinnerten mich irgendwie an ein riesiges Go-Spiel und gleichzeitig an den Tod der vielen Bäume, die gestern früh noch hier gestanden hatten. Vielleicht hatte John ja ähnliche Gedanken, denn er beschleunigte seine Schritte.
Es war nicht mehr weit. Bald hatten wir die Fahrzeuge erreicht, die wir bis zum Morgen stehen gelassen hatten. Auf dem Tieflader lagen in dunklen Bündeln die verpackten Bäume. Dahinter auf dem Feldweg stand die Verpackungsmaschine, und nicht weit von ihr entfernt sahen wir ein weiteres Bündel am Boden liegen.
Die Strahlen unserer Taschenlampen trafen es fast gleichzeitig. Einen Augenblick lang stand ich da und wußte nicht, was wir vor uns hatten. Zuerst dachte ich, das merkwürdige,

in Fäden eingesponnene und an den Enden spitz zulaufende Ding wäre ein riesiger Insektenkokon, aber dann erkannte ich, was es wirklich war.

»Oh, mein Gott, nein!« schrie John und stürzte auf das Bündel zu.

Es war Luis, der, eingesponnen in das reißfeste, orangefarbene Packnetz, starr dalag und sich nicht rührte. Seine Arme waren über den Kopf gestreckt, was dem Bündel die Form einer verpuppten Mottenlarve gab. Jemand mußte ihn durch die Verpackungsmaschine gezogen und einfach liegenlassen haben.

»Haben Sie ein Messer?« fragte ich John.

»Was?«

»Ein Messer! Schnell! Oder eine Schere?«

»Moment – ja, ich habe ein Schweizer Offiziersmesser dabei.«

»Geben Sie es mir. Und dann rennen Sie zum Haus und rufen einen Krankenwagen. Beeilen Sie sich!«

»Ja, ja, mach ich!«

Er reichte mir das Messer. »Glauben Sie, er lebt noch?«

»Das bezweifle ich. Aber machen Sie trotzdem schnell. Und rufen Sie auch die Polizei!«

Während er losrannte, fing ich an, das Plastiknetz zu zerschneiden. Mein Gott, war das zäh! Ich fing bei der Mitte des Körpers an und schnitt wie wild drauflos. Die Arme und Beine mußten warten. Wenn Luis überhaupt noch eine Überlebenschance haben sollte, dann mußte ich zuerst Brust und Kopf befreien und sofort mit Wiederbelebungsversuchen beginnen. Das war jetzt wichtiger, als alles unberührt zu lassen für die Spurensicherung der Polizei.

Ich säbelte an dem Plastik herum und zerschnitt dabei auch Luis' Jacke und sein Hemd, aber wen kümmerte das? Bei meiner Arbeit fügte ich Luis Kratzer zu, aber er gab kein

Lebenszeichen von sich. Als ich seinen Kopf aus dem Netz befreit hatte, hörte ich mit dem Schneiden auf und legte zwei Finger auf seine Halsschlagader.
Kein Puls.
Ich preßte dreimal fest auf seine Brust, genau unter dem Brustbein, aber das bewirkte gar nichts. Er war so reglos wie ein Batzen Lehm. Dann leuchtete ich ihm mit der Taschenlampe ins Gesicht. Seine Lippen waren blau und seine Augen weit aufgerissen. Seine Pupillen bewegten sich nicht, auch nicht, als ich direkt hineinleuchtete. Am deutlichsten aber waren die kleinen Schneekristalle auf seinen Augen. Weil diese nicht geschmolzen waren, mußten sie schon auf eine kalte Oberfläche gefallen sein. Und das bedeutete, daß Luis tot war.

9

Weder ich noch John hatten die ebenso gräßliche wie offensichtliche Wahrheit laut ausgesprochen: Jemand mußte Luis durch die Verpackungsmaschine gezogen haben. Beim Gedanken daran drängten sich mir häßliche Fragen auf. Hatte man ihn bei lebendigem Leib in den Trichter geschoben? War er zuerst betäubt worden, oder war jemand so grausam gewesen, ihm einfach die Kette um die Füße zu binden, den Motor anzuwerfen und ihn von der Maschine ergreifen zu lassen? Und wenn er tatsächlich noch am Leben gewesen war, war er dann in der Maschine gestorben oder erst später, als er hilflos und zusammengebunden wie ein tiefgekühlter Truthahn in der immer kälter werdenden Nacht lag? Großer Gott!

Die Verpackungsmaschine war so konstruiert, daß die Zweige des Baumes, den die Kette mit dem Stamm voran in den Trichter zog, nach oben angelegt wurden. Das Ergebnis war, daß ein vorher zwei Meter breiter Baum nur noch fünfundvierzig Zentimeter Durchmesser hatte und damit sehr viel einfacher und geschützter zu transportieren war. Um das zu bewerkstelligen, maß der Trichter etwas über einen Meter an seiner breitesten und weniger als einen halben Meter an seiner engsten Stelle.

Zierliche Menschen wie ich schlüpfen gefahrlos durch ein Loch mit fünfundvierzig Zentimeter Durchmesser. Bei Luis war das anders, denn dessen Schultern waren sicherlich breiter. Trotzdem war es unwahrscheinlich, daß er

beim Durchziehen durch die Maschine getötet worden war.
Der arme Kerl tat mir so leid, daß ich mit meiner Hand spontan die seine berührte. Sie war eiskalt und steckte noch immer in dem Teil des Netzes, den ich nicht aufgeschnitten hatte. Natürlich war es unsinnig, ihm die Hand zu halten, denn er spürte es nicht mehr, daß jemand bei ihm war. Aber irgendwie fühlte ich mich ihm auf eine seltsame Weise verbunden. »Weißt du was, Luis«, sagte ich mit leiser Stimme. »Ich habe dich sofort gemocht. Mir gefiel deine Art. Und manche Leute sagen, daß man einen Menschen nur ganz kurz kennen muß, um seinen wahren Charakter zu erkennen. Als wäre eine Persönlichkeit so etwas wie ein Hologramm, bei dem selbst die kleinste Einheit alle Informationen über das Ganze in sich trägt.
Aber irgendwie kann das nicht stimmen, denn sonst hätte mich mein erster Eindruck nicht so oft getrogen. Vielleicht ist es bei dir ja anders.
Ich weiß, es ist absolut albern, mit dir zu reden. Aber wahrscheinlich stehe ich unter Schock. Und außerdem tut es ja niemandem weh, oder? Schließlich sind wir beide Außenseiter hier. Du weniger als ich, ich bin nur für ein paar Tage hier. Oder warst du doch der größere Außenseiter, weil du hier gearbeitet hast, ohne jemals zur Familie zu gehören? Ich glaube, daß dich einer aus dieser Familie umgebracht hat. Willst du, daß ich noch etwas für dich tue?«
Nachdem ich keine Antwort von Luis' Geist bekam und ich mir zunehmend lächerlicher vorkam, brach ich diesen letzten Gedankenaustausch ab und stand auf. Betäubt und verängstigt hockte ich mich auf die kalte Ladefläche des Lastwagens und wachte über Luis, obwohl dem nun niemand mehr etwas antun konnte. Die Schneewolken hatten sich verzogen, und am Himmel konnte ich die Sterne sehen,

die hier viel heller und klarer leuchteten als in Chicago. Dadurch wirkten sie zwar kleiner, aber auch sehr viel strahlender. Nach einer Weile, als sich meine Augen an die Dunkelheit gewöhnt hatten, konnte ich auch den Widerschein des Mondes auf den kahlen Zweigen der Eichen und Eschen im nahen Wald ausmachen.

Ich war froh darüber, daß Nell nicht herauskam. Auch John ließ sich nicht blicken. Vermutlich hatte er Nell dazu überredet, mit ihm zusammen auf die Polizei oder den Sheriff zu warten, wer immer hier für die Aufklärung eines Verbrechens zuständig sein mochte.

Einen Augenblick lang dachte ich, daß die beiden vielleicht deshalb nicht kämen, weil sie noch planten, wie sie mich am besten umbringen und damit eine unliebsame Zeugin verschwinden lassen konnten. Aber natürlich war das ein idiotischer Gedanke. Wäre Nell an diesem Mord beteiligt gewesen, hätte sie John niemals auf das Motorrad aufmerksam gemacht. Außerdem war sie ein nettes Mädchen und keine eiskalte Mörderin. Für den Rest der Familie konnte ich allerdings nicht die Hand ins Feuer legen. Auf was hatte ich mich da bloß wieder eingelassen?

Wenn man lange bewegungslos auf einem Fleck sitzt, hört man selbst in der stillsten Nacht noch leise Geräusche. Da rutscht ein wenig Schnee von einem Zweig, da fallen Tannenzapfen zu Boden, die tagsüber von dem vorbeifahrenden Tieflader schon halb abgerissen wurden, da rascheln kleine und auch größere Tiere – wie beispielsweise Waschbären – auf dem mit Tannennadeln bedeckten Boden herum. Die Geräusche zeigen, daß die Nacht voller Leben ist, und wenn man nur lange genug hinhört, hat man unweigerlich den Eindruck, als kämen sie alle auf einen zu. So blickte ich mehrmals ängstlich über die Schulter, bis ich schließlich in der Ferne das Heulen einer Sirene hörte. Bald darauf sah ich einen Streifenwagen in die Zufahrt einbiegen, dessen Blaulicht wie ein Stroboskop über die Stämme der Bäume und den toten Luis zuckte. Einen Augenblick lang kam es mir so vor, als wäre ein Lächeln über seine starren Lippen gehuscht und als hätten sich seine Augenbrauen zu einem fragenden Stirnrunzeln gehoben. Eine halbe Minute später traf auch der Krankenwagen ein.

»Haben Sie das Netz zerschnitten?«
»Ja.«
»Wie kommen Sie dazu? Es weiß doch jedes Kind, daß man an einem Tatort nichts berühren darf.«
Der Mann, der das sagte, meinte das nicht böse. Er war etwa fünfunddreißig Jahre alt, blond, gut in Form und Profi genug, um sich nicht unnötig aufzuregen. Sein etwas ruppiger Ton war wohl auf seine Nervosität zurückzuführen. Und nervös war er nicht etwa, weil es ihm an Erfahrung mangelte, sondern weil ihm dieser Fall überhaupt nicht gefiel. Immer wieder blickte er unbehaglich hinüber zum Tatort, wo die Leute von der Spurensicherung Proben nahmen und Luis' Leiche fotografierten. Sergeant VanLente konnte sich ganz offenbar nicht mit dem Gedanken anfreunden, daß jemand durch die Verpackungsmaschine gezogen worden war. Mir ging es ebenso.
»Sie müssen doch gemerkt haben, daß er schon tot war«, fuhr mich der Sergeant an.
»Nein, habe ich nicht gemerkt. Schließlich hatte ich nur eine Taschenlampe und konnte ihn unter dem Netz kaum sehen. Es tut mir leid wegen der Spurensicherung, aber ich mußte einfach versuchen, ob ich ihm noch helfen konnte, auch wenn es so aussah, daß er schon tot war. Ich hatte nicht die Zeit, auf einen Arzt zu warten. Wenn ich noch mal in der Situation wäre, würde ich wieder dasselbe tun.«

Ich wußte nicht so recht, was ich tun sollte. Einerseits wollte ich hier draußen am Tatort bleiben, um zu sehen, wie das Büro des Sheriffs so einen Fall untersuchte. Wenn ich wieder in Chicago war, konnte ich meinem Freund Harold McCoo, der inzwischen zum Leiter der Kriminalpolizei in Chicago befördert worden war, von der Arbeitsweise seiner ländlichen Kollegen berichten. McCoo interessiert sich sehr dafür, was andere Polizeiabteilungen machen. Dieser mußte man ihre rasche Reaktion auf einen Notruf zugute halten. Andererseits wollte ich zurück ins Haus, um nach Nell zu sehen. Bei der Ankunft des Streifenwagens war sie herausgelaufen und hatte sich, noch ganz außer Atem, langsam der Leiche genähert.

»Luis«, hatte sie geflüstert. »Steh auf. Bitte, steh doch doch auf.« Sie hatte ihre Hand auf die seine gelegt und wohl gespürt, wie kalt sie war, denn sie hatte so entsetzt dreingeblickt, daß ich sie weggeführt hatte.

»Wieso hilft ihm denn keiner?« hatte sie immer wieder gejammert. »Oh, bitte, Cat, tun Sie doch was für ihn!« Ich hatte sie an der Schulter gefaßt und ihr erklärt, daß ich schon alles versucht hätte, Luis aber schon seit Stunden tot sei. Nell hatte angefangen, leise vor sich hin zu weinen, dann hatte sie sich umgedreht und war langsam zum Haus zurückgetrottet.

Sie war nicht meine Tochter, und ich war auch nicht für sie verantwortlich, aber ich hatte bemerkt, daß der zweite Hilfssheriff mit John zur Scheune gegangen war. Das aber bedeutete, daß Nell allein im Haus war, denn ich glaubte nicht, daß sie es wagen würde, Oma DeGraaf zu wecken und bei ihr Trost zu suchen. Das konnte ich ihr angesichts der strengen Art ihrer Großmutter auch nicht verdenken.

Früher hätte in so einem Fall immer meine Neugierde obsiegt, und ich hätte den Tatort erst dann verlassen, wenn

man mich unmißverständlich dazu aufforderte. Und manchmal nicht einmal dann. So viel Neugier ist nicht immer gut, und mich hat die meine schon des öfteren in Lebensgefahr gebracht.
Nun ging es aber nicht allein um mich, sondern auch um Nell. Und dieses Gefühl war neu für mich.
Da ich alles gesehen hatte, was ich sehen mußte, wandte ich mich an Sergeant VanLente. »Mehr kann ich Ihnen dazu nicht sagen. Abgesehen vom zerschnittenen Netz, ist alles noch genau so, wie wir es vorgefunden haben.«
»Und was ist mit Ihren Fußspuren?«
»Diejenigen, die bis zu der Leiche führen, sind die meinen. John ist kurz davor stehengeblieben, hat mir sein Messer gegeben und ist dann wieder ins Haus gegangen, um Sie zu verständigen. Ich habe das Netz aufgeschnitten, Luis den Puls gefühlt und versucht, ihn wiederzubeleben. Dann habe ich mich auf den Tieflader gesetzt.« Ich verschwieg, daß ich Luis' Hand berührt und mit ihm geredet hatte. Man kann es mit der Wahrheit schließlich auch übertreiben. »Das war's.«
»Hm.«
»Wenn Sie mich noch brauchen, dann finden Sie mich im Haus.«

Nell lag auf dem Sofa im Wohnzimmer. Ich setzte mich neben sie. Ein paar Minuten lang wechselten wir kein Wort. Normalerweise ist das eine lange Zeit, aber ich hatte das Gefühl, Nell brauchte sie, um ihre Gedanken zu ordnen. Schließlich hörte sie auf zu grübeln und wandte sich an mich: »Danke, Cat. Ich weiß, daß das alles nicht Ihr Problem ist, aber ich bin froh, daß Sie hier sind.«
»Ich auch.«
Sie schenkte mir ein kleines Lächeln.

»Kann ich irgend etwas für dich tun?« fragte ich. »Soll ich dir irgend jemanden holen?«
»Nein. Die Oma zieht sich gerade an. Sie hat das Blaulicht gesehen und ist aufgewacht.«
»Vermutlich hat sie auch die Sirenen gehört.«
»Hm. Kann schon sein. Und ich habe schon bei Tante Marie und Onkel Henry angerufen. Die sind auf dem Weg hierher. Und Tante Clara habe ich auch angerufen.«
»Tante Clara?« Ich stellte mir die rundliche alte Dame vor. »Braucht die nicht ihre Nachtruhe?«
»Nein, eigentlich nicht. Sie war früher Krankenschwester, Nachtschwester sogar, und da hat sie gelernt, mit wenig Schlaf auszukommen. Sie würde es mir nie verzeihen, wenn ich sie nicht angerufen hätte.«
»Ich verstehe. Übrigens, Nell, ich ...«
»Ich weiß schon, was Sie sagen wollen, Cat«, unterbrach sie mich. »Sie wollen bestimmt wissen, was zwischen mir und Luis war. Cal hat mich deshalb immer auf den Arm genommen und so getan, als wäre Luis mein Freund. Wissen Sie, ich habe ihn wirklich gern gehabt. Wir haben viel miteinander geredet. Er war immer ehrlich zu mir.«
»Und solche Menschen findet man nicht allzuoft, stimmt's?«
»Ich jedenfalls nicht. Sie etwa?«
»Ehrlich gesagt, nein.«
»Aber ich war nicht in ihn verliebt. Und wir haben auch nicht ... Sie wissen schon. Wir hatten keine Liebesgeschichte oder so was.«
»Ich verstehe.«
»Ich bin noch nie mit einem Jungen gegangen. Papa und Oma sagen immer, daß ich dazu erst mal in die neunte Klasse gehen muß. Außerdem war Luis viel zu alt.«
»Ja, natürlich.« Mag ja sein, daß er für sie zu alt war, dachte

ich. Aber war er deshalb schon alt? Was sollte ich denn da erst ich sagen, die ich doppelt so alt war wie Luis?

»Luis war wirklich nett. Er hat es immer ganz toll gefunden, wenn ich gute Noten hatte. Im nachhinein, sagte er immer, bedauerte er es sehr, daß er sich damals in der Schule nicht mehr angestrengt hatte. Er meinte, ich solle fleißig lernen und später mal aufs College gehen. Das hatte er nämlich auch vor. Er wollte Geld sparen und dann eine Abendschule besuchen.«

»Das hört sich an, als wäre er ein netter Junge gewesen. Mir hat er übrigens auf Anhieb gefallen.«

»Luis wollte später mal Studienberater werden. Sie wissen schon, so jemand, der einem auf der High-School hilft, das richtige College zu finden.«

»Ja, ich weiß.«

»Da muß man eine Menge darüber wissen, wie man die Tests richtig auswertet, was die Kinder für Begabungen und Interessen haben und so. Luis wollte sich speziell um mexikanische Schüler kümmern. Nicht ausschließlich, aber eben auch.«

»Verstehe.«

Nell hob den Kopf. »Ich dachte nur, ich sollte klarstellen, daß wir nur gute Freunde waren. Die Leute ziehen gerne die falschen Schlüsse. Damit meine ich nicht Sie, Cat. Aber es ist immer besser, wenn man die Dinge klarstellt. Finden Sie nicht auch?«

»Doch.« Eine Weile sagte ich nichts. Gestern nachmittag hatte ich versucht, sie allein zu sprechen, weil ich das Gefühl gehabt hatte, sie wolle mir etwas anvertrauen. Aber es hatte sich nicht ergeben. Am Abend dann, bei mir im Zimmer, hatte ich vor lauter Müdigkeit die Gelegenheit verstreichen lassen. Ihre Offenheit jetzt ermutigte mich. »Wolltest du eigentlich gestern mit mir über etwas reden, Nell?«

Nell faltete auf einmal die Hände und hielt sie sich vor die Brust. »Ja, das wollte ich«, antwortete sie. »Aber jetzt weiß ich nicht mehr, ob es wirklich gut wäre.«
Immerhin war sie ehrlich.

Wie sich herausstellte, gingen alle Notrufe hier auf dem Land an die zentrale Einsatzleitung in Ottawa County. Die verständigte dann den Einsatzwagen, der dem Tatort am nächsten war. Das konnte ein Wagen der Staatspolizei von Michigan sein, aber auch einer des Sheriffs von Ottawa County. Und wenn es Verletzte gab, wurde auch gleich ein Notarztwagen losgeschickt. Wer als erster am Tatort war, übernahm dann auch die weitere Untersuchung des Falls. Mit dieser Methode war gewährleistet, daß auch in dieser ländlichen Gegend, in der die Polizei große Gebiete abdecken mußte, umgehend auf einen Notruf reagiert werden konnte. Beide Polizeiorganisationen verfügten über Kriminalbeamte, die die Fälle von ihren uniformierten Kollegen übernehmen konnte. In unserem Fall waren es also die Leute des Sheriffs, aber es hätten genausogut die der Staatspolizei sein können.
Die Kriminalbeamten und die Streifenpolizisten, die vom Ottawa County Sheriffsbüro kamen, spiegelten die ethnische Vielfalt dieses Landstriches wider. Da gab es die Holländischstämmigen – Dave Hoogendoorn, Sergeant Van-Lente und Susan Kamphuis –, einen Mexikaner namens Bill Suya und zwei weitere Beamte mit gemischter Abstammung, was in dieser Gegend meist eine Mischung aus englisch, irisch, deutsch und französisch bedeutete.
Während ich mich mit Nell unterhalten hatte, war John zurück ins Haus gekommen. Es freute mich, daß er gleich zu Nell ging und sich keine Gedanken darüber machte, was wohl der Gast des Hauses – also ich – davon halten würde.

Er nahm sie in seine Arme und fragte: »Liebling, geht's dir gut?«
»Es geht schon, Daddy.«
»Das muß alles ganz furchtbar für dich sein.«
»Es ist einfach *ungerecht!* Es ist gemein. Luis hatte ein Recht zu leben.«
»Ja, das hatte er.«
»Wie können solche Sachen bloß passieren?«
»Das weiß ich auch nicht, meine Kleine. Wenn wir das wüßten ... Du hättest da nicht rausgehen sollen. Du hättest die – die Leiche –, ich meine, du hättest Luis nicht sehen dürfen.«
»Daddy, es macht doch keinen Unterschied, ob ich ihn gesehen habe oder nicht. Außerdem soll man den Tatsachen doch immer ins Auge sehen, oder etwa nicht?«
Das Mädchen gefiel mir immer besser. Ich stand auf und ließ die beiden allein.

Hoogendoorn und Suya unterhielten sich leise im Hausflur.
In der Küche warf Oma DeGraaf gerade die Kaffeemaschine an. Aus dem Herd roch es nach Muffins – Maismehlmuffins, vermutete ich –, und dieser Geruch stand in einem seltsamen Kontrast zum säuerlichen Wissen um den Tod, das überall in der Luft lag. Tante Clara vermischte gerade gefrorenes Orangensaftkonzentrat mit Wasser. Wie hatte sie es nur geschafft, vor allen anderen hier zu sein? Nell und John kamen kurz nach mir aus dem Eßzimmer. Die beiden setzten sich an den Tisch, und Clara schenkte ihnen Orangensaft ein.
»Soll ich dir ein Rührei machen, Pieternella?« fragte Oma DeGraaf.
Ich konnte sehen, wie Nell bei dem Gedanken würgte, aber

ihre Großmutter, die hinter ihr stand, bekam es nicht mit.
»Nein, danke, Oma. Ich warte auf die Muffins.«
Ich fühlte mich wie das fünfte Rad am Wagen, aber ich hatte nicht lange Zeit, um darüber nachzudenken. Plötzlich wurde die Hintertür so heftig aufgestoßen, daß der Griff an die Wand schlug. Hank stürmte herein und beherrschte mit seiner bulligen Erscheinung sofort den Raum. Ihm folgte ein Schwall kalter Luft.
»Was soll das alles? Gut, okay, wir hatten einen Unfall, aber warum kommandieren die einen so herum?« rief er so laut, daß der ganze Raum von seiner Stimme widerhallte. »Die Polizei läßt mich nicht mal in der Zufahrt parken.«
»Das ist wegen der Spurensicherung, Hank«, erklärte John. »Schließlich ist hier ein Mord geschehen.«
»Und wer entscheidet das? Etwa dieser Trottel VanLente da draußen?«
»Du solltest dich was schämen, Henry. So redet man nicht von anderen Leuten«, zischte Oma DeGraaf.
Hank verstummte. Unterdessen kam Marie herein. Sie setzte sich Nell gegenüber an den Tisch und fragte: »Hallo, meine Kleine, wie geht es dir?«
»Gut«, antwortete Nell.
»Die Jungs und Jennifer kommen erst später«, verkündete Hank. »Es hat keinen Sinn, sie jetzt schon hier zu haben.«
John stimmte ihm zu.
»Kannst du mir sagen, was eigentlich passiert ist, John?«
»Das weiß ich selber nicht. Aber ich kann dir sagen, was wir gefunden haben.«
John erzählte seinem Bruder und den anderen, wie Nell uns aufgeweckt hatte, wie wir nach Luis gesucht und ihn schließlich gefunden hatten. Er faßte das alles ganz ruhig und nüchtern zusammen und übertrieb nichts. Das brauchte er auch nicht, denn die Tatsachen waren schlimm genug.

Während er sprach, holte Clara die noch dampfenden Muffins aus dem Herd. Sie sahen aus wie auf einem Rezeptfoto in der Sonntagsausgabe von *Chicago Today* – leicht gebräunt, schön aufgegangen mit ein paar Rissen an der Oberfläche – und schmeckten wunderbar.
Da saßen sie also, in dieser Küche mit ihrer warmen, honigfarbenen Wandtäfelung, dem gelblichen Holzfußboden und dem hellen Holztisch, durch die der Duft von Kaffee und frischem Gebäck zog. Eine Familie wie aus dem Bilderbuch: Oma DeGraaf – rosig, Nell – bildschön, Marie – elegant und gertenschlank, John – mager, aber sehnig, Hank – groß, kräftig und strotzend vor Gesundheit. Und doch war einer aus dieser Familie, vielleicht mit Ausnahme von Cal, der erst später kommen würde, der Mörder von Luis Montoya.

Hank bekam den Sergeant im Flur zu fassen.
»He, VanLente, könnt ihr Burschen euch denn nicht etwas beeilen? In drei Stunden rücken meine Arbeiter an.«
»Offenbar habe ich mich vorhin nicht klar genug ausgedrückt, Mr. DeGraaf«, antwortete der Sergeant. »Wir haben noch gar nicht richtig angefangen. Im Moment haben wir noch nicht einmal die Spuren gesichert. Da draußen haben wir kein Licht, und unseren fahrbaren Generator können wir nicht zum Einsatz bringen, weil dessen Reifen mögliche Spuren zerstören könnten. Wir müssen also mit der richtigen Untersuchung warten, bis es Tag ist.
»Unmöglich!«
»Wir müssen sehen können, was wir tun. Schließlich müssen wir die ganze Schonung durchkämmen.«
»Jetzt hören Sie mir mal zu! Vielleicht ist es Ihnen noch nicht aufgefallen, aber wir sind gerade dabei, uns unseren Lebensunterhalt zu verdienen.«

»Das ist mir schon klar.«
»Jetzt ist nun mal die Zeit zum Fällen. Dazu haben wir maximal acht Tage, mehr nicht.«
»Wir haben es hier mit einem Mord zu tun, Mr. DeGraaf.«
»Der Mord ist *Ihre* Sache. Ich muß mich um mein Geschäft kümmern. Und deshalb rufe ich jetzt meinen Anwalt an.«
»Nicht so schnell, Hank«, mischte John sich ein. »Denk doch erst einmal nach, bevor du einem Anwalt unser hart verdientes Geld in den Rachen wirfst.«
John wußte nur zu genau, wie man Hank anpacken mußte. Ich sah, wie VanLente ein Lächeln unterdrückte, und nahm an, daß er entweder schon von Hanks Art gehört hatte oder aber kürzlich selbst eine Anwaltsrechnung zu begleichen hatte.
John wandte sich an ihn: »Wäre Ihnen damit gedient, wenn wir Ihnen diesen einen Block überlassen würden, Sergeant?«
»Ein Block ist wohl so ein rechteckiges Feld mit Bäumen?«
»Ja.«
»Gut. Dann brauche ich den Block, den Feldweg dorthin und den größten Teil der Zufahrt. Und zwar vom Haus bis ungefähr hundert Meter hinter dem Motorrad. Dazu die Scheune und die Blöcke, die unmittelbar an den fraglichen angrenzen. Nirgendwo darf sich jemand von Ihnen aufhalten, bis wir nicht alles genau untersucht haben.«
Hank stöhnte. »Siehst du, mit den Leuten kann man nicht vernünftig reden«, sagte er zu seinem Bruder.
John sprach unbeirrt weiter: »Dann könnten wir also einen Block abholzen, der hundert Meter von dem mit dem Toten enfernt liegt?«
»Das müßte gehen. Aber lassen Sie uns doch mal rübergehen und uns die Sache vor Ort ansehen.«
»Und unsere Arbeiter dürfen an der Straße parken und zu

Fuß zu dem Block gehen, okay? Und wenn wir Ihnen die Scheune überlassen, müssen sie sich in der Küche Kaffee holen können.«

»Und wo sollen wir unsere Sägen warten, verdammt noch mal?« fuhr Hank dazwischen.

»Im Keller. Nein, in der Garage.«

»Du meine Güte!«

»Die Verpackungsmaschine können Sie natürlich nicht benutzen«, meinte Sergeant VanLente. »Ich hoffe, das ist Ihnen klar.«

Hank wirbelte herum und schlug mit der flachen Hand gegen die Wand. Sofort ließ sich aus der Küche die Stimme von Oma DeGraaf vernehmen: »Henry DeGraaf! Hör sofort damit auf!«

»Geh in die Küche, Hank, und laß mich nur machen. Ich leihe mir eine Verpackungsmaschine«, sagte John.

»Und woher? Jetzt in der Hauptsaison?«

»Wart's ab. Du wirst schon sehen.«

»Na klar, mach ich. Was bleibt mir auch anderes übrig?«

»Außerdem wäre ich dir verbunden, wenn du deine Lautstärke ein wenig drosseln könntest. Immerhin ist einer unserer Männer gestorben. Und Luis hat nicht nur einige Jahre bei uns gearbeitet, er war darüber hinaus auch noch ein Freund.«

»Du hast ja recht«, brummte Hank. »Aber deswegen müssen wir nicht gleich die Arbeit hinschmeißen. Schließlich war er keiner von *uns!*«

10

Als die Kettensägen wieder loskreischten, ging auch ich zu der Pflanzung, an der heute gearbeitet wurde. Sie lag in dem Gebiet des Thornapple Drive und war nur durch einen ziemlich langen Fußmarsch auf dem sandigen Feldweg zu erreichen. Es war jetzt hell geworden, und als ich zu der Stelle kam, an der die Leute des Sheriffs arbeiteten, blieb ich stehen. VanLente schickte einen Techniker mit irgendwelchen Proben zu einem weißen Lieferwagen mit der Aufschrift »Ottawa County Sheriff«. Dahinter parkte gerade der Krankenwagen ein. Offenbar wurde jetzt Luis' traurige, halb gefrorene Leiche weggeschafft.

Ich blieb mit verschränkten Armen stehen und sah zu. Ich brachte es einfach nicht fertig, weiterzugehen.

Die Leiche, die in einem schwarzen Plastiksack steckte, war länger als gewöhnlich, weil die Totenstarre die Arme in ihrer ausgestreckten Position über dem Kopf hielt. Auch als die Sanitäter Luis hochhoben, blieb sein Körper völlig starr. Ich wartete, bis sie an mir vorbei waren und erwies Luis damit die letzte Ehre.

Als der Krankenwagen abgefahren war, schlenderte VanLente zu mir herüber.

»Sie sind die einzige aus dem Haus, die stehengeblieben ist.«

»Und gleich werden Sie sagen, daß ich nicht einmal zur Familie gehöre.«

»Genau. Finden Sie nicht auch, daß es hier an Mitgefühl

mangelt? Kümmert der Tod eines Mitarbeiters die denn überhaupt nicht?«

»Das glaube ich nicht. Aber sie haben im Moment eben unglaublich viel zu tun.«

»Das mag schon sein. Aber immerhin ist ein Mensch tot, den sie alle kannten.«

»Sie haben ihnen aber auch nicht gesagt, wann Sie die Leiche wegschaffen lassen würden, oder?«

»Die hätten ja fragen können.«

»Das ist wahr. Wahrscheinlich verdrängen die meisten von ihnen die Sache. Außerdem wohnt ein junges Mädchen im Haus, und die Erwachsenen glauben, daß solche Sachen nichts für sie sind.«

»Damit haben sie wohl recht.«

»Und die anderen beiden Frauen sind schon alte Damen.«

»Na dann.«

»Sind Sie eigentlich schon zu irgendwelchen Schlüssen gekommen?«

»Tja, Ms. Marsala, sie haben ja selbst darauf hingewiesen, daß Sie kein Mitglied der Familie sind. Deshalb möchte ich Ihnen eine Frage stellen: Glauben Sie, daß sich hier irgend jemand, der nicht zum Clan der DeGraafs gehört, eingeschlichen haben könnte, um Luis Montoya umzubringen?«

Es war, als könne er Gedanken lesen, denn er hatte genau das formuliert, was auch ich dachte. Ich war mir unschlüssig, was ich der Polizei alles erzählen sollte. Sollte ich VanLente beispielsweise sagen, daß Cal gestern eine kleinere Auseinandersetzung mit Luis gehabt hatte?

Also stellte ich erst einmal eine Gegenfrage: »Das hört sich nicht sehr wahrscheinlich an, oder?«

»Nein, nicht sehr.«

Was jetzt? Sollte ich ihm von der bruchstückhaften, geflüsterten Unterhaltung erzählen, die ich hinter der Scheune aufgeschnappt hatte?

Sollte Hank davon Wind bekommen, daß ich Cal bei der Polizei angeschwärzt hatte, würde ich hier schneller rausfliegen, als es dauert, einen Baum zu fällen. Nell wiederum würde es vermutlich als eine Art Verrat an der Familie auffassen, und inzwischen war es mir wichtig, was sie von mir dachte.

Ich hätte mir etwas mehr Zeit gewünscht, um diese Entscheidung zu treffen.

Trotzdem war es gut, meine Gedanken innerlich in Worte zu fassen und mir über die moralischen Aspekte der Frage klarzuwerden. Sollte ich der Polizei eine wichtige Information vorenthalten, nur damit ich hierbleiben und meine Christbaumgeschichte schreiben konnte? Nein. Und wenn ich etwas verheimlichte, um Nell nicht weh zu tun, würde ich ihr damit nicht genau das falsche Beispiel geben?

»Ich sage es zwar nicht gerne, aber Sie haben vollkommen recht«, erklärte ich VanLente. »Wenn es da nicht jemanden aus Luis' Privatleben gibt, der sich dachte, es sei eine gute Idee, ihn hier umzubringen, stimme ich zu, daß es jemand aus der Familie gewesen sein muß. Übrigens ist es ziemlich unwahrscheinlich, daß ein Außenstehender den Mord begangen hat, weil ...«

»Ja?«

»Weil derjenige wissen müßte, wie man die Verpackungsmaschine bedient.«

»Aha. Ich habe mich schon gefragt, ob Ihnen das auffallen würde.«

»Und warum sollte es das nicht?«

»Tut mir leid. Was wollten Sie gerade sagen?«

Ich holte tief Atem. Was ich jetzt tun mußte, war zwar richtig, aber leichter wurde es dadurch trotzdem nicht. »Es gab da gestern eine Auseinandersetzung. Das hat vielleicht mit der ganzen Geschichte überhaupt nichts zu tun, aber ich finde, Sie sollten trotzdem davon erfahren.«

»Allerdings!«

»Und dann habe ich noch eine sehr seltsame Unterhaltung mitbekommen, die ich aber nur teilweise verstanden habe.«

»Ach wirklich? Das hört sich vielversprechend an.«

»Wahrscheinlich vielversprechender, als es wirklich ist. Hören Sie, Sergeant, es wäre mir lieber, wenn die anderen nicht erfahren würden, daß ich Ihnen das alles erzählt habe.«

So wichtig es war, die Wahrheit zu sagen, zum Opfer wollte ich mich dadurch nicht machen.

»Haben Sie Angst, daß man sie rauswirft?«

Dieser Mann besaß ganz offensichtlich übersinnliche Fähigkeiten, die denen in der Sendung *Twilight Zone* in nichts nachstanden. Das war kein wichtigtuerischer, unfähiger County- Sheriff. »Und wenn's so wäre?«

»Ich habe bloß laut nachgedacht. Schließlich gehören Sie nicht zur Familie und wohnen trotzdem im Haus.«

»Ich bin für drei Tage hier zu Gast. Am Montag fahre ich wieder.«

»Vielleicht könnten Sie während der Zeit ja ein wenig die Augen für uns offenhalten?«

»Habe ich Sie da richtig verstanden? Wollen Sie, daß ich die Familie für Sie ausspioniere?«

»So könnte man es auch sagen.«

»Meine Antwort ist nein. Okay? Das würde ja bedeuten, daß ich die Gastfreundschaft der DeGraafs schamlos ausnütze. Aber wenn ich etwas über den Mörder herausfinde, dann werde ich Sie informieren. Aber das hätte ich sowieso getan. So viel bin ich Luis schuldig.«

»Einverstanden. Aber ist das nicht genau dasselbe, worum ich Sie gebeten habe?«

»Für mich nicht. Und wie geht es jetzt weiter?«
»Ganz einfach. Sie sagen mir jetzt das, was Sie mir schon vor drei Minuten sagen wollten. Also, was wissen Sie?«
»Ohne Verpflichtung?«
»Ohne Verpflichtung.«
»Und Sie sagen nicht, daß sie es von mir wissen?«
»He, sonst sind es doch immer die Journalisten, die ihre Informanten geheimhalten.«
»Ich möchte eine klare Antwort.«
»Ja. Okay. Ich behandle das alles vertraulich. Es sei denn, es geht vor Gericht und Sie müssen als Zeugin aussagen.«
Also erzählte ich ihm alles.

Aus einem unerfindlichen Grund entschloß sich Oma DeGraaf, das Mittagessen im Eßzimmer an einem perfekt gedeckten Tisch zu servieren. Vielleicht tat sie es, weil heute niemand in die Scheune durfte und alle Arbeiter zum Essen wegfuhren und wir deshalb eine Stunde lang Mittagspause machen mußten. Ich glaubte allerdings, daß sie das gute Geschirr und die Stoffservietten aus einer Art Trotzreaktion auf den Tisch gebracht hatte. Sie wollte damit wohl zu verstehen geben, daß auch noch soviel Polizei das Leben der DeGraafs nicht durcheinanderbringen konnte.
Und jetzt saß die ganze Familie am Mittagstisch: Hank und Jennifer und ihre drei Söhne, Cal, Don, und Dan, Marie, Tante Clara, John und Nell, Oma DeGraaf und ich. Alle waren gedrückter Stimmung bis auf Hank, der aus seinem Ärger über die Polizei keinen Hehl machte.
Die Beamten hatten sich im Wohnzimmer eingenistet und jedes Familienmitglied und jeden Arbeiter zum Mord an Luis befragt. Das hatte unter anderem zur Folge, daß die Arbeit draußen immer wieder unterbrochen worden war, weil ständig einer der Arbeiter zur Befragung im Haus

gewesen war. Dadurch war für Hank alles viel zu langsam vorangegangen, und deshalb war er jetzt stinksauer.

Oma DeGraaf ging es zwar auch gegen den Strich, die Polizei im Haus zu haben, aber solange der Sheriff nicht das Kommando in ihrer Küche übernahm, sagte sie nichts dagegen.

Auch John machte sich Sorgen wegen der Arbeit, aber er verkündete seine Meinung nicht so lautstark wie sein Bruder. »Das ist wirklich ein ungünstiger Moment, jetzt, wo wir mitten im Abholzen sind. Damit meine ich natürlich nicht, daß Luis' Tod mich zu einem anderen Zeitpunkt weniger getroffen hätte«, fügte er, an mich gewandt, hinzu. »Aber finanziell gesehen, kann das für uns ein echters Desaster werden.«

»Heute ist doch erst Samstag«, gab Marie zu bedenken. »Wir haben doch immer noch genügend Zeit.«

»Aber wir müssen heute die erste Ladung rausschicken«, entgegnete John. »Adrian Oudendyk holt sie nach dem Mittagessen ab. Was wir heute nachmittag fällen, geht erst am Montag raus.«

Hank brachte vor lauter Ärger kein Wort heraus. Er schnaubte verächtlich und nahm sich noch ein Sandwich.

»Und wenn es heute nachmittag so langsam weitergeht, dann müssen wir am Montag doppelte Arbeit leisten«, fuhr John fort.

Er sagte das so betrübt, daß ich fragte: »Und warum arbeiten Sie dann nicht am Sonntag?«

Mit einem Schlag wurde es totenstill am Tisch. Oma DeGraaf starrte mich empört an, und alle anderen hockten wie erstarrt da. Irgendwo im Haus wurde eine Tür zugeschlagen, aber hier im Eßzimmer war es totenstill. Ich fühlte mich ein wenig wie die Heldin in *Rebecca*, als diese in ihrem Kleid, von dem sie nicht ahnte, daß es der ersten Frau ihres Mannes gehört hatte, die Treppe hinunterschritt. In dem Film hatte die durchtriebene Haushälterin der Frau gesagt, sie solle das Kleid anziehen, ich hingegen hatte niemanden, den ich für meinen Fauxpas verantwortlich machen konnte.

»Tut mir leid«, stammelte ich. »Das war wohl eine dumme Idee.«

»Das können Sie nicht wissen, Cat«, kam John mir zu Hilfe, »aber wir arbeiten am Sonntag nicht. So ist es nun einmal Sitte bei uns.«

»Das ist schon in Ordnung, Cat«, meinte auch Nell.

Aber für mich war es das nicht, denn ich fühlte mich entsetzlich. Ich hätte erst denken sollen, bevor ich den Mund aufmachte. Die DeGraafs waren eine sehr gläubige Familie, das hätte mir längst auffallen müssen.

»Es ist keine *Sitte,* John«, wies Oma DeGraaf ihren Sohn zurecht, »sondern ein Gebot Gottes. Und das lautet, daß der Sonntag zum Ruhen und zum Beten da ist.«

»Du hast recht, Mutter.«

»Eine Sitte ist für mich, daß man die Serviette links neben den Teller legt. Den Sonntag zu ehren, ist eine moralische Verpflichtung.«

»Du hast recht, Mutter.«

Nach dem Mittagessen fing Marie mich im Flur ab und führte mich in das kleine Zimmer, das Oma DeGraafs Ehemann Henry als Büro gedient hatte. »Cat, denken Sie nur nicht, Sie hätten etwas völlig Unmögliches gesagt. Viele Leute hier arbeiten am Sonntag.«

»Aber niemand aus der Familie?«

»Nein, natürlich nicht, das würde meine Mutter nie zulassen. Aber ich kenne einige aus der Gemeinde, die das tun. Das Gebiet hier im Westen Michigans befindet sich im Umbruch, religiös gesehen. Oder vielleicht ist Verwirrung das bessere Wort. Fast alle frühen Siedler waren Mitglieder

der Reformierten Christlichen Kirche beziehungsweise der Reformierten Holländischen Kirche und kamen hierher, weil sie hier größere Glaubensfreiheit hatten als in den Niederlanden.«

»Ich dachte immer, daß die Niederlande eines der tolerantesten Länder in Europa seien.«

»Mag sein. Mir ist immer erzählt worden, die Holländer seien hierhergekommen, weil Wilhelm der Erste kurz nach seiner Thronbesteigung die christlichen Schulen abgeschafft hat.«

»Wenn Sie sagen, Ihnen sei immer erzählt worden, dann ...«

Marie mußte lächeln. »Sie sind *wirklich* eine gute Reporterin. Später fand ich nämlich heraus, daß es auch einige wirtschaftliche Gründe für die Auswanderung gab. Zum Beispiel den Ausfall von Kartoffelernten. Außerdem hat Wilhelm der Erste die Steuern angehoben, um den Krieg mit den Belgiern zu finanzieren, und das war ein Tiefschlag für die kleinen Leute. Es waren also nicht nur religiöse Gründe, die die Leute ihr Land verlassen ließen.«

»Wie so häufig.«

»Stimmt. Aber meine Mutter mag diese Auslegung gar nicht.«

»Sie ist wohl sehr gläubig.«

»Nicht nur das. Sie ist auch sehr streng. Mein Vater war da sehr viel lockerer. Man muß aber auch sagen, daß sie in einer Zeit aufwuchs, als man hier in der Gegend noch sehr viel Wert auf eine streng christliche Erziehung legte. Als ich noch ein Kind war, hat am Sonntag so gut wie kein Laden offen gehabt.«

»Und wenn jemand krank wurde und Medizin brauchte?«

»Ach ja, dafür gab es einen Drugstore, der zwischen zwei und fünf nachmittags geöffnet sein durfte. Aber das war alles.«

»Das ist allerdings ziemlich hart.«

»Das war übrigens nicht nur hier im Ort so. In Grand Rapids gab es zum Beispiel so um achtzehnhundertachtzig herum einen Bürgermeister, der die Sonntagsruhe besonders strikt ausgelegt hat. Er ließ jeden, der am Sonntag auf der Straße angetroffen wurde, sofort verhaften, mit Ausnahme derer, die auf dem Weg zur Kirche oder von der Kirche nach Hause waren. Schon am ersten Sonntag platzte das Gefängnis aus allen Nähten, und unter den Gefangenen befanden sich so wichtige Leute wie der Pfarrer der Park Congregational Church oder der spätere stellvertretende Wirtschaftsminister der USA.«

Ich fing an zu kichern, und schließlich lachte ich laut auf.

»Als ich noch ein Kind war«, fuhr Marie fort, »durften wir am Sonntag noch nicht einmal die Comicseite in der Sonntagszeitung lesen. Die wurde bis Montag weggesperrt, so heilig war bei uns der Sonntag. Unser Vater hätte uns vielleicht einiges durchgehen lassen, aber Mutter war in diesen Dingen unerbittlich.«

»Hat sich das denn heute ein wenig gelegt?«

»Ein bißchen vielleicht, aber trotzdem sind wir vorsichtig bei ihr, wenn es um bestimmte Themen geht. Aber in der Gemeinde diskutiert man schon seit längerem, ob man wirklich alle Glaubensregeln buchstabengetreu befolgen muß oder ob es nicht viel wichtiger ist, richtig zu handeln und zu leben. Diese Diskussion ist typisch für Calvinisten.«

»Und wie stehen Sie dazu?«

Sie verzog den Mund zu einem schiefen Grinsen. »Also, ich bin mehr fürs richtige Handeln.«

»Marie, warum verliert hier niemand ein Wort über Nells Mutter? Hat die Familie sie abgelehnt? Oder sind sie und John geschieden?«

»Nein, sie ist tot.«

Das gab mir einen kleinen Stich ins Herz, und Nell tat mir noch mehr leid als ohnehin schon. Aber dann überlegte ich, ob es für sie nicht mindestens ebenso schlimm gewesen wäre, wenn ihre Mutter weggegangen und die Familie verlassen hätte.

»Darf ich fragen, wie das passiert ist?«

»Sicher. Kein Problem. Es war nichts Tragisches. Es war nur so entsetzlich unnötig.«

»Erzählen Sie doch.«

»Sie hieß Susan und war ein lieber, netter Mensch. Einmal fuhr sie bei einer dieser großen Fahrradtouren mit – Sie wissen schon, wo hundert Radfahrer hintereinander fahren, mit Helmen, Wasserflaschen und leuchtfarbenen Fähnchen am Rad, damit die Autofahrer sie nicht übersehen. Die Tour führte nach Grand Haven und wieder zurück, das sind insgesamt an die hundert Kilometer.«

»Ist sie überfahren worden?«

»Nein, nein.« Marie strich sich mit der Hand übers Gesicht und hielt inne. »Ich habe heute noch Mühe, es zu begreifen.«

»Wenn es ihnen zu schwerfällt, darüber zu reden ...«

»Nein, das ist es nicht. Es war nur so schrecklich ungerecht. Damals zog ein Sturm auf, und das geht hier im Sommer wegen des Temperaturunterschieds zwischen dem See und dem umliegenden Land oft rasend schnell. Auch damals braute sich binnen weniger Minuten ein Gewitter zusammen und dann – mein Gott, Susan wurde von einem Blitz erschlagen!«

»Um Gottes willen!«

»Hinterher hat man versucht, das zu erklären. Die Fahnenstange soll den Blitz angezogen haben, und der ist dann durch sie hindurch über die nassen Reifen in die Straße gefahren.«

»Oh.«
»Und dabei ist Susan der Gesundheit wegen Fahrrad gefahren.«
»Wann war das?«
»Es ist bald drei Jahre her. Vielleicht zweieinhalb.«
»Standen Susan und Nell sich nahe?«
»Sie war eine wundervolle Mutter. Sanft und gütig. Mein Vater mochte sie sehr. Sie und Nell unternahmen viele Dinge zusammen, machten ausgedehnte Spaziergänge und engagierten sich gemeinsam für den Naturschutz. Aber was noch wichtiger war, die beiden verstanden sich prächtig. Sie waren sich charakterlich so ähnlich – sehr klug und ohne Allüren. Sie standen sich sehr, sehr nahe.«
»Der Tod ihrer Mutter muß Nell ja ganz schrecklich getroffen haben.«
»Er hat sie stark mitgenommen. Außerdem ist zehn ein schreckliches Alter, um die Mutter zu verlieren. Besonders für ein Mädchen.«
»Kein Wunder, daß sie so viel Selbstbeherrschung hat.«
»Ja. Nicht lange nach dem schrecklichen Ereignis ist sie mit John hierher zu meinen Eltern gezogen. Jetzt, wo mein Vater gestorben ist, ist es sehr wichtig für meine Mutter, daß jemand im Haus ist. Die drei kommen gut miteinander aus.«
»Sieht Nell eigentlich ihrer Mutter ähnlich?«
»Ja, ein bißchen. Je älter sie wird, desto mehr.«
»Und Sie? Leben Sie allein?«
»Ich bin geschieden.«
»Aber Sie leben nicht hier, obwohl im Haus noch viele Zimmer frei wären.«
»Du lieber Himmel! Ich könnte niemals mit meiner Mutter zusammenleben. Dazu ist sie mir viel zu dogmatisch.«

11

Maries Erzählung hatte mich traurig gestimmt. Da Nells Mutter so plötzlich gestorben war, fast wie von der Hand Gottes niedergestreckt, hatten die anderen keine Möglichkeit gehabt, Nell auf ihren Tod vorzubereiten. Und es gab auch keine normale Erklärung für ihren Tod wie zu schnelles Fahren, falls man einen frühen Tod überhaupt erklären konnte. Für Nell mußte es das Ende ihrer Kindheit bedeutet haben, und bestimmt war sie noch lange nicht darüber hinweg.

Die Frage war: Wem konnte sie sich jetzt anvertrauen, jetzt, wo ihre Mutter nicht mehr für sie dasein konnte? Gewiß, Marie war sehr nett, netter als ich zuerst gedacht hatte. Als ich sie gestern und heute bei der Arbeit beobachtet hatte, war mir rasch klargeworden, daß ich sie aufgrund ihres roten Flitzers und ihrer modischen Klamotten anfangs falsch eingeschätzt hatte. Aber Marie lebte ihr eigenes Leben, hatte einen Ganztagesjob im Krankenhaus und konnte auch deshalb nicht für Nell dasein, wenn diese sie brauchte, weil sie nicht bei ihr wohnte.

Nells Vater, John, war ein wirklich netter Mann – mein Gott, was war das nur für eine herablassende Beschreibung. Er war weit mehr als nur nett, er kümmerte sich aufrichtig um sein Kind, und er war darüber hinaus der Friedensstifter und Problemlöser in der Familie DeGraaf. Aber ein Mädchen in Nells Alter brauchte nicht nur einen Vater, sondern auch eine Frau, mit der sie sich austauschen konnte. Ihre

Tante Jennifer, die immer nur so rasch wie möglich zurück nach Hause wollte, war da bestimmt die falsche. Und was Onkel Hank betraf – den konnte man gleich vergessen.
Donnerstag nachmittags hatte Nell einen Versuch gemacht, mich etwas zu fragen, hatte es sich dann aber doch nicht getraut. Und später hatte sie mir gesagt, daß sich ihre Meinung geändert habe, aber weshalb nur? Hatte es vielleicht etwas mit mir zu tun? Immerhin hatte sie ihre Entscheidung, mit mir zu reden, rückgängig gemacht, nachdem sie mich besser kennengelernt hatte. Aber ich konnte mich an nichts erinnern, womit ich sie enttäuscht oder verärgert hätte. Allerdings kann man ja nie mit Bestimmtheit sagen, wie man auf einen anderen Menschen wirkt.
Vielleicht war inzwischen aber auch etwas vorgefallen, was sie vorsichtig gemacht hatte.
Aber hatte sie ihr Problem gelöst, was immer es auch gewesen sein mochte? Daran konnte ich nicht so recht glauben, denn sie machte nach wie vor einen besorgten Eindruck auf mich und schien etwas dagegen zu haben, daß ich sie daraufhin ansprach.
Hatte der Mord an Luis sie von allen anderen Problemen abgelenkt oder ihr erst richtig Angst eingejagt?
Möglicherweise. Aber so konnte das nicht stimmen, zumindest nicht, was ihr Verhalten mir gegenüber betraf. Schließlich war sie ja bereits am Nachmittag, als Luis noch lebte, meiner Frage ausgewichen und mir aus dem Weg gegangen. Also was war es dann?
Ich mußte Nell noch einmal fragen. Als gute Reporterin wußte ich, daß so gut wie alle Leute zu reden anfangen, wenn man sich nur lange genug in ihrer Nähe aufhält oder, wenn das nichts hilft, ihnen penetrant immer wieder die gleichen Fragen stellt.
Aber Nell wollte nicht, daß ich sie mit Fragen löcherte, und

ich akzeptierte das. Auf der anderen Seite war sie noch ein Kind, und ich hatte den Eindruck, daß hier eine Menge vorging, was sogar für mich als Erwachsene nicht durchschaubar war. Zudem wurde ich das Gefühl nicht los, daß sie in Gefahr schwebte. Natürlich muß man ein Kind, wie jeden anderen Menschen auch, als selbständig denkende Person akzeptieren, aber deshalb darf man es noch lange nicht blind in eine Gefahr hineinlaufen lassen, die es wegen seiner Unerfahrenheit nicht als solche erkennen kann.

Ich machte mich also auf die Suche nach Nell. Als ich kurz darauf die Küche betrat – den zentralen Ort des DeGraafschen Familienlebens –, sah ich, wie sie gerade mit einem Tablett und acht dampfenden Tassen Kaffee zur Hintertür hinausging. Die Tür fiel hinter ihr zu.
»Ist das für die Arbeiter?« fragte ich Oma DeGraaf.
»Nein, nein. Für die Polizisten.«
»Sind die nicht im Wohnzimmer?«
»Momentan nicht. Die kommen und gehen, wie es ihnen paßt. Jetzt sind sie gerade in der Scheune.«
»Das muß alles sehr schwer für Sie sein, Mrs. DeGraaf.«
»Nicht so schwer wie für Henry und John. Die müssen sehen, daß sie ihre Arbeit getan kriegen.«
»Aber Marie doch auch.«
»Ja, vermutlich.«
Warum glaubte sie, daß es weniger Maries Arbeit war als die von John und Hank? Schließlich arbeitete sie genausolange wie ihre Brüder. »Haben Sie eine Idee, weshalb Luis ermordet wurde?« wollte ich wissen.
»Vielleicht war es eine Art – Rachegeschichte.«
»Aus welchem Grund?«
»Keine Ahnung. Woher soll ich wissen, was in diesen Katholiken vor sich geht?«

Darauf konnte man schlecht etwas erwidern, und deshalb sagte ich nur: »Dann werde ich mal wieder nach draußen gehen und schauen, was die anderen machen.« Wen ich damit meinte, ob Holzfäller oder Polizei, ließ ich offen. Ich ging hinüber zur Scheune, und wie erhofft lief mir Nell über den Weg, die das leere Tablett zurücktrug. Als sie mich sah, wurden ihre Schritte für den Bruchteil einer Sekunde unsicher.

Wenn man nicht genau weiß, wie man vorgehen soll, schlägt man am besten den direkten Weg ein.

»Nell, können wir miteinander reden?«

»Hm, ja, warum nicht?« Sie blickte sich um. Vielleicht suchte sie nach einem Ort, wo wir uns ungestört unterhalten konnten, aber als ich mich auf die Stufen der Haustreppe setzte, nahm sie neben mir Platz.

Wir waren allein. Es war zwar kalt, aber wärmer als gestern, und irgendwie hatte ich den Eindruck, als könne die Sonne jeden Augenblick aus den Wolken hervorkommen.

Ich blieb direkt und fragte: »Habe ich dich mit irgend etwas verärgert, Nell?«

»Aber nein!« rief sie mit entsetztem Gesicht. »Ganz und gar nicht. Ich freue mich, daß Sie hier sind. Gerade jetzt – gerade jetzt, Sie wissen schon, nach allem, was passiert ist.«

Sie war wirklich ein nettes Kind. »Hör zu, Nell. Als ich vorgestern hierherkam, hast du mir eine Menge Fragen gestellt. Was für Artikel ich schreibe und so weiter. Erinnerst du dich?«

»Hm, ja.« Sie senkte den Kopf und hielt sich das Tablett wie einen Schutzschild vor die Brust.

»Und du wolltest ganz genau wissen, ob ich schon einmal bei Ermittlungen in einem Mordfall dabei gewesen wäre.«

»Stimmt.«

»Und dann hatte ich das Gefühl, als wolltest du mich etwas

fragen, das dir auf der Seele lag.« Sie senkte abermals den Kopf. »Aber gestern vormittag hatte ich dann auf einmal das Gefühl, als würdest du mir aus dem Weg gehen.«

»Das wollte ich nicht. Es war wohl sehr unhöflich von mir, daß ich ...«

»Nein, nein. Das habe ich nicht gemeint. Irgend etwas hat dich wirklich beunruhigt. Und ich glaube, das tut es auch weiterhin. Ich denke sogar, daß irgend etwas deine Sorge noch verstärkt hat.«

»Mag sein.«

»Nell, glaubst du, du kannst mir vertrauen und sagen, worum es geht?«

Sie sah mich für einen Moment mit offenem Mund an, was aber nicht dumm, sondern nachdenklich und besorgt wirkte. Nell war keine Lügnerin, und es würde ihr sicher schwerfallen, mir direkt ins Gesicht zu sagen, daß sie mir nicht vertraute. Sie hielt sich an ihrem Tablett fest.

»Vielleicht sollte ich das wirklich«, brachte sie schließlich heraus.

Ich hielt den Atem an.

Sie hob den Kopf.

»Ich glaube, daß jemand meinen Großvater umgebracht hat.«

12

»Sag mir, wie du auf so einen Gedanken kommst«, forderte ich Nell auf.
Nell stellte das Tablett auf ihren Knien ab und legte ihre gefalteten Hände darauf. Offenbar versuchte sie, ihre Gedanken zu ordnen. Jetzt, nachdem sie sich entschieden hatte, sich mir anzuvertrauen, wollte sie es auch richtig machen. Es war eine fast unnatürlich reife Geste, die mir in der Seele weh tat. Es war schrecklich, daß dieses Kind so schnell erwachsen und vorsichtig hatte werden müssen. Alles, was ich für Nell tun konnte, war, geduldig dazusitzen und ihr meine ungeteilte Aufmerksamkeit zu schenken.
»Er starb im Frühling dieses Jahres, während der Osterferien«, begann sie. »Um diese Zeit kommen immer die Sprühflugzeuge mit den Insektenschutzmitteln.«
»Verstehe.«
»Und mein Großvater ging dann immer hinaus zu seinen Bäumen, um zu sehen, ob die Beschriftungen auf den Markierungspfosten gut zu erkennen waren. Damit werden die einzelnen Blöcke markiert. Verstehen Sie?«
»Ja. Mir sind die Pfosten auch schon aufgefallen.«
»Anhand der Markierung geht man sicher, daß der richtige Block mit dem entsprechenden Sprühmittel behandelt wird. Wie dem auch sei, als das Flugzeug kam, war er gerade mitten zwischen den Bäumen und bekam die Sprühwolke voll ab.«
»Und wurde durch das Gift getötet?« fragte ich so sanft

wie möglich. Schließlich hatte sie auch ohne erschreckte Ausrufe meinerseits schon genug, womit sie fertig werden mußte.

»Nicht direkt. Aber er hatte starkes Asthma. Man sagt, das Sprühmittel sei gar nicht so gefährlich. Es ist zwar nicht gerade gesund und stinkt auch fürchterlich, aber für einen Menschen ist es nicht tödlich.«

»Verstehe. Aber bei deinem Großvater hat es einen Asthmaanfall ausgelöst, nicht wahr?«

»Ja. Das Flugzeug muß direkt über ihm gewesen sein und ihn nicht gesehen haben. Großvater ist noch zu dem kleinen Bach gerannt und hat versucht, sich dort in Sicherheit zu bringen. Aber es war schon zu spät. Er bekam einen Anfall, an dem er starb.«

»Hatte er denn kein Asthmaspray bei sich?«

»Doch, das hatte er immer dabei. Als man ihn fand, hatte er es in der Hand, aber es hat ihm nichts mehr genützt.«

»Sag mal, Nell, wie konnte denn jemand wissen, daß er damals gerade bei den Bäumen war?«

»Großvater ging immer kurz vor dem Sprühen hinaus und kontrollierte die Markierungen. Die sprühen ja nicht nach Lust und Laune, sondern nach einem festen Zeitplan.«

»Aber bis dahin war dein Großvater noch nie in eine Sprühwolke geraten, oder?«

»Nein. Aber er hatte ja auch immer seine grellorange Daunenweste an, und wenn der Pilot jemanden zwischen den Bäumen sieht, dann dreht er ab und macht einen neuen Anflug, damit derjenige Zeit hat, sich in Sicherheit zu bringen.«

»Und warum hat er es diesmal nicht getan?«

»Weil jemand die orangefarbene Weste versteckt hatte.«

Langsam wurde mir klar, was Nell so große Sorgen bereitete. Und deshalb mußte ich ihr auch die nächste Frage stellen, eine Frage, die sie sicherlich nicht überraschen würde. Vermutlich hatte sie sich diese Frage selbst schon oft gestellt. Und selbst wenn sie das nicht getan und es vermieden hatte, jemanden zu verdächtigen, dann mußte ich es auch wissen. Wir steckten schon zu tief in der Geschichte, um falsche Rücksichten zu nehmen. Und außerdem war es auf lange Sicht gesehen nicht gut für Nell, wenn sie etwas in sich hineinfraß. »Weißt du, wer an diesem Tag auf der Farm war? Wer hätte denn die Weste nehmen können?«

»Es war der Ostermontag, und am Sonntag waren alle da.«

»Alle? Auch die Feldarbeiter?«

»Nein.«

»War Luis da?«

»Nein.« Sie seufzte leise, und ich tat so, als hätte ich es nicht gehört. »Es war nur – die Familie.«

»Oh.«

Für eine Minute saßen wir schweigend da und bewegten uns nicht. Nell war einer von den Menschen, die still vor sich hinleiden und nur wenig davon nach außen dringen lassen, aber ich wußte, was in ihr vorging. Sie preßte das Tablett an ihre Brust und sagte schließlich, ohne mich dabei anzusehen: »Aber das ist noch nicht alles.«

»Was noch?«

»Wissen Sie, ich hätte mir ja keine Gedanken gemacht, wenn nicht – wenn mein Großvater nicht zwei Wochen vor seinem Tod in der Scheune eingeschlossen worden wäre.«

»Was heißt das, er wurde eingeschlossen?«

»Mein Großvater ging nicht oft in die Scheune, weil er den Staub dort nicht vertrug. Deshalb mußten immer Dad oder Onkel Hank für ihn Sachen aus der Scheune holen oder die Arbeiten erledigen, die man dort drin macht, wie zum Beispiel das Schleifen der Kettensägen. Bei dem Staub bekam Großvater Atemnot.«

»Das kann ich mir gut vorstellen. Aber was ist denn genau passiert?«

»Na ja, an dem besagten Tag ging er selbst in die Scheune, um etwas zu holen. Die hintere Tür – Sie wissen schon, die kleine – war wie gewöhnlich mit einem Vorhängeschloß verschlossen. Wir benutzen sie nicht sehr oft, müssen Sie wissen.«

»Ich verstehe.«

»Großvater ging durch das Haupttor in die Scheune, und als er drin war, hat jemand das Tor zugemacht und mit dem Balken verriegelt. Großvater trommelte an das Tor, bis Oma ihn hörte und zu ihm hinauslief. Aber da hatte er schon einen so schweren Asthmaanfall, daß wir ihn ins Krankenhaus bringen mußten, wo sie ihn mit einem Schlauch beatmet haben.«

»Konnte denn jemand wissen, daß er in der Scheune war?«

»Es war am hellichten Tag, da hat er kein Licht angeknipst, und ob er Geräusche gemacht hat, kann ich nicht sagen.«

»Ist es denn normal, daß man das Tor schließt, wenn man vorbeikommt und sieht, daß es offen steht?«

»Ja. Eigentlich schon. Und deshalb habe ich mir damals auch keine Gedanken über den Vorfall gemacht. Erst als mein Großvater in die Sprühwolke kam, begann ich darüber nachzudenken. Und jetzt ist das mit Luis passiert!«

Richtig. Jetzt hatten sie es ganz ohne jeden Zweifel mit einem Mord zu tun.

Ich zögerte ein wenig, denn Nells Stimme hatte schon ziemlich panisch geklungen. Trotzdem brauchte ich noch eine Antwort auf eine ganz bestimmte Frage. »Hast du diese Dinge irgend jemandem gegenüber erwähnt, Nell?«

»Ja. Ich mußte darüber reden. Ich mußte einfach.« Mit sehr viel leiserer Stimme fügte sie noch hinzu: »Und zwar mit

jemandem, der nicht zu unserer Familie gehörte, verstehen Sie das?«
Nell befürchtete, wie ich ja auch, daß der Mörder jemand aus ihrer Familie war, aber sie hatte es bisher noch nicht auszusprechen gewagt.
»Natürlich kann ich das verstehen«, sagte ich. »Und mit wem hast du darüber geredet? Mit mehreren Leuten oder nur mit einer Person?«
»Nur mit Luis.«

Ein paar Minuten später, als Nell längst gegangen war, um ihrer Großmutter das Tablett zurückzubringen, wurde mir klar, daß ich während des ganzen Gesprächs mit ihr nur an den Tod ihres Großvaters gedacht hatte. Aber Henry DeGraaf war im April gestorben. Vor sieben Monaten. Das konnte es also nicht gewesen sein, was Nell am Freitag erfahren hatte. Es mußte vielmehr etwas zwischen meiner Ankunft am Donnerstag nachmittag und Freitag morgen passiert sein, das sie dazu gebracht hatte, mich nicht ins Vertrauen zu ziehen. Was immer es war, es mußte sich noch vor dem Tod von Luis zugetragen haben.
Es mußte eine wichtige Information geben, die Nell mir noch immer nicht mitgeteilt hatte.

13

Tante Clara trat auf die Veranda und kam mir in ihrem wattierten Mantel mit Pelzbesatz an der Kapuze noch kugelrunder vor als sonst. So wie sie aussah, hätte sie eigentlich am Arbeitstisch des Weihnachtsmanns sitzen und Puppen anfertigen müssen. Und sie trug auch tatsächlich einen Teller mit Plätzchen in den Händen. Als sie mich erblickte, rief sie aus: »Oh, Sie sind's! Warten Sie!« und verschwand wieder im Haus.

Kurz darauf tauchte sie abermals auf. Jetzt hatte sie den Teller in der einen und einen Stapel Papier in der anderen Hand. Mir kam es gelegen, daß sie mir hier in die Arme lief, denn es gab da etwas, das ich herausfinden wollte, ohne Nell oder Oma DeGraaf zu fragen. Und Tante Clara war, das wurde mir erst jetzt klar, als sie vor mir stand, genau die richtige Person für meine Fragen.

»Die habe ich von zu Hause für Sie mitgebracht«, sagte sie ganz außer Atem. »Es sind Briefe, die unser Vorfahr Hendrik DeGraaf im vergangenen Jahrhundert an eine Freundin namens Katya in den Niederlanden geschrieben hat. Hendrik hat sich achtzehnhundertsiebenundvierzig hier niedergelassen.«

»Und wer war Katya? Eine Verwandte aus der alten Heimat?«

»Ja, aber wir wissen nicht genau, welche. Die Historiker hier im Ort glauben, sie sei die Schwester seiner Mutter gewesen, die Hendrik praktisch aufgezogen hat. Seine Mutter war sehr krank und ist früh verstorben. Allerdings redet Hendrik sie nie mit ›Tante Katya‹ an. Darum gibt es Leute, die meinen, sie sei seine Geliebte gewesen, aber ich persönlich glaube das eher weniger. Ich würde es gerne genauer wissen. Sehen Sie sich doch die Briefe mal an und bilden Sie sich Ihre eigene Meinung dazu.«

»Wie sind denn die Briefe aus den Niederlanden zurück hierher gekommen?«

»Irgend jemand hat sie nach dem Tod von Katya an Hendrik geschickt. Und als Hendrik starb, vermachte seine Tochter die Briefe dem Holland Archiv am Hope College.«

Ich warf einen Blick auf die ersten Seiten und stellte fest: »Die Handschrift sieht ja ganz modern aus.«

»Das ist sie auch! Sie wurden neunzehnhundertsechsundsechzig geschrieben.«

»Aber sprachen Sie vorher nicht von achtzehnhundertsiebenundvierzig?«

»Damit meinte ich die originalen Briefe, meine Liebe. Das hier sind die Übersetzungen.«

»Wieso Übersetzungen?«

»Hendrik hat auf Holländisch geschrieben.«

»Ach so, alles klar.«

»Und Sie verstehen vermutlich kein Holländisch, oder?«

Jetzt mußte ich über mich selbst lachen. »Nein, nicht einmal ansatzweise.«

»Tatsächlich kann man ein wenig davon verstehen, wenn man Deutsch oder Jiddisch beherrscht. Wir sagen zum Beispiel ›Du wirst hinfallen und dir den *Tokus* brechen‹, was auf Jiddisch *Tokhes* heißt und soviel wie Hintern bedeutet. Oder wir sagen *Dreck*, wenn wir Abfall meinen. Wie dem auch sei, hier sind die Briefe und auch Fotokopien der Originale. Wenn Sie wollen, werfen Sie auch da mal einen Blick hinein.«

Das tat ich auf der Stelle. Die an manchen Stellen schon

etwas verblichene Handschrift war wunderschön, stark nach rechts geneigt, mit ausladenden, geschwungenen Ober- und Unterlängen. Das Papier war vergilbt und die Tinte braun. Was das Holländisch anbelangte, verstand ich wirklich kein Wort davon, außer Namen und Jahreszahlen. Aber glücklicherweise gab es ja die Übersetzungen. »Vielen Dank.«

»Das ist jetzt vielleicht nicht gerade der günstigste Augenblick für so etwas, aber ich hatte Ihnen die Briefe schon gestern abend bereitgelegt, noch bevor ich ins Bett ging. Darum habe ich mir gedacht, warum soll ich sie Ihnen eigentlich nicht doch geben?«

»Nein, nein, der Zeitpunkt ist genau richtig. Außerdem würde ich Ihnen gerne eine Frage stellen.«

»Nur zu!«

»Können Sie mir sagen, wie ich hinunter zum Bach komme?«

Clara sah mich schräg an. »Ich werde Sie hinführen. Auf dem Weg können wir ja die Kekse in der Scheune abliefern.«

»Für die Polizisten?«

»Ja. Meine Schwägerin legt sehr viel Wert darauf, eine gute Gastgeberin zu sein, was unter diesen Umständen natürlich hoffnungslos ist. Aber so ist Ruth nun mal. Sie zeigt nicht gerne Gefühle, und es wäre ihr, glaube ich, am liebsten, wenn es überhaupt keine Gefühle gäbe. Das haben ihre Kinder von ihr geerbt.«

»Sie ist sehr stark, nicht wahr?«

»Ja, auf ihre Art.«

»Der Bach entspringt in den Sümpfen im Osten und fließt von hier in den Pigeon-Fluß, der wiederum bei Port Sheldon in den Lake Michigan mündet. Als wir Kinder waren, haben wir oft am Bach gespielt, meine Brüder Henry, Dan und Paul und ich. Dan war der älteste. Er ist in Anzio gefallen.«

Anzio. Zweiter Weltkrieg. Ich hätte gern gewußt, an welchen Kriegsschauplätzen die Männer der DeGraafs noch gedient und was sie dort erlebt hatten. Wie ihr persönliches Schicksal mit der Geschichte Amerikas verbunden war. Die Sonne schien durch die nackten Äste der Eichen und Eschen auf uns herab. Hier draußen war es frischer als im Hof, aber trotzdem weit wärmer als gestern. Gestern hatte es geschneit, heute hatten wir an die zehn Grad plus.

»Mein Großvater erzählte uns oft von der guten, alten Zeit, in der unten am Bach noch ein Kühlhaus stand. Das war damals die einzige Möglichkeit, um Vorräte wie Butter, Milch und Fleisch kühl zu lagern. Es muß genau hier gestanden haben.« Sie deutete auf einen Fleck am Ufer, wo ein dünnes Rinnsal über den bernsteinfarbenen Sand lief. »Genau hier. Sehen Sie diese Löcher in der Uferböschung?«

»Ja. Damals hatte man noch keine Kühlregale, nicht wahr?«

»Du liebes bißchen, nein. Mein Vater hat mir immer erzählt, daß seine Eltern um die Jahrhundertwende, als er noch ein Kind war, einen *Ijskast*, einen Eisschrank, im Haus hatten. Ein paar Männer im Dorf hatten ein Unternehmen gegründet, das den ganzen Winter über Eisstangen aus dem Eis des Lake Macatawa schlug, der früher übrigens noch Black Lake hieß, bevor man meinte, daß Lake Macatawa besser klingt, und ihn umtaufte. Sie bewahrten das Eis in einem Gebäude auf, das meterdick mit Strohballen isoliert war. Im Frühjahr und Sommer lieferten sie dann das Eis mit dem Pferdekarren an die Leute, die es bei ihnen bestellt hatten. Die Stangen wurden durch eine speziell dafür vorgesehene kleine Tür direkt in den Eisschrank geschoben.«

»Interessant.«

»Dieses Unternehmen lieferte sein Eis auch in den Süden und sogar bis nach Europa.«
»Nach Europa? Aber damals hat die Überquerung des Atlantiks doch Wochen gedauert. Ist das Eis denn nicht auf der Überfahrt geschmolzen?«
»Natürlich. Aber nur die Hälfte, denn es war im Laderaum des Schiffes mit meterdicken Strohballen isoliert, so wie in den Eishäusern auch. Damals war Eis von den Great Lakes in Europa sehr populär. Dort bekamen die Leute zwar Eis aus Skandinavien, aber das Eis aus der Neuen Welt war eben etwas Besonderes. Und darum erzielte man dafür auch einen Preis, der die Fahrten sogar dann lukrativ machte, wenn die Hälfte der Ladung auf der Reise schmolz.«
Wir setzten uns auf einen umgestürzten Baum und betrachteten einen anderen, der quer über dem Bach lag.
»Bestimmt haben Sie als Kinder auf solchen Bäumen den Bach überquert.«
»Natürlich«, antwortete sie, »wie das Kinder eben so machen. Und meine Brüder haben mich immer ins Wasser gestoßen, aber so sind Buben nun mal.«
»Nell hat mir erzählt, daß ihr Großvater hier in der Nähe gestorben sei.«
»So, hat sie das? Die arme Kleine muß mit viel zu vielen Todesfällen fertig werden.«
Ich sagte nichts und hoffte, sie würde fortfahren.
»Ja, Henry hatte Asthma, wissen Sie. Und er ist sicher deshalb hierher an den Bach gerannt, weil hier im Wäldchen das Flugzeug nicht sprühen würde. Aber es war zu spät.«
»Wie schrecklich.«
»Ich habe mich oft gefragt ...«
Hatte sie vielleicht auch ihre Zweifel an seinem Tod?
»Es ist wahrscheinlich albern«, fuhr sie fort, »aber ich habe

mich immer gefragt, ob er wohl auch deshalb hierhergerannt ist, weil wir als Kinder hier so schöne Zeiten verbracht haben. Wie dumm von mir.«

»Das denke ich überhaupt nicht.«

»Na ja, wir werden es nie mehr erfahren. Auf jeden Fall hätte er während des Sprühens nicht zwischen den Bäumen sein dürfen. Nach all den Jahren in diesem Geschäft hätte er das wissen müssen.«

Tante Clara ging zurück ins Haus, um der Oma zu helfen. Ich blieb noch ein wenig länger auf dem Stamm sitzen und las einen der Briefe von Hendrik.

März 1848

Meine liebe Katya,

Wir sind alle gesund und munter, auch Pieternella und der kleine Gerrit. Zu meinem Leidwesen aber vergessen die beiden ganz langsam ihr Vaterland. Sie besuchen hier eine kleine Schule, die in einer Blockhütte untergebracht ist. Der Schulweg ist zwei Meilen lang und oft beschwerlich, weil es keine richtige Straße gibt und das Wetter häufig rauh ist. Einige der Schüler sind amerikanische Kinder, und Pieternella lernt ihre Sprache. Holländisch spricht sie, wie viele andere Kinder auch, wohl nur noch in ihrer Familie. Ich weiß, diese Anpassung an das neue Land ist notwendig, aber manchmal steigen mir die Tränen in die Augen, wenn ich diese Veränderungen beobachte.

In der kleinen Schule werden Mädchen und Jungs getrennt unterrichtet, was ich durchaus unterstütze. Sie spielen in zwei unterschiedlichen Höfen, die durch einen Bretterzaun voneinander getrennt sind. Aber Gerrit erzählt, daß die Jungs manchmal durch Lücken im Zaun die Mädchen beim Spielen beobachten. Wenn sie dabei erwischt werden, müssen sie zur Strafe für den Rest des Schultages in den Hühnerstall.

Du würdest staunen, wenn du sehen könntest, wie primitiv wir hier in der Neuen Welt leben. Es gibt hier keine Straßen und natürlich auch keine Pferdewagen. Güter werden zumeist auf Booten über den Lake Michigan befördert, aber im Moment liegt der See noch unter einer dicken Eisdecke. Man spricht zwar davon, daß bald eine Eisenbahnstrecke von Chicago bis in unsere Gegend gebaut werden soll, aber die endet dann in Grand Rapids, einer kleinen Stadt vierzig Meilen östlich von hier, und wird uns deshalb nicht viel nützen. Zweimal wöchentlich geht ein Postbote zu Fuß von Grand Rapids zu unserem kleinen Dorf namens Holland, das momentan vierhundert Seelen hat. Für diese Strecke braucht er eineinhalb Tage. Der Postbote hat zwar ein Pferd, aber er geht zu Fuß, weil die Wälder mit ihrem dichten Gestrüpp für ein Pferd viel zu unwegsam sind.

Oft bereue ich es, daß wir ausgewandert sind, und spiele mit dem Gedanken, wieder nach Hause zurückzukehren. Die alte Heimat ist so schön. Ich denke an all die herrlichen Straßen, die wunderschönen Gebäude, unsere guten Schulen und auch an unser altes Haus, das zwar klein war, aber doch viel größer als der einzige Raum, in dem wir jetzt unser Leben fristen. Der Boden ist nicht einmal befestigt, sondern nur Sand. Wir sitzen auf abgesägten Baumstümpfen und haben Decken vor den Fenstern. Und dafür sind wir schon dankbar, denn als wir hier ankamen, lebten wir in Hütten, die wir aus Tannenzweigen gebaut hatten und in die man nur auf allen vieren hineinkriechen konnte.

Soll ich wieder zurückkehren? Ich glaube, daß Pieterke insgeheim den Wunsch hegt, ihn aber nicht äußern will. Sie ist mir eine gute, gehorsame Frau und beschwert sich nie.

Wenn ich so über all das nachdenke, kommt mir wieder die drangvolle Enge (der Übersetzer hatte in Klammern »Übervölkerung?« geschrieben) in unserer Heimat in den Sinn. Hier gibt es meilenweit nur offenes Land, das man praktisch umsonst in Besitz nehmen kann. Die Amerikaner sehen es gerne, wenn man sich hier ansiedelt

und das Land bearbeitet und Dörfer und Städte gründet. Ich selbst besitze viele Hektar Wald. Man hat hier einfach mehr Möglichkeiten als in der alten Heimat, meine liebe Katya, und das macht mir die Entscheidung so schwer.
Ich werde wieder schreiben.

Hendrik DeGraaf

14

Das Wissen um Nells Unglück bedrückte mich noch immer, als ich hinaus zu dem Waldstück ging, in dem die Arbeit in vollem Gange war. Es war an der Zeit, daß ich mich wieder auf meinen Job konzentrierte. Schließlich sollte ich ja eine Geschichte über eine Christbaumfarm schreiben, auch wenn sich die Geschehnisse hier in rasantem Tempo zu einer Kriminalgeschichte entwickelten. Von wegen friedliches Leben auf dem Lande. Aber das war ohnehin nur ein Klischee, oder?

Der Block, in dem gearbeitet wurde, befand sich nordöstlich vom Haus. Als ich dort anlangte, war John gerade wieder dabei, Frieden zu stiften. Neben dem Tieflader stand jetzt eine andere Verpackungsmaschine. Sie war verrostet, und ihr Trichter war ein wenig schief, als wäre eine seiner Streben unsachgemäß repariert worden. »Ist das die Maschine, von der Sie vorhin gesprochen haben?« fragte ich John.

»Nicht direkt. Aber ich wußte, daß ich irgendwo eine würde auftreiben können, die nicht im Einsatz war.«

»Kein Wunder, daß dieses Stück Mist niemand mehr benutzen wollte«, maulte Hank, der gerade einen Baum auf den Tieflader warf.

»Einem geschenkten Gaul schaut man nicht ins Maul«, murmelte Horace so leise, daß Hank es nicht hören konnte.

»Ist das nicht eine andere Art von Maschine?« fragte ich.

»Ja. Sie verpackt die Bäume mit Schnur, nicht mit einem Netz«, erklärte John, und als der nächste Baum durch die

Verpackungsmaschine gezogen wurde, deutete er auf die Schnur, die von einer großen Spule um den Baum gewickelt wurde. »Das sieht viel einfacher aus als bei der anderen Maschine«, dachte ich laut.

»Aber nur, weil es viel schlechter ist«, sagte Hank. »Die Schnur schützt den Baum bei weitem nicht so gut wie das Netz.«

Damit hatte er wohl recht. Aber es wäre trotzdem nett von ihm gewesen, wenn er sich bei John dafür bedankt hätte, daß dieser überhaupt einen Ersatz für die von der Polizei beschlagnahmte Maschine beschafft hatte. Aber natürlich ging mich die Beziehung zwischen den beiden Brüdern nichts an.

Für Hank war das Thema aber noch nicht erledigt. »Das Ding gehört Ed Sluiter, einem unserer Nachbarn. Und der benutzt es schon seit acht Jahren nicht mehr. Der Grund dafür ist ja wohl offensichtlich.«

John warf ein: »Aber immerhin funktioniert es.«

»Und wie kommen Sie ansonsten mit der Arbeit voran?« unterbrach ich die Auseinandersetzung.

Ich hatte die Frage an John gerichtet, aber natürlich war es Hank, der mir antwortete. »Wir sind noch mit zwanzig Prozent gegenüber unserem normalen Tagespensum im Rückstand.«

John wandte sich ab, um von Horace eine der Kettensägen zu übernehmen. »Was glauben Sie eigentlich, daß mit Luis passiert ist?« fragte ich Hank.

»Ich denke, daß ein Verbrecher sich hier eingeschlichen und ihn getötet hat. Einer von diesen Serienmördern.«

»Und wann soll das gewesen sein?«

»Wie meinen Sie das?«

»Wo war Luis da gerade? In der Scheune oder draußen bei den Bäumen? Wann haben Sie ihn denn zuletzt gesehen?«

»Himmel, das hat mich der Typ von der Polizei auch schon gefragt, aber ich kann mich nicht mehr so genau erinnern. Luis brachte gerade ein paar Werkzeuge in die Scheune, als ich unseren Christbaum vom Tieflader nahm und ins Haus trug. Sie wissen doch, welchen ich meine?«
»Ja, den perfekten Baum.«
Er lächelte. »Und ob er das ist. Und zwar von allen Seiten. Und ganz dicht gewachsen. So hätte ich gern alle meine Bäume, wenn es nur ginge. Aber was ich sagen wollte: Als ich die Astschere zurückbrachte, mit der ich dem Baum die untersten Äste abgeschnitten hatte, war Luis in der Scheune.«
»Da haben Sie ihn also zuletzt gesehen? Kurz bevor Sie ins Haus gingen?«
»Ja. Und es war noch alles in Ordnung mit ihm. Er benahm sich auch ganz normal. Als ich zwanzig Minuten später nach Hause fuhr, stand sein Motorrad noch immer in der Zufahrt. Das muß es ja wohl auch, oder? Es ist ja nicht von der Stelle bewegt worden.«
»Stimmt.«
»Ich fand das nicht außergewöhnlich. Luis blieb nach der Arbeit häufig da und hat die Werkzeuge geputzt. Danach hat er dann immer die Scheune abgeschlossen und ist nach Hause gefahren. Man konnte ihm vertrauen.«
»Das glaube ich sofort.«
»Selbstverständlich habe ich ihm die Überstunden bezahlt.«
»Na klar.«
»Was gestern abend mit ihm passiert ist, kann ich auch nicht sagen.«
Hanks ungehobelte Art kam mir wie eine Art Schutzschild vor, hinter dem er sich versteckte. Viele dieser großen Kerle stellen sich dumm, wenn sie unangenehmen Fragen ausweichen wollen, aber das bedeutet noch lange nicht, daß sie

nicht schlau oder hintertrieben sind. Ich jedenfalls nahm ihm sein unschuldiges »Ich weiß auch nicht, was passiert ist, wieso fragen Sie gerade mich?« nicht ab. Trotzdem machte ihn das nicht gleich zum Mörder.

Als er ins Haus gegangen war, war Luis noch lebendig. Zumindest behauptete Hank das. Wenn er also die Wahrheit sagte, dann entlastete das auch Cal, denn der war bereits in der Küche gewesen, als Hank mit dem Baum hereinkam. Kurz danach waren sie alle zusammen weggefahren, so daß Cal nicht die Zeit gehabt hätte, um Luis zu ermorden. Aber nur, wenn Hank die Wahrheit sagte. Hank war sich dessen bestimmt genauso bewußt wie ich. Schließlich wußte er von dem Streit zwischen Cal und Luis und konnte sich ausrechnen, daß die Polizei seinen Sohn deshalb als einen möglichen Tatverdächtigen ansah. Hanks Aussage allein würde ihn wohl kaum entlasten.

John wurde ziemlich rasch müde und gab die Säge an Cal weiter. Ich ging zu ihm, um mich mit ihm zu unterhalten. Die Erschöpfung war ihm ins Gesicht geschrieben, darüber hinaus hatte er Sorgenfalten auf der Stirn. Zu meiner Erleichterung kam er von sich aus auf den Mordfall zu sprechen.

»Cat, ich habe gesehen, daß Sie sich mit Nell unterhalten haben.«

»Stimmt. Sie ist so ein liebes Mädchen.«

»Ich weiß.« Einen Augenblick lang verdrängte ein Lächeln die Sorgenfalten. »Aber all das hier geht ihr doch sehr nahe. Was haben Sie für einen Eindruck? Ist sie sehr mitgenommen?«

»Das kann ich nicht genau sagen, John. Sie trauert wirklich um Luis, aber ich habe trotzdem nicht den Eindruck, als sei sie am Boden zerstört. Andererseits kenne ich sie ja kaum.«

»Stimmt. Aber Nell verehrt Sie sehr. Und ich glaube, daß Mädchen eben nur Frauen manche Dinge erzählen …«

»Ich weiß schon, was Sie sagen wollen. Also meiner Meinung nach wird sie mit all dem ganz gut fertig.«

»Meinen Sie wirklich? Das beruhigt mich. Sie verstehen hoffentlich, weshalb ich Sie das frage. Vermutlich hat Ihnen jemand erzählt, daß meine Frau gestorben ist …«

»Ja.«

»Für ein junges Mädchen ist es schlimm, ohne Mutter aufzuwachsen.«

»Da kann ich Ihnen nur zustimmen.«

»Und jetzt das hier. Das ist alles so sinnlos. Wer kann nur ein Interesse daran gehabt haben, Luis umzubringen?«

»Als Sie ihn das letzte Mal sahen, was machte er da gerade?«

»Wenn ich mich recht erinnere, war er in der Scheune und hängte eine Säge auf.«

»Wann war das?«

»Oh, kurz bevor ich hinüber in die Küche ging. Das muß so um halb fünf gewesen sein.«

Die nächste Frage mußte ich ganz direkt und ohne Umschweife stellen. »War das, bevor oder nachdem Hank gegangen war?«

»Oh, davor. Hank holte noch den Baum und kam erst nach mir in die Scheune.«

»Also weiß niemand, was Luis danach gemacht hat. Denn um halb fünf wurde er vermutlich nicht umgebracht.«

»Nein, das weiß niemand. Die Aushilfskräfte waren schon weg, als ich ihn in der Scheune sah. Es war nicht ungewöhnlich, daß Luis noch eine Zeitlang in der Scheune blieb, wenn die anderen längst gegangen waren. Er ölte dann die Werkzeuge ein, damit sie nicht rosten. Besonders wenn es feucht ist, wie gestern mit dem Schnee, muß man das tun.«

»Ich weiß, das hat mir Hank auch schon gesagt. Wie lange blieb Luis denn üblicherweise in der Scheune?«
»Also nicht stundenlang. Vielleicht so dreißig, vierzig Minuten.«

Ich ging langsam um die Scheune herum. Die blasse Wintersonne warf einen warmrosa Schimmer auf den sandigen Boden und beleuchtete das verblichene Holz der Scheune mit den abblätternden Resten roter Farbe, mit der sie vor Urzeiten einmal gestrichen worden war. Wollte man ungesehen in die Scheune gelangen, hatte man die Wahl zwischen zwei Eingängen: dem großen Tor an der Zufahrt und der kleinen Hintertür.
VanLente hatte sicherlich schon eine Aufstellung darüber gemacht, wo sich die einzelnen Leute gestern zwischen Beendigung der Arbeit und der Entdeckung von Luis' Leiche aufgehalten hatten. Aber diese Informationen und die Schlußfolgerungen, die er daraus gezogen hatte, würde er wohl kaum mit mir teilen. Und es war ja auch nicht sicher, ob die Antworten, die er bekommen hatte, tatsächlich alle der Wahrheit entsprachen. Aber fragen konnte ich ihn ja mal, ob er dazu bereit war, mich einzuweihen. Ich trat auf das Scheunentor zu.
Von drinnen konnte ich hören, wie VanLente seine Hilfssheriffs antrieb: »Verdammt noch mal, dann müßt ihr eben noch mal suchen!«
Oh-oh. Es war wohl das Beste, ihn im Augenblick nicht zu belästigen, geschweige denn, zu versuchen, irgendwelche Informationen aus ihm herauszubekommen. Also setzte ich mich im Hof auf einen großen Benzinkanister, der zufälligerweise so nahe am Scheunentor stand, daß ich jedes laut gesprochene Wort von drinnen mitbekam. Aber im Moment sprach niemand laut.

Ich versuchte, so gut es ging, mir ins Gedächtnis zu rufen, wo sich gestern gleich nach der Arbeit die verschiedenen Leute befunden hatten. Zunächst einmal hatte ich hinter der Scheune die Stimmen gehört, als letzte die von Luis, die sagte: »... das zu tun, was zu tun ist.«

Zu dem Zeitpunkt waren Ken, Raymond und Horace schon gegangen und konnten also mit der ganzen Geschichte nichts zu tun haben. Es sei denn, sie wären nur ein Stück gegangen und dann wieder umgekehrt. Aber das war wohl ein bißchen weit hergeholt.

Danach hatte ich den Abfall weggebracht und war in die Küche gegangen. Das konnte nicht mehr als ein, zwei Minuten gedauert haben. In der Küche waren Nell, Dan und Don gewesen und hatten sich von Tante Clara und Oma DeGraaf Plätzchen geben lassen. Die Zeit, die zwischen dem Gespräch, das ich belauscht hatte, und meiner Ankunft in der Küche vergangen war, reichte bei weitem nicht aus, daß eine der Personen, die bereits in der Küche waren, Luis hätte umbringen können. Auch nicht, um ihn ohnmächtig zu schlagen und irgendwo zu verstecken und dann rasch in die Küche zu rennen.

Damit waren Nell, Dan, Don, Clara und Oma DeGraaf aus dem Schneider.

Kurz nach meiner Ankunft in der Küche war auch John hereingekommen. Aber wie kurz? Da waren meiner Schätzung nach mindestens drei bis fünf Minuten verstrichen. Zeit genug, um Luis eins über den Schädel zu geben und ihn zu verstecken, aber nicht, um ihn hinaus zu den Bäumen zu zerren und durch die Verpackungsmaschine zu ziehen.

Als nächste, vielleicht zwei Minuten nach John, war Hanks Frau Jennifer hereingekommen und kurz darauf Cal, der nachmittags den Streit mit Luis gehabt hatte.

Hatte Cal genug Zeit gehabt, sich an Luis heranzumachen,

ihn zur Verpackungsmaschine zu lotsen, ihm eins über den Kopf zu geben und ihn dann durchlaufen zu lassen? Wohl kaum. Es sei denn, er hätte sich unglaublich beeilt. Aber vielleicht waren ja zwei Personen an dem Mord beteiligt gewesen?

Marie war als nächste in die Küche gekommen. Obwohl sie meiner Meinung nach kein Motiv für den Mord hatte, hätte sie eine gute Minute mehr Zeit dazu gehabt als Cal.

Als letzter war dann Hank mit dem Christbaum eingetroffen. Er hätte die meiste Zeit gehabt, um Luis in der Scheune niederzuschlagen, ihn hinaus zur Verpackungsmaschine zu tragen und in das Netz zu stecken. Er hätte ihn auch bitten können, an der Maschine etwas nachzusehen, und ihn erst dort überfallen. Das wäre vermutlich noch schneller gegangen.

Nachdem Hank, Jennifer, Cal, Don und Dan sich verabschiedet hatten, hatte Oma DeGraaf den köstlichen Kartoffelauflauf ins Rohr gesteckt und sich für eine halbe Stunde zurückgezogen. Damit kam sie rein theoretisch ebenfalls für den Mord in Frage. Aber die Vorstellung, daß die alte Frau sich aus dem Haus geschlichen, Luis zur Maschine gelockt und ihn durch den Trichter gezogen haben sollte, war geradezu grotesk.

Die Hauptverdächtigen waren also John, Hank, Cal und Marie.

Allerdings war Luis ein langjähriger, gewissenhafter Angestellter und darüber hinaus ein angenehmer, anständiger Mensch gewesen, der, soweit ich es beurteilen konnte, Gewalt verabscheut hatte. Welchen Grund hätte also irgendwer haben können, ihm nach dem Leben zu trachten?

15

Eines mußte ich unbedingt wissen: War Luis schon tot gewesen, als er in die Maschine gesteckt worden war? Nur wenn ich das wußte, konnte ich mir in etwa ausrechnen, wieviel Zeit Cal oder John zur Verfügung gestanden hatte. So hätte John, der bereits nach wenigen Minuten in der Küche aufgetaucht war, zum Beispiel Luis mit einem Schlag auf den Kopf auf der Stelle umbringen, seine Leiche im Gebüsch verstecken und sie dann später in der Nacht durch die Verpackungsmaschine ziehen können. Sicher, das war eine Möglichkeit, zumindest was die ihm zur Verfügung stehende Zeit anbelangte. Wäre Luis aber noch am Leben gewesen, als man ihn durch die Maschine zog, würde das natürlich John entlasten. Er hätte Luis zwar ohnmächtig schlagen und verstecken können und dann später zu ihm zurückkehren können, aber dann hätte er nicht wissen können, ob sein Opfer inzwischen wieder zu Bewußtsein gekommen war und die Polizei verständigt hatte.

Diese Überlegungen trafen natürlich nicht nur auf John zu, sondern auch auf Cal und Hank. Nur daß ersterer weniger Zeit als John zur Verfügung gehabt hätte, letzterer hingegen mehr.

Augenblick mal, dachte ich. Was wäre, wenn es sich folgendermaßen zugetragen hätte: Hank schlägt Luis auf den Kopf und ist der Meinung, er habe ihn umgebracht. Später, bevor er mit seiner Familie nach Hause fährt, sieht er noch einmal

nach und entdeckt, daß Luis ohnmächtig, aber noch am Leben ist. Wütend zerrt er den Bewußtlosen zu der Verpackungsmaschine und zieht ihn hindurch.
Völlig unmöglich war das nicht, aber auch nicht sehr wahrscheinlich.

Verdammt. Ich mußte von VanLente irgendwie in Erfahrung bringen, was der Leichenbeschauer herausgefunden hatte. Ich ging also zur Scheune, aber alle Polizisten waren schon gegangen bis auf einen großen blonden Mann, der wie ein Zerberus den Eingang bewachte.
»Hier können Sie nicht rein.«
»Schon gut.« Da ich in die Scheune sehen und VanLente drinnen nicht entdecken konnte, hätte es sowieso keinen Sinn gemacht, hineinzugehen. »Ist Sergeant VanLente schon gegangen?«
»Nein, der ist irgendwo draußen in den Schonungen.«
Wunderbar. Ich brauchte sowieso etwas Bewegung. Ich machte mich also auf den Weg, aber ich war noch keine hundert Meter weit gekommen, als mich Carat von hinten ansprang, so daß ich der Länge nach hinfiel.
»Mach das nicht noch mal!« Ich lag im Sand, und Carat war so stolz über ihren Erfolg, daß sie mir auch gleich noch das Gesicht ableckte. »Schon gut! Wie kann man dir nur böse sein?«
Ich stand auf, wischte mir den Sand von den Knien und ging weiter. Carat folgte mir auf dem Fuß.
»Und wie soll ich dich jetzt wieder loswerden? Die Polizei kann dich bestimmt nicht gebrauchen. Am Ende machst du dich noch mit einem Beweisstück aus dem Staub.«
Carat sprang wieder an mir hoch und sah mich an, als wolle sie mir sagen, daß sie so etwas niemals tun würde, außer natürlich, das Beweisstück wäre ein saftiges Beefsteak. Nach-

dem wir uns also stillschweigend geeinigt hatten, machten wir uns auf den Weg.
Ein Hilfssheriff kam uns mit einer durchsichtigen Plastiktüte entgegen, in der sich mehrere kleine Tüten befanden – zweifellos voller Bodenproben, die später vielleicht einmal als Beweismittel gebraucht werden würden. Ich nickte ihm im Vorbeigehen zu. Vor uns stand ganz allein Sergeant VanLente, der die Hände in die Hüften gestemmt hatte und hinüber zum Wald blickte. Seine Körperhaltung ließ vermuten, daß er sehr unzufrieden mit seinen Ermittlungen war.
Carat rannte begeistert auf ihn zu. Ich ahnte sofort, was passieren würde, und schrie noch: »Carat!« Aber es war schon zu spät. Sie sprang VanLente voll in die Kniekehlen. Der Sergeant fiel nach vorne, rollte sich ab und kam in geduckter Haltung sofort wieder auf die Füße. Dann stand er da, hielt seine Smith and Wesson Airweight mit ausgestreckten Armen und zielte erst auf Carat, dann auf mich.
»Nicht schießen!« rief ich.
Er erkannte den Hund, dann mich und richtete sich mit böser Miene auf.
»Was soll denn das, verdammt noch mal?« fragte er und steckte seinen Revolver zurück in das Halfter.
»Das ist nicht mein Hund«, war alles, was mir, Feigling, der ich war, als Erwiderung einfiel. »Ich wollte sie noch zurückhalten.«
Inzwischen leckte ihm Carat schon die Hand. Der Feigling und die Schmeichlerin. Eine unschlagbare Kombination.
VanLente wischte sich kleine Zweige, Sand und Tannennadeln von der Hose. Carat ergriff die Gelegenheit, an ihm hochzuspringen und ihm das Kinn zu lecken. »Runter mit dir!« fuhr sie VanLente an.
Carat nahm das als Aufforderung und verstärkte ihre Liebesbezeugungen, indem sie Jackenknöpfe, Krawatte, Hemd

und sogar das Pistolenhalfter ableckte, in den VanLente gerade seine Waffe stecken wollte.
»Schon *gut*, zum Teufel!« brummte er und kraulte Carat am Nacken und hinter den Ohren. Dankbar für die Aufmerksamkeit, ließ sie von ihm ab und zeigte ihr Behagen, indem sie sich wohlig an seine Beine drückte. VanLente kraulte ihr daraufhin den Rücken. Hätte ich mich an seine Beine gedrückt, hätte er mir das bestimmt nicht durchgehen lassen. Schließlich hatte Carat genügend Streicheleinheiten bekommen. Sie legte sich auf den Boden und leckte VanLentes Schuhe.
»Sehen Sie?« fragte ich. »Sie ist zwar nicht Ihr Hund, aber sie tut so, als würde sie zu Ihnen gehören. Sie denkt wahrscheinlich, sie gehört der ganzen Welt.«
»Ja, stimmt. Aber trotzdem ist sie Ihnen hier heraus gefolgt. Wollten Sie etwas von mir?«
»Ja, eigentlich schon. Ich wüßte gerne, ob Sie inzwischen die Todeszeit kennen. War Luis schon tot, als er durch die Maschine geschoben wurde?«
»Warum wollen Sie das wissen? Abgesehen davon, daß es die Auflage Ihres Blattes erhöht.«
»Weil ich mir die Sache so zusammenreime: Er bekam zuerst einen Schlag auf den Kopf, entweder hier draußen oder in der Scheune. Wenn es in der Scheune passierte, hätte der Täter zwar weniger Zeit gebraucht, um Luis anzugreifen, hätte ihn aber später irgendwie zu der Verpackungsmaschine schaffen müssen. Das wäre für einige der in Frage kommenden Personen eher möglich als für andere. Hätte der Schlag auf den Kopf Luis sofort getötet, dann hätte der Täter die halbe Nacht Zeit gehabt, um die Leiche hier heraus zu schaffen. War der Schlag allerdings nicht tödlich, dann –«
»Ja, das habe ich mir auch schon alles durch den Kopf gehen lassen. Ob Sie es glauben oder nicht, aber selbst ein Polizist

denkt ab und zu einmal nach. Aber warum wollen *Sie* das alles wissen?«

»Also, zuerst einmal wohne ich zur Zeit mit diesen Leuten unter einem Dach, und da wüßte ich gerne, ob ich mich in Gefahr befinde.«

»Ach, hören Sie doch auf! Je mehr Sie über den Täter wissen, desto gefährdeter sind Sie. Nicht umgekehrt.«

»Da haben Sie allerdings recht. Aber früher oder später würde ich es ja doch erfahren – ist Ihnen das Begründung genug?«

»Sie geben auch nicht so schnell auf, oder?«

»Wenn ich das täte, würde ich in meinem Job keinen Blumentopf gewinnen.«

»Stimmt. Okay, die Leiche wurde noch nicht obduziert.« VanLente blickte auf seine Uhr. »Aber die Obduktion müßte eigentlich jeden Augenblick beginnen.«

»Aber haben Sie denn nicht ein vorläufiges Untersuchungsergebnis des Leichenbeschauers, aus dem man einige Schlüsse ziehen kann? Bitte legen Sie mir meine Fragen nicht als Neugier aus, ich kann einfach nicht anders.« Ich sagte ihm nicht, daß ich ihm nicht zutraute, den Fall ohne meine Hilfe zu lösen.

»Na schön, meinetwegen«, antwortete VanLente. »Luis Montoya war noch am Leben, als sein Mörder ihn in die Maschine zog.«

Das Herz wurde mir schwer. Das machte die ganze Geschichte noch viel entsetzlicher. »Woher wissen Sie das so genau?«

»Seine Ellbogen und Fingerspitzen waren durch das Netz abgeschürft. Also muß er versucht haben, sich zu befreien.«

»Oh, mein Gott!« Ich biß mir unwillkürlich auf die Lippen. Das hatte Luis nicht verdient.

»Der Mörder hat ihn bewußtlos geschlagen, Ms. Marsala. Ich weiß nicht, ob Luis lange ohnmächtig war, und kann auch nicht sagen, ob die Obduktion darüber näheren Aufschluß geben wird. Während er bewußtlos war, wurde er in die Maschine gezogen.«

»Wie können Sie das wissen?«

»Seine Handflächen wiesen keinerlei Anzeichen für einen Kampf auf. Wenn er bei Bewußtsein gewesen wäre, hätte er sich doch bestimmt dagegen gewehrt, durch die Maschine gezogen zu werden. Zumindest hätte er versucht, sich am Trichterrand festzukrallen. Keiner geht freiwillig in so eine Maschine.«

»Natürlich nicht.«

»Auch im Sand haben wir keine Spuren eines Kampfes finden können.«

»Oh.«

»Der Mörder hat ihm die Kette um die Knöchel geschlungen, als wäre er ein Christbaum. Und dann zog die Kette den Bewußtlosen durch den Trichter in das Netz, wobei seine Arme wie die Äste eines Baums nach oben geschoben wurden. Aber das hat ihn nicht getötet.«

»Großer Gott!«

»Der Mörder hat die Kette gelöst und ihn dann einfach liegenlassen. Als Luis Montoya zu sich kam, merkte er, daß er gefesselt war. Er hat wohl noch versucht, das Netz zu zerreißen, aber das ist ihm nicht mehr gelungen, und schließlich kühlte er immer mehr aus, bis seine Körpertemperatur so niedrig war, daß er sich nicht mehr bewegen konnte. Mutterseelenallein muß er dagelegen haben, eingeschnürt und ohne eine Möglichkeit, sich warm zu halten. Er lag auf dem kalten Boden und spürte, wie der Schnee auf ihn herabrieselte. Und irgendwann ist er dann an Unterkühlung gestorben.«

VanLente machte eine kurze Pause, dann fragte er: »Und wie denken Sie jetzt über Ihre Freunde da drüben im Haus?«

Diese Frage war ein Schlag unter die Gürtellinie. Selbst wenn einer der DeGraafs für dieses schreckliche Verbrechen verantwortlich sein sollte, konnte man unmöglich die ganze Familie verdammen. Das hier war schließlich nicht der Mord im Orientexpreß.

VanLente stapfte zurück zum Weg, um mit seinen Untergebenen zu sprechen. Mich ließ er mit der Ermahnung stehen, auf keinen Fall den Tatort zu betreten. »Und bitte, bringen Sie den Hund von hier weg.«

Das tat ich dann auch, indem ich mit Carat hinüber zu dem Wäldchen ging. Wäre ich dort weitergegangen, hätte ich schließlich den Pigeon Creek erreicht, aber ich wollte mich nicht durch das Unterholz kämpfen. Carat allerdings hätte das sehr wohl gewollt und nur zu gerne Kaninchen, Rebhühner oder wilde Truthähne aufgestöbert. Aber manchmal muß man eben hart bleiben. Außerdem konnte ich vom Rand des Gehölzes sehr gut die Rückseite der Scheune und eine Seite des Hauses überblicken und beobachten, ob dort etwas Wichtiges vor sich ging.

In der Schneise zwischen dem Wäldchen und dem ersten Block mit Christbäumen setzte ich mich auf einen Baumstumpf. Wahrscheinlich hatte hier Henry senior die Eichen, Ahornbäume und Eschen gefällt, damit die Christbäume am Nachmittag mehr Licht bekamen. Nur so erhielt man runde und voll entwickelte Bäume, die von drei, wenn nicht gar von »vier Seiten perfekt« waren.

Carat jagte herum und bellte Tieren hinterher, die entweder vor ihr davonflogen oder sich in irgendwelche Erdlöcher flüchteten. Manchmal setzte sie sich neben mich, und ich kraulte sie hinter den Ohren.

Der Tod von Luis ergab noch immer keinen Sinn für mich, und noch immer konnte ich mir nicht vorstellen, wer ihn ermordet hatte. Noch einmal ging ich die möglichen Verdächtigen durch.

Die Wahrscheinlichkeit, daß ein Außenstehender die Tat begangen hatte, war praktisch gleich Null. Zum einen mußte der Mörder wissen, wie man die Verpackungsmaschine bedient. Dann mußte er Luis in der Scheune auflauern oder hinaus in den Block locken, in dem wir tagsüber gearbeitet hatten. Für das Abholzen gab es keinen festen Plan, und so wäre es für einen Außenstehenden ziemlich schwierig gewesen, die Maschine im Dunklen zu finden. Jemandem, der bei der Arbeit dabeigewesen war, wäre das sehr viel leichtergefallen.

Konnte der Mörder eine von den Aushilfen sei? Zwei der Burschen waren gleich nach der Arbeit in einem alten Wagen weggefahren, der dritte auf einem Motorrad. Es war nicht sehr wahrscheinlich, daß sich die beiden zusammengetan hatten, um Luis umzubringen – zumindest waren sie nicht miteinander verwandt –, oder daß einer von ihnen sich am Ende der Zufahrt hatte absetzen lassen, um zu Fuß zurückzukehren und Luis umzubringen. Schließlich hätte sein Freund Verdacht schöpfen müssen. Aber auch der Bursche mit dem Motorrad gab keinen guten Verdächtigen ab. Wenn man tatsächlich einen Arbeitskollegen umbringen will, dann tut man das möglichst weit von der Arbeitsstelle entfernt, damit man nicht sofort mit dem Verbrechen in Verbindung gebracht wird. In diesem Falle hätte der Täter Luis gut ein paar Kilometer von der Farm entfernt auflauern, ihn mit dem Motorrad von der Straße abdrängen und ihm dort den Schädel einschlagen können.

Natürlich war mir klar, daß wütende oder verzweifelte Menschen nicht immer alles logisch durchdenken. Aber deshalb konnte ich noch lange nicht eine ganze Theorie darauf aufbauen, daß jemand dumm oder irrational handelte. So etwas kann man vielleicht als letzte Möglichkeit in Betracht ziehen, wenn man sich die Vorgänge wirklich nicht mehr anders erklären kann.

Viel naheliegender war, daß es sich bei dem Täter doch um ein Mitglied der Familie DeGraaf handelte. Leider. Und wenn dem so war, dann mußte er oder sie schwerwiegende Gründe für das Verbrechen gehabt haben. Denn auch für einen Mörder aus dem Kreis der Familie wäre es sehr viel weniger riskant gewesen, Luis irgendwo anders zu erledigen. Es sei denn, es handelte sich bei dem Mörder um jemanden, der nur schlecht weg konnte. Oder aber um jemanden, der keine Zeit gehabt hatte, seine Tat zu planen.

Aber was war mit dem Motiv? Sollte Cal Luis wirklich umgebracht haben, nur weil dieser ihn immer wieder zur Arbeit angetrieben hatte? Das war nicht allzu überzeugend. Erstens hatte Cals Vater ja ins selbe Horn gestoßen wie Luis, und außerdem kam mir Cal vielleicht wie ein Faulpelz, aber nicht wie ein eiskalter, hinterhältiger Mörder vor.

Wie stand es mit Hank? Was für einen Grund hätte er, um Luis umzubringen?

Oder John? Hatte er vielleicht geglaubt, Luis habe ein sexuelles Verhältnis mit seiner Tochter? Und hätte er ihn getötet, um dem ein Ende zu bereiten? Nein, John war nicht der Typ, der unkontrollierte Wutausbrüche bekam. Er dachte nach, bevor er etwas unternahm. Andererseits neigen solche Menschen dazu, sich über alles mögliche Sorgen zu machen. Trotzdem hätte John bestimmt zuerst mit Nell gesprochen und ihr nahegelegt, mit Luis Schluß zu machen. Falls er überhaupt jemals eine sexuelle Beziehung zwischen dem Vorarbeiter und seiner Tochter in Betracht gezogen hatte. Und wie paßte in so ein Szenario die geflüsterte

Unterhaltung, die ich gehört hatte? In der hatte Luis jemanden aufgefordert, »das zu tun, was zu tun ist«, und so etwas sagte man nicht einem Vater, der einen gerade aufgefordert hat, seine Tochter in Ruhe zu lassen. Das paßte alles vorne und hinten nicht zusammen.

Der Gerechtigkeit halber mußte ich auch noch Oma DeGraaf als mögliche Täterin in Betracht ziehen. Sie war eine überzeugte Protestantin, die alles Katholische ablehnte. Sie wäre also auf jeden Fall gegen eine Verbindung zwischen Nell und Luis gewesen, daran gab es nicht den geringsten Zweifel. Außerdem war sie felsenfest von der Richtigkeit ihrer Ansichten überzeugt. Aber würde sie so weit gehen, Luis zu ermorden, einmal ganz abgesehen davon, ob sie körperlich überhaupt dazu in der Lage war? Vermutlich würde sie den beiden einfach verbieten, sich zu sehen, und davon ausgehen, daß dieses Verbot auch befolgt wurde. Aber kam bei ihr vielleicht eine Art religiöser Wahn in Frage? Wer konnte so etwas schon wissen?

Und Marie? Für sie fiel mir beim besten Willen kein Tatmotiv ein.

Aber das mußte noch lange nichts bedeuten. Denn höchstwahrscheinlich ging hier etwas vor, von dem ich keine Ahnung hatte. Wie hätte Nell sonst der Meinung sein können, daß ihr Großvater mit voller Absicht umgebracht worden war, auch wenn der Mörder bei ihm einen indirekten Weg gewählt hatte? Wenn Nell recht hatte, dann mußte es in der Familie DeGraaf ein schreckliches Geheimnis geben.

16

Die Familie. Sie tat mir leid. Es waren gute, herzliche, hart arbeitende Menschen. Was war hier nur so entsetzlich schiefgegangen? Nun mußten sie alle darunter leiden, daß einer von ihnen ein Verbrechen begangen hatte.

Von da, wo ich saß, konnte ich hinter der Scheune das Haus und dahinter in der Ferne den Wald sehen. Die Zufahrt, die vom Haus zur großen Straße führte, lief in einem weit geschwungenen Bogen an elf mächtigen Eichen entlang, von denen zehn wahre Riesen waren. Sie hatten die für dieses Klima charakteristischen, weit ausladenden Äste, von denen die untersten fast parallel zur Erde wuchsen. Diese Äste mußten unglaublich kräftig sein, um im Winter die Last des Schnees zu tragen. Kein Wunder, daß Eichenholz im Schiffs- oder Hausbau immer dann verwendet wurde, wenn es auf besondere Härte ankam. Der elfte Baum, den man ebenfalls mit gutem Gewissen als groß bezeichnen konnte, war gegenüber den zehn anderen allerdings eher klein. Ich nahm mir vor, bei Gelegenheit jemanden aus der Familie nach den Bäumen zu befragen. Vier von ihnen waren nämlich noch größer als alle anderen und mochten wohl so an die dreißig Meter hoch sein. Die Äste dieser Bäume waren allein schon so dick wie Baumstämme.

Das Haus mit dem umliegenden Land kam mir vor wie ein Symbol für die über die Jahre gewachsene Zusammengehö-

rigkeit der Familie. Der Tod von Luis würde diese Zusammengehörigkeit möglicherweise zerstören. Denn wenn er wirklich mit einem Familiengeheimnis verbunden war, dann würde die Familie beim Lüften dieses Geheimnisses wahrscheinlich auseinanderbrechen.
Während ich über all das nachdachte, kamen mir wieder die Fotokopien der Briefe in den Sinn, die Tante Clara mir gegeben hatte. Ich hatte sie zusammengefaltet in meinen Notizblock gelegt. Nach dem Brief vom März achtzehnhundertachtundvierzig hatte ich einen gelesen, den ein trauriger Hendrik kurz vor Weihnachten achtzehnhundertsiebenundvierzig geschrieben hatte, also kurz nach der Ankunft der holländischen Siedler in Michigan. Jetzt suchte ich einen heraus, der wieder aus dem Frühjahr achtzehnhundertachtundvierzig stammte.

15. April 1848

Meine liebe Katya,
Ich glaube, wir müssen wieder nach Europa zurückkehren.
Das Leben hier ist sehr entbehrungsreich. Die meiste Zeit bin ich beim Holzfällen. Es gibt hier Eichen, Ahorn, Eschen und Nadelbäume. Dazwischen ist so viel Unterholz gewachsen, daß es sehr beschwerlich werden kann, Bäume zu fällen, weil man ja erst das Unterholz entfernen muß. Die Bäume, die man bei uns Beuk nennt, heißen hier Buchen und sind wunderschön, aber sie haben, wie bei uns auch, ziemlich sprödes Holz. Ihre silbrige Rinde hat einen fast schon bläulichen Schimmer und ist so runzelig wie Elefantenhaut. Wenn man so zwischen den Stämmen steht, mit nichts als Buchen ringsum, hat man das Gefühl, zwischen den Beinen von hundert Elefanten zu stehen.
Ich schlage Baumstämme für Bauholz, muß mir dann aber einen Schlitten leihen, um sie nach Holland oder Port Sheldon zur Sammelstelle zu schaffen. Von dort werden sie nach Chicago eingeschifft,

und ich bekomme natürlich nur einen Bruchteil des Preises, den die Holzhändler dort erzielen.
Immerhin haben wir so viele Äste und Abfallholz, daß wir immer kräftig einheizen können. In Zeeland (dem Ort Zeeland hier in Amerika natürlich) habe ich einen gebrauchten Holzofen erstanden, und wenn ich die Äste zu Brennholz zerkleinert habe, dann staple ich es unter einer Segeltuchplane, wo es trocken und gut brennbar bleibt.
Pieterke geht es gar nicht gut, und ich muß dir ankündigen, daß wir im Frühling nicht mehr vier, sondern fünf sein werden. Bisweilen gehe ich auf die Jagd und erlege das eine oder andere Eichhörnchen. Einer aus der Kirchengemeinde hat uns einmal zwei Pfund gesalzenes Pferdefleisch geschenkt, aus dem Pieterke einen Eintopf zauberte, der uns für zwei Sonntage reichte. Manchmal ziehen auch ein paar Potawatomie-Indianer durch unsere Gegend und tauschen getrockneten Lachs gegen unser Weizenbrot ein, auf das sie ganz wild sind. Pieterke bäckt es selbst, vorausgesetzt, wir haben Weizenmehl. Oft kommt das allerdings nicht vor, und hauptsächlich gibt es Mais, Mais und wieder Mais. Langsam kommen mir immer stärkere Bedenken, ob ich Pieterke, den kleinen Gerrit und Pieternella diesem harten Leben aussetzen darf.
Ich werde Gott um Rat fragen, denn ich weiß nicht, wie es weitergehen soll. Jan Stekete hat mir eine Arbeitsstelle in seinem Gemischtwarenladen angeboten. Das hieße dann aber, daß wir in den Ort Holland ziehen müßten, weil ich ja nicht jeden Tag die elf Meilen hin und zurück laufen könnte. Außerdem würden wir dann auf unsere eigene Farm verzichten, die, wie du ja weißt, für uns der Hauptgrund zur Auswanderung war. Es war nie mein Ziel, als kleiner Ladengehilfe zu enden, denn das hätte ich ja genausogut zu Hause werden können. Mit Pieterke möchte ich über all das nicht reden, weil ich ihr meine Zweifel nicht aufbürden will.

Hendrik DeGraaf

»Aber das harte Leben hast du ihr aufgebürdet«, murmelte ich vor mich hin. »Warum dann nicht auch die Zweifel? Weil du sie dann an deinen Entscheidungen beteiligen müßtest?«

Um das Haus herum entdeckte ich auf einmal allerhand Bewegung, konnte aber nicht erkennen, was sie bedeutete. Die Arbeiter kamen den Weg entlang, und Cal trug gerade etwas um die Ecke der Veranda. Ich sah auf die Uhr. Es war zwei Uhr nachmittags. Gestern war um diese Zeit überhaupt nichts passiert. Ich ging zum Haus und sah, wie Nell mit einer großen Kanne Kaffee aus der Hintertür trat. Als ich sie eingeholt hatte, war Cal bereits damit beschäftigt, einen Klapptisch in der Garage aufzustellen. Als Nell die Kaffeekanne auf den Tisch stellte, erschien wie auf ein Stichwort Tante Clara mit einer riesigen Platte voller Mandelplätzchen und einem Stapel Styroporbecher.

»Kann ich irgendwie behilflich sein?« fragte ich Clara.

»Sie könnten mir den Kakao bringen.«

Als ich die Küche betrat, versäumte ich es nicht, mir vorher die Schuhe abzutreten. Oma DeGraaf gab mir außer der Kanne mit dem Kakao auch gleich noch Milch und Zucker, die ich mit hinausnehmen sollte.

Langsam fand sich die Familie in der Küche ein, während Raymond, Ken und Horace ihren Kaffee draußen in der Garage trinken mußten. Irgendwie kam mir das wie ein Zweiklassensystem vor, auch wenn ich verstehen konnte, daß die Familie unter diesen besonderen Umständen lieber unter sich war. Die Frage war nur, wo ich mich mit dazusetzen sollte, die ich ja schließlich auch eine Außenseiterin war?

Oma DeGraaf beantwortete mir diese Frage, als ich wieder in der Küche war. »Hier, nehmen sie die hier mit hinein,

Catherine«, sagte sie und gab mir einen Teller mit Plätzchen, den ich ins Wohnzimmer tragen sollte. Daraus schloß ich, daß auch ich zu den Auserwählten gehörte.

»Wir dachten, wir sollten heute mal eine richtige Kaffeepause machen«, erklärte John, als er sich zu Tisch setzte. »Normalerweise ist das anders, da gehen immer ein, zwei Leute in die Scheune und trinken eine Tasse Kaffee, während die anderen weiterarbeiten. Aber das haben Sie ja gestern mitbekommen. Jetzt, wo wir nicht in die Scheune können, ist das etwas anderes …«

»Verstehe. Und außerdem ist es heute nicht so kalt, daß man sich zwischendurch aufwärmen müßte.«

»In der Sonne hat es fast zehn Grad plus«, sagte Hank und wischte mit der bloßen Hand ein paar Tropfen verschütteten Tee von der Tischplatte. »Wasser ist der Todfeind von Holz«, erklärte er. »Und dieser Tisch ist ein besonders schönes Stück Esche.«

»Sie arbeiten doch in einer Möbelfabrik, nicht wahr?«

»Ja, aber ich mag den Namen Fabrik nicht. Hier in der Gegend werden die besten Möbel auf der ganzen Welt hergestellt, denken Sie nur an Baker, Widdicomb oder Herman Miller. Vanderlyn's, wo ich arbeite, fertigt zum Beispiel nur Möbel nach Maß. Ich bin dort Vorarbeiter.«

Für ein paar Minuten herrschte Ruhe am Tisch, weil jeder seinen Kaffee umrührte oder sich Erdnußbutterplätzchen und anderes Gebäck nahm, das Oma DeGraaf »Krakelinge« nannte. Mir fiel auf, wie wenig die Familie offenbar der Tod eines Arbeiters kümmerte, der doch jahrelang bei ihnen angestellt gewesen war. Irgendwie kam es mir so vor, als könnte niemand hier seine Gefühle zeigen, und wenn diese Gefühle sich auch nur als Angst davor geäußert hätten, als Mörder erkannt und verhaftet zu werden.

Ich hatte eine viel gereiztere Stimmung erwartet, eine Atmo-

sphäre voller Nervosität und gegenseitiger Beschuldigungen. Da konnte ich wieder einmal erleben, wie ich mit meinen Schlußfolgerungen manchmal daneben lag.
Cal griff nach dem letzten Erdnußbutterplätzchen. Er, Dan und Don hatten in zwei Minuten mehr als ein Dutzend davon vertilgt. Ich habe auch Brüder und weiß, was für Mengen heranwachsende Jungs vertilgen konnten.
Auch Don hatte es auf das letzte Plätzchen abgesehen und rief jetzt: »He! Du hast schon das vorletzte gehabt!«
»Aber ich wollte es zuerst«, entgegnete Cal, was ja auch stimmte.
»Laß ihm doch das Plätzchen, Don«, sagte Hank.
»Wieso muß ich immer nachgeben?«
»Gebt jetzt Ruhe, ihr beiden!« rief Hank.
Hanks Frau, Jennifer, hielt sich die Hand vor den Mund, was mir ziemlich unnötig erschien, da sie ohnehin so gut wie nie etwas sagte. Don gab nicht auf: »Warum muß ich immer still sein?«
»Verdammt!« schrie Cal, sprang auf und stürmte aus dem Zimmer.
»Calvin, so etwas sagt man nicht!« rief Großmutter DeGraaf ihm nach, faltete die Hände und sprach ein leises Gebet.
Auch Hank sprang jetzt auf, deutete auf Don und Dan und schrie: »Da seht ihr, was ihr wieder angerichtet habt! Geht sofort raus und macht euch wieder an eure Arbeit!«
Nell brach in Tränen aus. Marie wandte sich an Hank: »Jetzt reißt euch aber zusammen. Ihr seid doch alle –« Sie bekam einen Schluckauf, der nicht wieder aufhören wollte.
Tante Clara nahm sie am Arm und führte sie aus dem Zimmer. »Ich hol dir jetzt eine Papiertüte«, sagte sie, »und da atmest du dann rein, bis es aufhört …«
Nell weinte immer noch.
»Sagen Sie, Cat, Ihr Auto steht doch noch immer draußen

im Hof, oder?« fragte John mit so ernster Miene, wie ich sie an ihm noch nie gesehen hatte.
»Ja, warum?«
»Könnten Sie vielleicht so freundlich sein und mit Nell eine kleine Spazierfahrt machen? Wir müssen gleich wieder an die Arbeit, und ich finde, sie sollte mal fort von hier und …«
»Natürlich. Ich mache gerne eine kleine Spazierfahrt mit Nell. Jederzeit.«
Nell lächelte mich mit Tränen in den Augen an. Sie wußte sehr gut, daß sie abgeschoben wurde, aber das war für sie unter diesen Umständen wohl eine Erleichterung.

17

Die Papiertaschentücher liegen vor dir auf dem Boden.«

Mein Wagen ist nicht mehr der neueste, und für gewöhnlich ist er weder gewaschen noch aufgeräumt. Da ich beruflich häufig länger unterwegs bin und dann an den unterschiedlichsten Orten auftreten muß, habe ich immer eine Menge Klamotten auf dem Rücksitz, die ich je nach Bedarf anziehen kann, um mich der jeweiligen Umgebung anzupassen: eine Lederjacke, einen langen Wollmantel mit Pelzbesatz, den ich mir mal in einem Secondhandladen gekauft habe, eine Baseballmütze, einen violetten Strickhut mit silbernen Pailletten, eine Art russische Pelzmütze, einen Regenhut aus grauem Stoff, den ich mir tief ins Gesicht ziehen kann, und Schals in den verschiedensten Farben. Außerdem liegen in meinem Wagen noch ein Baseballschläger, ein Autotelefon, ein Pfeffer- und ein Reizgasspray und jede Menge Kugelschreiber herum. Ich bin vielleicht kein ordentlicher Mensch, aber dafür bin ich für alle Eventualitäten bestens vorbereitet. Papiertaschentücher gehören natürlich zur Grundausstattung, und deshalb habe ich davon mehr als genug.

Wir fuhren den Highway 31 in Richtung Süden. Trotz des Mitgefühls, das ich für Nell empfand, wußte ich, daß sie, wenn ich sie jetzt tröstend in den Arm nehmen würde, sofort wieder losheulen und sich vermutlich dafür schämen würde. Im Augenblick war es wohl besser, wenn sie etwas zu tun

hatte. Und so sagte ich, während sie sich mit dem Taschentuch die Tränen aus dem Gesicht wischte: »Ich kenne ein gutes Mittel gegen Traurigkeit. Das wirkt immer – und zwar unfehlbar.«
»Ich dachte immer, daß nichts unfehlbar ist.«
»Das schon.«
»Und was soll das sein?« fragte sie und blickte mit großen, feuchten Augen, die immer noch voller Tränen waren, zu mir herüber.«
»Schokolade.«
Fast hätte sie gelächelt. »Und wo kriegt man hier in der Gegend am schnellsten Schokolade?«
Nells Gesicht hellte sich zusehends auf, während sie nach vorne deutete, wo ich in einiger Entfernung ein kleines Einkaufszentrum mit einer Eisdiele sah. Irgendwie verwunderte es mich, hier draußen auf dem Land, nur ein paar Meilen von der Farm der DeGraafs entfernt, ein Einkaufszentrum zu sehen. Die Farm war mir bisher so abgelegen erschienen. Dabei mußte ich am Donnerstag hier vorbeigekommen sein, aber ich hatte wohl deshalb nichts bemerkt, weil ich mich auf die Suche nach der Farm konzentriert hatte.
Nell zog mich zu der Eisdiele, wo ich ihr eine Doppelportion Eis mit heißer Schokolade kaufte. Dann dachte ich, daß ich im Augenblick auch ganz schön im Streß stünde und mir eigentlich ebenfalls ein Eis verdient hätte. Wir nahmen unsere Becher mit zurück in den Wagen, wo sich Nells Gesicht noch weiter aufhellte, nachdem sie den ersten Löffel voll Eis in den Mund gesteckt hatte. »Mit dem Zeug haben wir zumindest drei der vier Grundnahrungsmittel«, sagte ich. »Zucker, Fett und Schokolade.«
»Und was ist das vierte?«
»Keine Ahnung. Salz vielleicht?«

»Speisefarben?«
»Konservierungsmittel?«
»Cholesterin?«
Eine Weile aßen wir schweigend vor uns hin. Weil die Sonne auf das Dach des Wagens schien, war es in seinem Inneren angenehm warm. Nells Anspannung löste sich langsam. Ich hatte eine ganze Menge Fragen an sie, aber jetzt war nicht der richtige Augenblick dafür. Es war besser, wenn ich darauf wartete, daß sie mir von sich aus ihr Herz ausschüttete.
Schließlich sagte sie: »Ich habe solche Angst.«
»Wovor, Nell?«
»Vor allem.«
»Verstehe. Aber da gibt es doch sicher etwas, wovor du besonders Angst hat.«
»Das kann ich nicht sagen.«
»Ich weiß, du bist in einer schrecklichen Situation.«
»Ich habe Angst vor –« Sie stockte. »Vor allem möglichen.«
»Das ist völlig normal Nell.«
»Es macht mir angst, daß – daß – daß vielleicht einer von *uns* Luis umgebracht hat. Das ist einfach entsetzlich.« Die Worte sprudelten jetzt nur so aus ihr heraus. »Ich weiß, es ist schlimm genug, daß er tot ist, egal, wer ihn umgebracht hat. Und ich möchte nicht, daß Sie denken, mir sei der Ruf der Familie oder so was wichtiger als Luis. Das stimmt einfach nicht …«
»Das brauchst du mir nicht zu beteuern, Nell, ich weiß, was du denkst. Und außerdem hättest du auch ein Recht, um den Ruf deiner Familie besorgt sein. Warum denn nicht?«
»Es ist ja nur, weil … Verstehen Sie, wenn man sich überlegt, wer es getan haben könnte, bleiben nur Oma und ich, mein Onkel Hank, mein Vater, Tante Marie und dann

vielleicht noch mein Cousin Cal und Tante Clara, aber die kann es einfach nicht gewesen sein, das wäre absolut lächerlich …«

»Ich weiß.«

»Und auch die Oma kann es nicht gewesen sein. Die ist so, Sie wissen schon … Die achtet immer so darauf, daß alles gerecht und anständig zugeht. Und mein Papa würde so etwas auch nicht tun, weil der einfach nicht so ein Mensch ist. Und Cal führt sich vielleicht manchmal wie ein Idiot auf, aber das heißt doch noch lange nicht, daß er ein Mörder ist. Tante Marie würde niemals jemanden umbringen, und Onkel Hank ist in Wirklichkeit auch viel netter, als er sich gibt. Tante Jennifer ist viel zu doof, um jemanden zu töten. Aber es macht einfach keinen Sinn, daß irgend jemand von der Straße hereinkam, Luis sah und ihn umbrachte. Wer konnte schon wissen, wie lange er arbeiten würde? Und außerdem ist der Mörder genau zu dem Block gegangen, in dem gearbeitet wurde, und wir waren die einzigen, die das wußten. Außerdem würde niemand so einfach zur Scheune spazieren, denn dabei könnte ihn doch jemand vom Haus aus sehen. Und ein fremdes Gesicht wäre uns doch sofort aufgefallen. Das macht alles einfach keinen Sinn.«

»Ein Fremder wüßte ja auch nicht, wo die Verpackungsmaschine stand.«

»Dann haben Sie sich das alles auch schon durch den Kopf gehen lassen?«

»O ja.«

»Glauben Sie, daß mein Vater sich das auch schon überlegt hat?«

»Da bin ich mir ziemlich sicher.«

»Ich auch. Er muß sich schreckliche Sorgen machen.«

»Das fürchte ich auch.«

»Deswegen wollte ich ihn auch nicht noch mehr beunruhigen, indem ich ihm dumme Fragen stellte. Aber ich habe solche Angst.«

»Du machst dir zuviel Gedanken um andere. Das solltest du wirklich nicht.«

»Mag sein. Aber mir geht das alles ständig im Kopf herum.«

»Überlaß das doch den Erwachsenen. Und Sergeant VanLente. Hast du denn überhaupt mit deinem Vater geredet?«

»Der sieht so müde und besorgt aus, daß ich es mich nicht getraut habe. Deshalb bin ich ja so froh, daß *Sie* hier sind, Cat. Weil Sie nicht zu uns gehören. Entschuldigung, das klingt so furchtbar, als ob Sie eine Außenseiterin wären, aber so habe ich es nicht gemeint. Ich finde es nur gut, daß Sie nicht zur Familie gehören. Es tut einfach gut, mit jemandem zu reden, der mit dem Ganzen nichts zu tun hat.«

»Ich glaube nicht, daß ich dir allzuviel geholfen habe. Und leider muß ich dir bei deinen Schlußfolgerungen von vorhin sogar zustimmen. Ich halte es auch für ziemlich unwahrscheinlich, daß Luis von einem Fremden umgebracht wurde.«

»Aber es ist gut, zu wissen, daß – daß Sie aufrichtig mit mir sind. Nicht, daß ich angenommen hätte, Sie würden unaufrichtig sein, aber – Sie verstehen schon, was ich meine. Es tut gut, wie eine Erwachsene behandelt zu werden. Wenn Oma sieht, daß ich mir Sorgen mache, dann sagt sie nur, ich solle nicht soviel nachdenken und lieber in der Bibel lesen. Damit hat sie sicher recht, aber manchmal möchte ich eben wissen, was los ist.«

»Das verstehe ich sehr gut.«

»Natürlich sollten wir das alles Sergeant VanLente überlassen, Cat, aber was wäre eigentlich, wenn wirklich einer von uns Luis ermordet hätte? Ich kann das zwar noch immer nicht glauben, aber gleichzeitig sage ich mir immer wieder, daß es wohl so sein muß. Und wenn das so ist, dann wird

VanLente jemanden aus unserer Familie verhaften. Was machen wir dann?«

Nell fing wieder an, leise vor sich hinzuweinen, und schließlich liefen ihr die Tränen nur so über die Wangen. Als sie ihre Augen rieb, nahm ich ihr den Eisbecher aus der Hand und legte den Arm um sie. Kaum hatte ich das gemacht, als sie auch schon in ein lautes Schluchzen ausbrach, das aus der Tiefe ihrer Seele kam. Ihr kleiner Körper bebte, und unter heftigem Schlucken sagte sie: »Und was ich am meisten möchte, ist, daß Luis wieder lebendig wird.«

Ich ließ sie weinen. »Wein doch nicht« ist für mich einer der dümmsten Sätze, die man jemandem sagen kann. Und egoistisch ist es obendrein, denn man sagt das meistens nur, weil man sich nicht um die Tränen kümmern will.

Nell weinte bestimmt fünf Minuten lang. Ich wunderte mich, wie viele Tränen dieses Kind hatte. Zu guter Letzt bekam sie auch noch einen Schluckauf, der erst nach einer ganzen Weile wieder aufhörte. Danach wurde ihr Weinen merklich leiser und verstummte schließlich ganz.

Sie saß mit gesenktem Kopf da und hielt die Hände vors Gesicht, so daß ich nicht erkennen konnte, ob sie sich schämte oder einfach nur erschöpft war. Als ich das Gefühl hatte, daß genug Zeit verstrichen war, sagte ich zu ihr: »Ich glaube, das hast du jetzt gebraucht.«

Nell sah mich von der Seite an.

»Weißt du, die Lehrer reden doch immer von ›angemessenem Verhalten‹. Und wenn dein Freund ermordet worden ist, dann ist Weinen eben ein ›angemessenes Verhalten‹.«

»Dann war mein Verhalten eben aber sehr angemessen.« Es war ein gutes Zeichen, daß sie schon wieder zu einem kleinen Scherz in der Lage war.

»Na, wie sieht's aus?« fragte ich sie. »Hast du vielleicht Lust, ein bißchen herumzufahren?«

Wir fuhren nach Westen, auf den Lake Michigan zu. »Wenn Sie den See sehen wollen, müssen Sie an der nächsten Kreuzung nach rechts abbiegen«, sagte Nell.
»Okay.«
Wir fuhren den Lake Shore Drive entlang. »Sieht so aus, als hätten die Häuser hier eine Stange Geld gekostet«, bemerkte ich.
»Stimmt. Aber dabei erzählt Tante Clara immer, daß die ersten Siedler, die hier wohnten, so arm waren, daß man die Straße ›Hungry Street‹ nannte.«
Wir kamen zu einem Park direkt am See. Zwischen uns und dem Wasser war eine Sanddüne, die mit Eichen und Buchen bewachsen war. Unter ihnen wuchs kaum etwas, nur ein paar Farne und Weißwurz. »Wollen wir ein paar Schritte spazierengehen?« fragte ich Nell.

Der Lake Michigan hat viele Gesichter. In Chicago reicht er in einem großen Bogen bis in die Stadt, die ihn halbmondförmig umgibt. Weil man diese sanft geschwungenen Ufer auch noch mit wunderschönen Häusern bebaut hat, sind Besucher der Stadt regelmäßig völlig hingerissen von dieser Mischung aus Wasser und Architektur, die der Stadt einen Hauch von Rio de Janeiro verleiht. Dreihundert Meilen weiter nördlich im Staat Wisconsin, wo das Wasser des Sees kalt und die Küste felsig ist, erinnert der Lake Michigan eher an die Hudson Bay als an südamerikanische Gestade.
Die meisten Überraschungen aber hält der See an der Küste von Michigan parat. Da der Wind hier hauptsächlich aus Westen weht, drückt er das von der Sonne aufgeheizte, oft bis zu fünfundzwanzig Grad warme Oberflächenwasser in die Nähe des Landes. Im Winter hingegen, wenn der See zufriert, bläst der steife Nordwestwind das Eis zu Eisbergen zusammen, die dann vor die Küste von Michigan treiben.

Hier bleiben sie auf Sandbänken liegen und brechen die ankommenden Wellen, deren Gischt zu bizarren Eisgebilden gefriert. Mit der Zeit bildet sich so ein Riff aus Eis, das sich in Nord-Süd-Richtung vor dem Ufer erstreckt, so weit das Auge reicht. Etwa alle zwanzig Jahre friert der See dann ganz zu, und Eisbrecher müssen dafür sorgen, daß die Schiff- fahrtswege offenbleiben.
Während der Herbststürme, die aus dem Nordwesten kommen, rollen riesige Wellen auf die Küste von Michigan zu. Die Wogen überspülen die Strände, und der See dehnt sich bis weit ins Land hinein aus, wo das eiskalte Wasser Häuser, Bäume, Landungsstege und Dämme mit sich reißt.
Heute aber lag der See ruhig vor uns. In der kalten Luft gingen Nell und ich auf dem rosafarbenen Sand am Ufer entlang. Am Strand brachen sich glucksend kleine Wellen, und angeschwemmtes Holz glänzte silbrig im Sonnenlicht. Ab und zu kam eine größere Welle heran, vor der wir uns rasch in Sicherheit bringen mußten. Schließlich verließen wir die Wasserlinie und gingen weiter oben an der Küste entlang, wo der Sand so trocken war, daß er unter unseren Tritten quietschende Geräusche von sich gab.
»Meine Mutter hat mir erzählt, daß in der letzten Eiszeit ein zwei Meilen dicker Eispanzer über dem See und der Gegend hier lag.«
»Sag mal, Nell, gibt es da noch etwas, das dich beunruhigt? Ich werde das Gefühl nicht los, daß du dir schon vor Luis' Tod irgendwelche Sorgen gemacht hast.«
»O ja, das stimmt.« Sie vermied es, mich anzusehen, und blickte auf den See hinaus. »Ich glaube, daß wir unser Haus verlieren werden.«

Wir setzten uns wieder in Bewegung. Ich antwortete Nell nicht gleich, sondern fragte mich, ob sie wirklich wußte, wovon sie redete. Aber sie war ein ernstes, sehr gewissenhaftes Kind, das in seinem kurzen Leben bereits den schrecklichen Verlust seiner Mutter hatte hinnehmen müssen. Ich hoffte, daß Nell mit ihrer Vorhersage nicht recht behalten würde.

Wir ließen uns schließlich auf einem kleinen Sandhügel nieder, wo eine leichte Brise durchs Strandgras strich. Der Sand war kalt, aber nicht eiskalt, und die Sonne wärmte uns von oben. Vom Wasser her drang ein Geruch in meine Nase, der mich an regenfeuchtes Pflaster in der Großstadt erinnerte. Mir war natürlich klar, daß dieser Vergleich sehr weit hergeholt war, da der an sich angenehme Geruch von nassem Asphalt in der Stadt immer von einem Gestank nach Benzin, Motorenöl, nassem Papier und allem möglichen sonstigen Abfall überlagert wurde. Hier war das anders. Hier kam eine reine Brise aus Nordwest herein, die über hundertfünfzig Kilometer offenen Wassers geweht hatte. Seemöwen ließen sich von diesem Wind tragen und stiegen mit leichten Flügelschlägen in die Höhe, wobei sie ihre an das Miauen von Katzen erinnernden Schreie ausstießen.

»Was hast du vorhin gemeint, Nell, als du sagtest, ihr würdet euer Haus verlieren? Meinst du damit die Farm?«

»Ja.«

»Aber die ist doch schon seit Urzeiten im Besitz eurer Familie.«

»Ich weiß.«

»Jetzt erinnere ich mich, was mir dein Vater am Donnerstag abend geantwortet hat, als ich ihn nach den Steuern gefragt habe. Er meinte, sie würden auch mitspielen. Sprichst du etwa davon?«

»Ja, auch. Obwohl ich davon nicht allzuviel verstehe.«

»Müßt ihr mehr Steuern zahlen, als ihr durch den Verkauf der Bäume einnehmt?«

»Kann schon sein. Mein Vater und mein Onkel sagen immer, die Steuern seien schon wieder gestiegen. Aber ich glaube, daß es noch etwas anderes ist. Etwas, das mit dem Wert des Grundstücks und der Erbschaftssteuer zu tun hat.«
»Oh.«
»Es ist ziemlich kompliziert. Das Land ist offenbar Bauerwartungsland und hat einen hohen Wert. Wenn also die Oma stirbt, wird das Grundstück neu geschätzt, um den Verkaufswert festzustellen. Dabei will es niemand verkaufen. Aber wenn die Oma stirbt, wird das Land höher bewertet, und dann sind auf einmal auch höhere Steuern fällig. Wir könnten das Land natürlich für viel Geld verkaufen, aber wenn wir das nicht tun, müssen wir genausoviel Steuern bezahlen, als wenn wir es verkauft hätten, und die können wir nicht aufbringen. Also müssen wir doch verkaufen. Nur weil das, was wir besitzen, im Wert gestiegen ist, besteht die Gefahr, daß wir es verlieren.«
»Das hört sich aber nicht allzugut an.«
»Es klingt furchtbar ungerecht, aber es ist so. Mein Vater sagt jedenfalls, daß unser Besitz im Wert zu stark gestiegen ist. Auch mein Großvater hat sich deswegen große Sorgen gemacht.«
»Ich verstehe. Und hatte er irgendwelche Vorschläge zur Lösung dieses Problems?«
»Keine Ahnung.«
»Aber deine Oma ist doch noch ganz rüstig. Ich weiß, sie ist schon älter …«
»Achtundsiebzig.«
»Da kann sie noch eine ganze Weile leben.«
»J-ja. Aber sie hat etwas mit dem Herzen. Keinen Herzinfarkt, aber sie muß ständig Tabletten nehmen.«
Nell ließ den rosafarbenen Sand durch ihre Finger rinnen.

»Du bist doch erst vor ein paar Jahren auf die Farm gezogen, stimmt's?«

»Das stimmt. Nach dem Tod meiner Mutter.« Die letzten Worte hatte sie rasch, fast ausdruckslos gesagt. Was das bedeutete, war klar: Über diesen Teil ihres Lebens wollte sie nicht sprechen.

»Aber du hängst sehr an der Farm.«

»O ja. Sie ist mein Zuhause.«

»Aber bevor du dorthin gezogen bist, mußt du doch ...«

»Wir hatten ein Haus in der Stadt. Es war nur ein paar Schritte von der Schule entfernt, an der mein Vater unterrichtet. Es war aber nichts Besonderes. Es war okay, wissen Sie, aber es hatte nur einen kleinen Garten mit einem bißchen Rasen und so. Nicht zu vergleichen mit der Farm mit dem Bach, den Wäldern und all den schönen Wildblumen. Vorher sind wir schon immer an Weihnachten, Thanksgiving und anderen Feiertagen hierhergekommen und oft auch in den Sommerferien. Und wenn Papa und Mama mal verreisten, wohnte ich bei Oma und Opa. Mein Großvater hat mit mir lange Spaziergänge gemacht und mir erklärt, wofür man die Wildblumen und Kräuter früher verwendet hat. Aus manchen hat man sogar Seife gemacht. Mein Opa brachte mir auch die Namen von allen Vögeln und Bäumen bei und hatte immer Zeit für mich. Ich war so oft bei ihm und Oma, daß ich jetzt das Gefühl habe, als hätte ich schon seit Ewigkeiten auf der Farm gelebt.«

Für einen kurzen Augenblick hatte ich ein Gefühl, das man nur bei wenigen Leuten hat. Nell war genau wie ich! Auch ich hatte als Kind weniger Interesse an schönen Kleidern als vielmehr daran, wie die einzelnen Dinge hießen und wie die Welt funktionierte. In der High-School wollte ich dann eine Weile Biologin werden und verbrachte bei Tagesausflügen in die umliegenden Nationalparks unzählige Stunden mit dem Beobachten von Insekten. Schließlich wurde ich doch etwas anderes, aber die umfangreichen Recherchen, die ich als Journalistin durchführe, erinnern mich noch heute oft an den Eifer, mit dem ich damals die verschiedensten Insekten katalogisierte.

Ich konnte mir gut vorstellen, daß Nell in der Schule bei ihren Klassenkameraden allgemein beliebt war, von manchen aber als etwas zu fleißig angesehen wurde. Und vermutlich auch als zu ernst, denn bestimmt kicherte sie nicht mit den anderen Mädchen herum, wenn es um Klamotten oder Make-up ging, und sie verbrachte bestimmt auch keine ganzen Nachmittage in irgendwelchen Einkaufszentren.

Bestimmt war sich Nell nicht bewußt, wie schön sie war. Garantiert fand sie, daß sie ein durchschnittliches Gesicht hätte und Haare, die einfach so herunterhingen. Mir hingegen kam sie vor, als wäre sie soeben einem Gemälde von Vermeer entstiegen, auf dem holländische Frauen ihren häuslichen Pflichten nachgingen, Milch aus Krügen gossen, Wasser vom Brunnen holten oder aus der offenen oberen Hälfte einer quergeteilten Tür hinaus auf Wiesen und Felder sahen, die außerhalb des Gemäldes lagen. Nells Haar hatte die Farbe des Sandes hier am Lake Michigan – ein blasses Beige mit einem Hauch von Rot –, und ihre Haut war weiß wie Milch.

Sie war ein Kind, daß man einfach liebhaben mußte. Ich hoffte, daß es mir gelingen würde, sie vor weiteren Schicksalsschlägen zu bewahren.

18

Grundbesitz, der im Wert steigt, deshalb hoch besteuert wird und nur dann etwas abwirft, wenn man ihn verkauft ...

Ich hatte es doch gewußt. Hinter dem Mord an Luis schlummerte im verborgenen ein finanzielles Motiv. Es kommt praktisch nie vor, daß Verwandte in Hinblick auf Geld und Besitz einer Meinung sind. Das funktioniert schon bei zweien kaum und noch viel weniger bei einem halben Dutzend wie hier. Und – auch wenn das zynisch klingt – Geld ist nun mal die stärkste Triebfeder, um einen Mord zu begehen. Meistens verspricht man sich von dem Verbrechen einen Zugewinn an Geld, manchmal versucht man auch, damit ein finanzielles Desaster abzuwehren.

Als ich den Wagen in der Zufahrt anhielt, dankte Nell mir überschwenglich für die Spritztour. Es hatte ihr gutgetan, für kurze Zeit ein wenig mehr Abstand zu ihren Problemen zu haben. Sie kam mir jetzt viel ruhiger und gefaßter vor als vorher.

Nell ging ins Haus, und ich stand noch ein wenig an meinem Bronco herum und ließ meine Blicke über den Hof gleiten. Viel hatte sich in der Zwischenzeit hier nicht verändert. In der Zufahrt parkten immer noch zwei Einsatzwagen der Polizei und Maries kleiner, roter Sportwagen. Weiter hinten sah ich Raymonds Auto und das Motorrad von Horace und einen weiteren Wagen, den ich zuvor noch nicht gesehen hatte. Weil es ein Lincoln war, konnte es sich kaum um ein

Fahrzeug der Polizei handeln. Während ich das Auto betrachtete, trat ein Mann in khakifarbener Hose aus dem Haus, der einen Rollkragenpullover und einen Blazer, aber keinen Mantel trug. Er stieg in den Lincoln und fuhr davon. Ich blickte in die Garage. Sie war leer, und die Arbeiter waren sicherlich schon längst wieder beim Bäumefällen.
Ich hatte meine gute Tat für die Familie vollbracht, und jetzt war es an der Zeit, mich wieder ein bißchen umzuhören. Ich machte mich also auf den Weg zum Haus, als mir plötzlich etwas einfiel.
Ich blieb so abrupt stehen, daß ich mit einem Fuß über den Kies rutschte. War es denn wirklich so, daß Nell ein wenig Abstand und frische Luft gebraucht hatte?
Oder hatte John mich nur für eine Weile loswerden wollen?

Wieviel konnte die Familie wohl mit ihrer Baumfarm verdienen? Wie sehr mußte sie sich dafür anstrengen? Irgendwie kam es mir so vor, als hinge der Mord an Luis mit diesen Fragen zusammen. Wer besaß eigentlich die Farm? Ich war mir ziemlich sicher, daß es Oma DeGraaf war. Aber wen hatte sie in ihrem Testament als Erben oder Erbin eingetragen? Wieviel war die Farm überhaupt wert? So viel, daß jemand dafür einen Mord begehen würde? Und was für Pläne hatte Henry DeGraaf gehabt, um den möglichen Verlust der Farm abzuwenden?
Hank, Marie und John traten aus dem Haus. Marie trug ihr Klemmbrett, und John sah müde und mitgenommen aus. »Das war Mutters Anwalt«, erklärte er und deutete die Zufahrt hinunter, wo vor kurzem der Lincoln verschwunden war.
»Uns ist klar, daß die Polizei daraus vielleicht falsche Schlüsse zieht«, sagte Marie, »aber wir wollten uns über unsere Rechte informieren.«

»Das ist verständlich«, antwortete ich.
Die Sonne war hinter dem Wald in der Ferne versunken, und blaue, kühle Schatten machten sich breit. Raymond, Horace und Ken kamen mit Kettensägen und Werkzeugen beladen den Feldweg entlang. Für heute war die Arbeit getan.
»Wie viele Blocks müssen Sie denn noch abernten?« fragte ich.
»Acht«, antwortete Marie, und Hank fügte gleich hinzu: »Wir sind immer noch in Verzug.«
»Wie groß ist eigentlich Ihr Baumbestand?«
Hank antwortete: »Oh, das weiß ich nicht so genau. Der Block heute war ein kleinerer, nur fünfzehn Reihen zu je zwanzig Bäumen. Das macht zusammen ...«
»Dreihundert Bäume«, half ihm Marie.
»Ja, stimmt. Dreihundert.«
»Ich meinte eigentlich, wie viele Bäume auf der gesamten Farm wachsen.«
»Eine ganze Menge.«
Marie wußte es genauer. »Wir haben dreißig Hektar Pflanzungen, und auf einem Hektar wachsen ungefähr fünfzehnhundert Bäume.«
»Und wie viele Blocks werden Sie für dieses Weihnachten fällen?«
Diesmal antwortete Hank: »Also bis jetzt haben wir sechs Blocks mit Blautannen und Fichten geschafft.«
Marie erklärte: »Das heißt etwa eintausendachthundert Bäume. Und im Oktober haben wir schon dreitausend Kiefern gefällt.«
»So viele?« entfuhr es mir. »Hören Sie, ich möchte ja nicht aufdringlich sein, aber für meinen Artikel wüßte ich doch gerne, wieviel Gewinn so eine Farm im Jahr abwirft. Ich weiß, daß es unhöflich ist, wenn man als Gast solche

Fragen stellt, aber schließlich bin ich auch noch Reporterin ...«

»Sie brauchen sich nicht zu entschuldigen«, beruhigte mich John. »Dafür haben wir doch vollstes Verständnis.«

»Vielen Dank. Wie sieht es also mit Ihrem Gewinn aus?«

»Leider nicht mehr so gut wie früher«, meinte Hank mit einem schiefen Grinsen. »Neunzehnhundertfünfundachtzig wurden zum Beispiel allein in Michigan siebenmal mehr Bäume angebaut als abgeerntet. Jedes Jahr stellt sich erneut die Frage, wie sich der Markt entwickeln wird. Wenn der Verkauf nur schleppend läuft, dann ist es fast besser, wenn man mit dem Fällen aufhört und bis zum nächsten Jahr wartet.«

»Damit die Bäume noch ein Jahr wachsen können und damit einen höheren Preis erzielen?«

»Ja und nein«, antwortete Marie. »Das kommt ganz drauf an, ob die anderen Pflanzer genau dasselbe tun und der Markt im Jahr drauf mit großen Bäumen überflutet wird.«

»Stimmt. Daran hatte ich nicht gedacht.«

»Außerdem muß man Kiefern in einem bestimmten Alter fällen, sonst fangen sie an, unregelmäßig zu wuchern. Bei Tannen ist das anders, die bleiben auch als ältere Bäume schön.«

»Also kann man sie länger stehen lassen.«

»Ja, aber das hängt auch davon ab, wie viele Bäume man pro Hektar gepflanzt hat. Früher sagte man, man solle sie ungeordnet pflanzen, also nicht in Reih und Glied, sondern eher versetzt wie Bienenwaben. So bringt man auf einem Hektar an die zweitausendsiebenhundert Bäume unter, aber die muß man dann auch alle fällen, denn wenn sie zu groß werden, nehmen sie sich gegenseitig das Licht weg und fangen an, die unteren Äste zu verlieren. Solche Bäume sind aber unverkäuflich, und so kann es sein, daß man die komplette Ernte verliert. Wir holen deshalb aus einem Hektar höchstens eintausendsiebenhundert Tannen heraus, meistens aber nur zwölfhundert oder tausend, damit wir nicht zu viele auf den Markt werfen müssen und die Preise ruinieren. Dieses Geschäft ist immer ein Balanceakt zwischen den Kosten für den Anbau auf der einen und den Schwankungen des Marktes auf der anderen Seite.«

»Damit haben Produzenten in anderen Bereichen auch zu kämpfen«, sagte ich. »Und dabei hatte ich gedacht, beim Anbau von Christbäumen würde es weniger – äh – prosaisch zugehen.«

»Schön wär's«, antwortete Marie.

»Irgend etwas geht immer schief«, fügte Hank an.

Marie nahm ihr Klemmbrett unter den anderen Arm. »Noch vor fünfzehn, zwanzig Jahren wäre die Ernte bereits im August vorab verkauft gewesen. Das war einmal.«

Ich fragte: »Wie viele Jahre wächst eigentlich so ein Baum, bis er gefällt werden kann?«

»Für eine eins achtzig bis zwei Meter hohe Kiefer muß man mit durchschnittlich sieben, acht Jahren rechnen«, sagte Hank. »Tannen wachsen langsamer, können dafür aber auch teurer verkauft werden.«

»Dann fällen Sie also jedes Jahr etwa ein Achtel ihres Baumbestandes.«

»Bei normalen Marktbedingungen, ja.«

»Wie pflanzt man die Bäume eigentlich an? Steckt man da Samen in die Erde?«

Hank lachte lauthals über meine Frage, bis John, der sich einmal mehr als der höflichere der Brüder erwies, ihn zurechtwies: »Nun komm schon, Hank! Woher soll sie das denn wissen?«

»Schon gut, schon gut. Also, Cat, das ist so: Wenn ich einfach nur ein paar Samen nähme und in eine Ackerfurche säte,

würden diese Samen nicht alle keimen. Das Ergebnis wären dann Stellen ohne Bäume und andere Stellen, an denen sie ganz dicht nebeneinander wachsen. Von gleichmäßigen Abständen keine Spur. Mit solchen Bäumen kann man kein Geld machen, denn die, die zu nahe beieinander stehen, haben höchstens eine gute Seite. Um also einen möglichst gleichmäßigen Baumbestand zu bekommen, kaufen wir unsere Bäume als Setzlinge von Baumschulen und ziehen sie ganz dicht beeinanderstehend heran.« Hank hielt inne und führte uns an ein großes Beet, in dem viele kleine Tännchen standen. »Die habe ich diesen Frühling als Zwei-Nuller gekauft. Das bedeutet, daß sie zwei Jahre in einer Baumschule gezogen, dann ausgestochen und verschickt wurden. Man kann auch Zwei-Einser und Zwei-Zweier kaufen. Diese Bäume wurden in der Baumschule zwei Jahre im Beet und dann ein oder zwei weitere Jahre in Reihen mit größeren Abständen gezogen. Zweijährige Setzlinge sind zwischen zehn und zwanzig Zentimeter hoch.«
»Und wieviel kosten sie?«
»Etwa einhundert Dollar für tausend Stück bei Pflänzlingen, dreihundert Dollar pro Tausend bei älteren Bäumchen«, sagte Marie.
»Tannen sind natürlich teurer als Kiefern«, ergänzte Hank. »Und ein Zwei-Zweier kostet mehr als ein Zwei-Einser.«
Ich notierte diese Daten und folgte Hank und den anderen zu einer Pflanzung in der Nähe. »Diese Burschen hier sind der letzte Schrei«, sagte Hank und strich liebevoll über die Wipfel der etwa einen Meter hohen Bäumchen. »Das sind sogenannte Frazertannen, enge Verwandte der Balsamtannen. Die hier sind vier Jahre alt. Sehen sie nicht herrlich aus?«
»Wunderschön. Um wieviel wachsen die im Jahr?«
»An die fünfzehn Zentimeter.«

»Und für wieviel verkaufen Sie die? Geht das eigentlich über einen Großhändler?«

»Über die Vermarktungsgenossenschaft des Baumpflanzerverbands«, antwortete Hank.

»Ach, natürlich. Das hatte ich ganz vergessen. Sie sind ja momentan der Vorsitzende dieses Verbandes.«

»Stimmt.«

»Für wieviel verkaufen Sie denn nun einen ausgewachsenen Baum?«

»Kommt drauf an, wie groß er ist«, sagte Hank. »Normale Bäume sind einen Meter achtzig bis zwei Meter vierzig groß. Kleinere als eins achtzig werden als Tischbäume verkauft, und größere als zwei vierzig kriegt man höchstens an Firmen oder Stadtverwaltungen los.«

»Ach so. Und wieviel bekommen Sie für einen normalen Baum?«

Diesmal antwortete Marie: »Kiefern bringen dieses Jahr nicht viel, so vier bis sieben Dollar, je nach Qualität. Blautannen dürften etwa bei dreizehn Dollar liegen. Das sind die Preise, die wir von der Genossenschaft bekommen.«

»Und der Käufer, was zahlt der?«

»Vielleicht achtzehn bis zwanzig Dollar für die Blautanne. Wir haben allerdings sehr unterschiedliche Preisvereinbarungen mit den verschiedenen Kunden. Den Pfadfindern hier in der Gegend verkaufen wir die Bäume zum Beispiel fast zum Selbstkostenpreis, damit sie beim Weiterverkauf mehr Geld machen können. In New York hingegen werden Frazertannen für bis zu zehn Dollar je dreißig Zentimeter Stammlänge gehandelt. Aber diese Bäume wachsen auch extrem langsam.«

»Düngen Sie die Bäume eigentlich, um das Wachstum zu beschleunigen?«

»Nicht mehr. Früher hat man das gemacht, aber dann

haben landwirtschaftliche Institute wie das hier in Michigan in umfangreichen Tests bewiesen, daß die Bäume zum Wachsen eigentlich nur Sonne, reichlich Wasser und möglichst wenig Unkraut brauchen, das ihnen die Nährstoffe rauben könnte. Zusätzliches Düngen bringt so gut wie überhaupt nichts, das Geld dafür kann man sich also sparen.«
»Tatsächlich? Irgendwie ist es aber auch einleuchtend, denn die Nadelbäume haben sich ja lange vor den Laubbäumen entwickelt, wenn ich mich nicht irre. Damals war die Erde noch viel weniger fruchtbar als heute, nicht wahr?«
Hank sah mich mit leerem Gesichtsausdruck an. »Mag sein«, sagte er ohne großen Enthusiasmus. Ich fühlte mich behandelt wie ein kleines Kind. Vielleicht glaubte er an die Schöpfungsgeschichte der Bibel und nicht an die Evolution, oder er mochte es nicht, daß Frauen etwas wissen, und sei es auch noch so oberflächlich. Als er mir alles groß und breit erklärt hatte, war er jedenfalls besser drauf gewesen.
John hingegen nickte mir zu. »Ist ja interessant. Das wußte ich gar nicht.«
»Dürfte ich noch mal auf das Geld zurückkommen?« fragte ich. »Ich wüßte gerne, wieviel Sie an einem Baum verdienen.«
»Dieses Jahr?« wollte Hank wissen. »Letztes Jahr war der Markt nämlich übersättigt. Die Preise fielen, und wir blieben auf einer Menge Bäume sitzen. Wir mußten sogar mit dem Fällen aufhören und haben Geld verloren.«
»Ja, dieses Jahr«, sagte ich. »Damit ich mir in etwa ein Bild machen kann.«
Marie fing an zu erklären: »Ein Baum, den wir für etwa fünfzehn Dollar verkaufen, hat uns bis zu diesem Zeitpunkt acht Dollar gekostet. Diese Summe setzt sich zusammen aus den Kosten für Bewässerung und Spritzmittel sowie

den Arbeitskosten für das Beschneiden der Bäume, das Entfernen des Unkrauts und das Spritzen mit dem Flugzeug.«

»Sie verdienen also sieben Dollar an einem Baum.«

»Nein. Eine Blautanne kostet etwas mehr als acht Dollar in der Aufzucht, eine Kiefer etwas weniger. Dieses Jahr aber bringen Kiefern nur sieben Dollar pro Stück, wir legen also pro Baum fast einen Dollar drauf. Wenn die Tannen fünfzehn Dollar bringen, bleiben uns also etwas mehr als sechs Dollar.«

»Und wie viele werden Sie verkaufen?«

»Wir schneiden zwei Hektar Tannen.«

»Das sind wie viele Bäume?«

»Etwa viertausend. Die zwei Hektar sind ja nicht voller Bäume, schließlich brauchen wir auch noch Platz für Wege und so. Verstehen Sie?«

»Wieviel wäre das in Geld umgerechnet?«

»Etwa zwanzigtausend Dollar. Wenn die Preise stabil bleiben. Aber von diesen zwanzigtausend Dollar geht noch etwas ab.«

»Und was?«

»Die Kosten für das Land.«

»Meinen Sie damit die Grundsteuer?«

»Ja. Vor zehn Jahren waren das fünfundzwanzig Dollar pro Hektar. Heute sind es fünfundsiebzig Dollar, also das Dreifache. Unsere Einnahmen aber sind in etwa gleichgeblieben. Für das Land, auf dem das Haus steht, ist die Steuer noch höher. Alles in allem zahlen wir über dreitausend Dollar Grundsteuer im Jahr.«

»Und warum steigen die Steuern so stark?«

»Weil der Wert des Landes steigt.«

»Ist das so, weil es Bauland geworden ist?«

»Genau. Theoretisch könnten wir es ja verkaufen, damit

jemand ein Einkaufszentrum oder eine Siedlung draufstellen kann. Oder einen Erlebnispark.«
»Werden denn die Steuern noch weiter erhöht?«
»Ja, jedes Jahr.«

Langsam wurde mir einiges klar. Das Christbaumgeschäft war ohnehin nur ein Nebenerwerb für die DeGraafs, und wenn durch höhere Steuern immer stärkerer finanzieller Druck auf die Familie ausgeübt würde, müßte sie es über kurz oder lang aufgeben. Sie müßte das Land verkaufen und das Geld unter den einzelnen Familienmitgliedern aufteilen. Und sie würde einen Besitz verlieren, der über hundert Jahre lang ihr gehört hatte.
War hier vielleicht ein Motiv für den Mord zu suchen?

19

20. Mai 1848

Liebe Katya,
es ist interessant, mit anzusehen, wie sich Gerritt und Pieternella entwickeln. Habe ich dir schon geschrieben, daß die Schule hier nur ein einziger Raum ist, in dem Schüler aller Altersstufen unterrichtet werden? Wie soll ein Lehrer da jedem einzelnen Schüler möglichst den für sein Alter angemessenen Unterricht zuteil werden lassen? Die Lehrerin ist eine sehr geduldige junge Frau und tut ihr Bestes. Pieternella ist erst seit November in der Schule, also ganze sieben Monate. Gestern hat die Lehrerin ihr eine Mitteilung mit nach Hause gegeben, in der sie uns wissen ließ, daß Pieternella gute Fortschritte in Mathematik macht. Als Achtjährige löst sie jetzt schon Aufgaben, die eigentlich für Zwölfjährige gedacht sind. Ich habe den Eindruck, daß die Lehrerin uns dafür ein Lob aussprechen wollte, aber wir haben doch gar nichts dazu beigetragen. Pieternella macht das alles ganz allein. So manches Mal habe ich sie dabei beobachtet, wie sie Gerritt mit Hilfe von Tannenzapfen das Zählen beibrachte. Zur Zeit will sie ihm das Subtrahieren lehren, aber dafür ist er noch viel zu jung. Immerhin kann er schon bis zehn zählen, und wie ich Pieternella kenne, wird sie nicht lockerlassen, bis er auch das übrige versteht. Gerritt ist lebhafter und offener als Pieternella, die ein eher stilles Kind ist. Wann immer irgendwer an unserer Hütte vorbeikommt, fragt er ihnen wahre Löcher in den Bauch.
Anfänglich hatte ich Gerritt und Pieternella nur ungern auf dieselbe Schule wie die amerikanischen Kinder geschickt. Die Amerikaner achten den Sonntag bei weitem nicht so sehr wie wir, und sie sind

in ihrem Denken überhaupt viel freier. Trotzdem ist es einfach wichtig, daß Gerritt eine gewisse Schulbildung erhält. Und wer weiß, vielleicht führt Pieternella später einmal ihrem Mann die Bücher für dessen Farm, und dann ist es gut, wenn sie auch als Mädchen etwas gelernt hat.
Manchmal habe ich das Gefühl, daß die Schwierigkeiten hier eher mehr als weniger werden …

Ich blickte von dem Brief auf, den ich gelesen hatte, während John, Marie und Hank damit beschäftigt waren, die geliehene Verpackungsmaschine für die Nacht herzurichten, und ging in der Abenddämmerung zurück in Richtung Scheune. Die Polizeiwagen waren verschwunden, und zwei der Arbeiter, Ken und Raymond, hielten sich in der Scheune auf. Das konnte nur bedeuten, daß die Polizei die Scheune wieder freigegeben hatte. Das würde Hank sicher freuen, auch wenn er es nicht zugeben würde. Wahrscheinlich konnten die DeGraafs dann morgen schon wieder ihre eigene Verpackungsmaschine benutzen. Aber halt, morgen war ja Sonntag, und da wurde nicht gearbeitet.
Und am Montag morgen wollte ich wieder nach Chicago zurückfahren.
Sergeant VanLente würde diesen Fall nie aufklären, denn er hatte kein Beweisstück, das auf einen Täter hingewiesen hätte. Wie sollte er auch? So waren auf der Verpackungsmaschine bestimmt die Fingerabdrücke sämtlicher Familienmitglieder und Arbeiter, Oma DeGraaf und Tante Clara mit eingeschlossen, die das Jahr über durchaus mal in der Scheune gewesen sein konnten, in der die Maschine abgestellt war. Und wie war es mit sonstigen Beweisen? Fußabdrücken, Haaren, Fasern? Diese Menschen waren schließlich die ganze Zeit hier und konnten überall solche Spuren hinterlassen haben.

Wenn VanLente den Mord nicht aufklärte, wie würde dann Nell mit ihrer Zukunft fertig werden? Wie würde sie es aufnehmen, wenn man nicht herausfand, wer Luis umgebracht hatte? Ihr ganzes Leben lang würden die Spekulationen über das Verbrechen und die Verdächtigungen gegenüber ihrer Familie nicht aufhören.

Die Familie. Für die Menschen hier war die Familie ein hohes Gut.

Ich warf einen Blick in die Scheune, deren Sandboden mich an die Hütte von Hendrik DeGraaf erinnerte. Ich stellte mir Pieternella vor, die auf so einem Boden ihrem Bruder das Zählen beibrachte. Und zwar auf Englisch, das für ihren Vater eine Fremdsprache war, die er nur bruchstückhaft beherrschte …

»Eins, zwei, drei …« Sie hatte dafür Tannenzapfen zu Hilfe genommen, hatte Hendrik in seinem Brief geschrieben. Im Sommer, wenn es keine Tannenzapfen gab, hatte sie vielleicht kleine Steine oder Eicheln benutzt. Bestimmt hatte sie Dutzende davon unter dem toten Laub gefunden.

»Vier Eicheln weniger zwei Eicheln macht wieviel?«

»Zwei Eischeln«, mag der kleine Gerritt geantwortet haben.

»So, und was hast du, wenn du eine Eichel von vieren wegnimmst?«

»Eins, zwei – drei!«

»Sehr gut!«

Ohne die beiden jungen Männer in der Scheune zu beachten, setzte ich mich auf einen Benzinkanister neben dem Scheunentor, um den Brief im Licht der Glühbirne zu Ende zu lesen. Der Tonfall hatte sich im letzten Teil des Briefes geändert:

Das Leben hier ist schwieriger als ich dachte. Obwohl ich den ganzen Winter hindurch gearbeitet habe, konnte ich nur dreieinhalb

Hektar Wald roden. Jetzt ist der Frühling da und mit ihm die Insekten. Während der Arbeit werden die Fliegen und Moskitos zur unerträglichen Plage. Besonders schlimm ist eine schwarze Mücke, deren Gift das Blut nicht gerinnen läßt, so daß jeder Stich noch lange blutet. Seit kurzem geht das Gerücht um, daß es in unserer Gegend Malaria geben soll. Dazu kommt noch, daß das meiste von dem, was ich im Frühjahr gesät habe, inzwischen wieder kaputtgegangen ist …

Ich las den Brief zu Ende, blickte hinaus in die Wälder und versuchte mir Hendrik vorzustellen, wie er am Bach stand und sich über die ersten Vorboten des Sommers freute. Von dort, wo er stand, konnte er über das Land blicken, das er im Februar und März gerodet hatte. Am ersten April hatte er mit dem Säen begonnen, nachdem er den sandigen Boden mit Hilfe eines geliehenen Pferdes umgepflügt hatte. Dann aber war in einem Schneesturm am fünfzehnten April mit Ausnahme der Erbsen, die kalte Witterung liebten, seine gesamte Saat vernichtet worden. Ende April gediehen die Erbsen prächtig, und Hendrik pflanzte Kohl und zum zweiten Mal Kürbisse. Sowohl der Kohl als auch die Erbsen wurden am fünfundzwanzigsten April durch schweren, nassen Schnee fast erdrückt, die Kürbisse durch den damit verbundenen Kälteeinbruch vernichtet.
Hendrik fragte sich, wann der Winter in der Neuen Welt wohl endlich vorbei sein würde.
Dem Herrn sei gedankt, dachte er, daß die Kälte den Karotten, Erbsen und dem Kohl nichts anhaben konnte. Aber die Kürbisse mußte er noch ein drittes Mal säen, und auch diese Pflänzchen gingen wieder durch Nachtfrost ein. Am fünfzehnten Mai machte er einen erneuten Versuch, aber diese Samen waren zu der Zeit, als er den Brief schrieb, noch nicht aufgegangen. Hendrik fragte sich, wann wohl im Herbst der

erste Frost kommen würde, und seine Nachbarn sagten, daß das bereits Mitte September der Fall sein konnte.
Nur neunzig oder hundert frostfreie Tage! Zu Hause in Borculo, in den Niederlanden, waren es mindestens hundertzwanzig.
Hendrik dachte daran, wieviel das Saatgut, die Nägel, die er für den Hausbau gebraucht hatte und der Gehilfe gekostet hatten, mit dem zusammen er seinen Brunnen ausgehoben hatte – Gott sei Dank stand hier der Grundwasserspiegel relativ hoch. Er fragte sich, wie er und seine Familie über die Runden kommen sollten. Seine finanziellen Rücklagen waren fast aufgebraucht. Seine Frau Pieterke war schwanger und durfte deshalb keine körperliche Arbeit verrichten, und Pieternella und Gerritt waren noch zu jung, um ihm bei der Feldarbeit helfen zu können. Später würden sie Unkraut aus den Feldern ziehen, aber mit einer Harke konnten sie noch nicht umgehen.
Hendrik nahm die schwere Harke wieder auf. Man mußte stark sein, um die dreißig Zentimeter breite Schneide in die Erde zu drücken, auch wenn sie oben zwei große Löcher hatte, so daß die Erde sich leichter davon löste. Es dauerte nicht lange, bis Hendrik schweißgebadet war. Obwohl es ein kühler Tag war, schwirrten schon die ersten Moskitos durch die Luft und stachen Hendrik in den Hals. Sie schwirrten in dichten Wolken um sein Gesicht, so daß ihm davon fast schwindelig wurde.
Wie würde das wohl erst im Sommer werden, fragte sich Hendrik. Obwohl er durchgeschwitzt und erschöpft war, mußte er weiterarbeiten und die Erdschollen, die der Pflug aufgeworfen hatte, zu kleineren Klumpen zerstoßen. Bevor es zu spät dafür war, mußte er ein Feld mit Zwiebeln anlegen. In drei Wochen würde wenigstens die Kresse so weit sein, daß er sie ernten konnte, vorausgesetzt, sie bekam

genügend Wasser, aber das war bei diesem sandigen, rasch austrocknenden Boden alles andere als gewährleistet. Wahrscheinlich würden er und Pieterke das Wasser in Eimern vom Bach herschleppen müssen.
Außerdem würden bestimmt Eichhörnchen und Waldmurmeltiere versuchen, seine Saat zu fressen.
Hendrik stöhnte, während er mit der Harke die Erdklumpen bearbeitete. Es war ein Fehler gewesen, nach Amerika auszuwandern. Pieterke gegenüber würde er seine Zweifel allerdings nie äußern, denn für Frauen und Kinder war es wichtig, daß sie sich sicher fühlten. Männer hingegen mußten zu ihren Entscheidungen stehen und Vertrauen ausstrahlen.
Das Leben hier war eine nicht enden wollende Kraftanstrengung, die letztlich keine Früchte trug. Er hätte sich vielleicht doch nicht so weit außerhalb des Dorfes ansiedeln sollen, aber er war nun mal Farmer und kein Stadtmensch. Voller Sehnsucht dachte er an das Dorf in den Niederlanden, das sie zurückgelassen hatten. Dort war alles so gut eingespielt und zivilisiert gewesen. Die Kirche war dreihundert Jahre alt, und wenn man auf den Markt ging, dann wußte man, was für einen Preis man für seine Produkte erzielen würde …
Er durfte nicht weiter solchen Gedanken nachhängen. In Borculo hatte er nur acht Hektar Boden und eine einzige Kuh besessen, hier hingegen waren es vierzig Hektar und die Aussicht, eines Tages sogar mehr Land zu bekommen. Die Chancen waren hier einfach größer.
Aber was waren das für Chancen? Die Chance etwa, zu verhungern und zu erfrieren? Das Haus, das er hastig zusammengezimmert hatte, während er und seine Familie bei befreundeten Leuten im Dorf untergekommen waren, bestand nur aus einem einzigen Raum. Das Klo befand sich,

wie üblich, in einiger Entfernung, und bei den kalten Nächten hier war das nicht gerade angenehm.
Trotzdem, seine Zweifel waren nicht richtig. Der Herr machte das Wetter und der Herr erlegte den Menschen Prüfungen auf. Diesen war es auferlegt, das zu tun, was die Umstände von ihm verlangten.
Der Schweiß juckte Hendrik in Nacken und Rücken, und seine Ohren brannten von den vielen Insektenstichen. Sein grobes Arbeitshemd wurde ihm viel zu heiß und kratzte auf der Haut, und an den Holzsohlen seiner schweren, hirschledernen Arbeitsschuhe klebte die Erde in dicken Klumpen. Weil Hendrik keine Socken trug – Socken waren ein Luxus, den sich nur wenige Leute leisten konnten –, waren seine Füße schon ganz wundgescheuert. Henry schloß die Augen, bückte sich und hieb wieder auf den Boden ein.

Ich schob Hendriks Brief unter die anderen Briefe und die Notizen, die ich mir heute nachmittag gemacht hatte. Dann starrte ich über die dunklen Bäume und versuchte, mir vorzustellen, wer von den heutigen DeGraafs wohl dem harten, unbeugsamen, beharrlichen und ehrlichen alten Hendrik am ähnlichsten war.

John, Nell, Oma DeGraaf, Tante Clara, Marie und ich saßen um den großen Tisch aus Eschenholz. Hank und Jennifer waren zusammen mit ihren Söhnen nach Hause gefahren, ebenso die Arbeiter. Auch die Polizei war nicht mehr da, aber niemand wußte so recht, wann die Beamten gegangen waren. Allerdings sprach auch niemand darüber, ebenso wie der Mord an Luis mit keinem Wort erwähnt wurde.
Trotzdem hing das Verbrechen schwer über uns allen. Mir kam es vor, als würden irgendwo im Eßzimmer ölgetränkte Lumpen brennen, während alle sich bemühten, den stin-

kenden Qualm zu ignorieren. Immerhin hängte Oma DeGraaf diesmal dem Tischgebet noch einen Nachsatz an: »Laßt uns für die von uns Gegangenen beten.«

Im Wohnzimmer stand noch ungeschmückt der Christbaum, den Hank am Donnerstag abend gebracht hatte. Oma DeGraaf hatte das Schmücken des Baumes so kurz nach dem Tod von Luis für unpassend erklärt, und in diesem Punkt mußte ich ihr zur Abwechslung einmal recht geben.

Überhaupt mußte man ihr zugute halten, daß trotz der Anwesenheit der Polizei und trotz des Todes eines ihrer Angestellten ihre Kochkünste in nichts nachgelassen hatten.

Heute gab es eine riesengroße Kasserolle mit Truthahnfleisch, Pilzen und Zwiebeln. Der Salat dazu wurde in der Familie holländischer Salat genannt und bestand aus angewärmten Salatblättern mit Schinkenstreifen und einer süß-sauren Soße. Und natürlich gab es wieder Kartoffeln. Heute waren sie geviertelt und mit Petersilie und Schnittlauch aus dem Garten langsam in Butter gebraten. Wer konnte dazu schon nein sagen?

Nell sprach kein einziges Wort, seit sie am Tisch Platz genommen hatte, so daß ich mich fragte, ob ihr vielleicht schlecht wäre.

Jetzt fängst du schon wieder an, dachte ich, und machst dir Sorgen um sie, als wärst du ihre Mutter. Dabei hast du doch gesehen, wie ihr Vater sie kurz in den Arm genommen und ihr in die Augen gesehen hatte, als wolle er in ihrem Gesicht nach Anzeichen von Traurigkeit forschen.

Während des Essens herrschte eine gedrückte Stimmung. Ich vermutete, daß die Familie miteinander gesprochen hatte, während Nell und ich am See gewesen waren. Vermutlich darüber, daß die Polizei einen von ihnen des Mordes an

Luis verdächtigte. Wie sie selbst darüber dachten, wußte ich nicht, aber ihr bedrücktes Schweigen ließ es mich erahnen. Sogar Carat lag schuldbewußt unter dem Tisch, wie Hunde es tun, wenn es ihren Besitzern nicht gutgeht.
Um die Stimmung ein wenig zu heben, sagte ich: »Es muß doch etwas ganz Besonderes sein, auf demselben Stück Land wie seine Vorfahren zu leben.«
»Das ist es auch«, bestätigte Marie. »Man entwickelt eine ganz besondere Bindung dazu.«
»Ob Hendrik DeGraaf wohl auch so gedacht hat?«
Diesmal antwortete Clara: »Er war der festen Überzeugung, hier etwas aufzubauen, das er an seine Kinder und Kindeskinder weitergeben konnte.«
»Ach, jetzt hör aber auf!« fuhr Marie ihr über den Mund. »Das klingt ja so, als wäre er der erste Umweltschützer gewesen.«
»Nun, ich weiß nicht, ob man sich damals schon Gedanken über ökologische Nutzung des Bodens gemacht hat«, gab ich zu bedenken. »Aber bestimmt hat er darauf geachtet, daß das Land fruchtbar blieb.«
»Aber die Siedler haben die Wälder gerodet«, sagte Marie. »Das nannten sie ›das Land urbar machen‹. Bei dem sandigen Boden, der ein Überbleibsel der letzten Eiszeit ist, war das aber genau das Falsche. Wenn man hier die Bäume fällt, trägt der Wind den fruchtbaren Boden fort.«
»Als ich noch ein Kind war, gab es hier sogar Wanderdünen«, erinnerte sich Tante Clara.
»Was ist denn das?«
»Dünen, die sich über Land bewegen. Jedes Jahr verschoben sie sich ein paar Meter in östlicher Richtung. Das kam daher, daß der Wind hier meist vom Westen her weht. Sie haben immer wieder mal Straßen und manchmal sogar ganze Ortschaften unter sich begraben.«

»Wirklich?«

»Ja. Die Stadt Singapore in der Nähe von Saugatuck wurde von einer Wanderdüne dem Erdboden gleichgemacht.«

»Singapore lag ungefähr zwanzig Kilometer von hier entfernt«, sagte Marie.

Clara fuhr fort: »Hinter den Wanderdünen gab es immer tiefe Senken, aus denen der Wind den Sand fortgeblasen hat. Wir nannten sie Sandverwehungen.«

»In den zwanziger und dreißiger Jahren war es mit der Erosion hier am schlimmsten«, erzählte Marie. »Der Wind blies ganze Farmen davon, so wie in der Dust Bowl in Oklahoma. Allerdings mit dem Unterschied, daß sie hier nicht einmal der Regen aufhalten konnte. Viele Menschen verloren ihre Farmen. Und dann kam die große Wirtschaftskrise.«

»Die frühen Siedler hatten gar nicht die Zeit, die Natur zu respektieren«, mischte John sich in das Gespräch ein. »Sie mußten der Natur ihren Lebensunterhalt abringen.«

»Damit meinen Sie, daß sie die Wälder abholzen mußten und ...«

»Wissen Sie, woher die Namen Pigeon Lake und Pigeon River kommen?«

»Nein, nicht so richtig. Ich vermute von Pigeons, also Tauben.«

»Ja, aber nicht von irgendwelchen Tauben, sondern von Wandertauben.«

»Ich erinnere mich, in der Schule etwas über Wandertauben gehört zu haben.«

»Das kann gut sein. Sie gelten als Musterbeispiel für die rücksichtslose Ausbeutung der Natur durch den Menschen. Und das alles ist genau hier passiert. Um die Mitte des letzten Jahrhunderts befand sich hier eines der größten Brutgebiete für Wandertauben in den gesamten Vereinigten Staaten. Es heißt, daß der Himmel schwarz wurde, wenn im Frühjahr die Schwärme hier ankamen. Es gibt Berichte, daß solche Schwärme bis zu fünfunddreißig Kilometer lang waren und es zweieinhalb Stunden dauerte, bis sie einen bestimmten Punkt überflogen hatten. Hier in dieser Gegend hat man Jagd auf die Wandertauben gemacht, die fast so groß wie Hühner waren und immer zusammen flogen und nisteten. Man fing sie, indem man eine lebende Taube mit den Füßen auf ein zwischen zwei Pfosten gespanntes Seil band. Sobald ein Schwarm Tauben sich näherte, ließ man das Seil locker, so daß die Taube den Eindruck hatte, nach unten zu fallen. Vögel fangen in so einem Fall an, wie wild mit den Flügeln zu schlagen, und das tat auch die Taube und lockte damit den ganzen Schwarm an. Die Farmer, die sich im Gebüsch versteckt hatten, konnten die Tauben dann mit Stöcken und Steinen erschlagen. Manchmal schossen sie auch auf die Vögel, aber das war eigentlich unnötig, da diese keinerlei Anstalten machten wegzufliegen.«

»Oh.«

»Es gab damals auch professionelle Vogelfänger, die Wandertauben die Kehlen durchbissen. Ein guter Jäger konnte so an die fünfzig Tauben in der Minute erlegen.«

»Wie schrecklich!«

»Und ob das schrecklich war! Den toten Vögeln schnitt man die Flügel ab und verpackte die Leiber in Fässer, die bis nach Chicago und New York verkauft wurden. Anfangs bekam man fünfzig Dollar für so ein Faß, aber dann wurden so viele Vögel getötet, daß der Markt zusammenbrach und sie praktisch wertlos wurden.«

»Aber man hat sie weiterhin umgebracht?«

»Ja. Schließlich machten es die Vögel den Jägern besonders leicht«, erklärte John. »Ihr Herdentrieb war auch trotz ihrer fortschreitenden Ausrottung ungebrochen. Auch weiterhin versammelten sie sich dichtgedrängt an einer Stelle und begaben sich damit praktisch auf den Präsentierteller. Im Jahr achtzehnhundertachtundsiebzig war Michigan das letzte große Brutgebiet für Wandertauben. Dennoch stellte man hier den Vögeln sogar an ihren Nistplätzen nach, bis sie schließlich vollständig ausgerottet wurden. Die letzte Wandertaube hieß Martha und starb neunzehnhundertvierzehn im Tierpark von Cincinnati. Ich fand das immer schrecklich, daß so ein geselliger Vogel ganz allein in einem Tierpark saß und, ohne es zu wissen, der letzte seiner Art auf der ganzen Welt war. Und so wurde die Wandertaube vom Menschen gnadenlos ausgerottet.«

»Ich weiß nicht, was man dazu sagen soll.«

»Und das alles geschah wenige Kilometer von hier entfernt.«

Es kam mir ein wenig rücksichtslos von ihm vor, daß er das alles vor Nell erzählte. Ich konnte sehen, wie sehr diese Geschichte sie mitnahm. Aber vielleicht glaubte John ja, daß sein Kind die Augen vor der grausamen Wirklichkeit nicht verschließen dürfe.

»Wissen Sie eigentlich, wie die Taube genannt wurde, die man auf das Seil band, um die anderen Vögel anzulocken?« fragte John.

»Nein.«

»Das war der Lockvogel. Daher stammt dieser Ausdruck.«

Jetzt meldete sich Oma DeGraaf zu Wort: »John, ich möchte, daß du mit diesen Geschichten jetzt aufhörst.« Sehr gut, dachte ich, wenigstens eine, die Rücksicht auf Nells Gefühle nahm. Aber es ging Oma DeGraaf um etwas ganz anderes, denn im selben Atemzug fuhr sie fort: »Du solltest nicht so über deine Vorfahren reden. Sie waren gottesfürchtige Menschen, und ich bin mir sicher, daß sie zu ihrer Zeit das Richtige taten, auch wenn wir das heute anders sehen.«

»Aber Mutter, die haben diese Vögel grundlos umgebracht.«
»Mag sein, aber es waren doch nur Vögel.«
»Aber Oma«, ließ Nell sich jetzt hören, »Vögel leiden doch auch und können ebenso Schmerz empfinden wie wir.«
»Das weiß niemand so genau, Pieternella. Aber wir wissen mit Sicherheit, daß sie keine Seelen besitzen. Einen Vogel zu töten ist nicht dasselbe, wie einen Menschen umzubringen.«
»Tatsächlich?« fragte Marie mit schneidender Stimme.
Um den Tisch herrschte auf einmal Totenstille.
Diese Stille war so schlimm, daß ich irgend etwas sagen mußte, um sie zu durchbrechen. Aber was? »Was sagen Sie denn zum letzten Spiel der Detroit Lions?« wäre ebenso plump gewesen wie die Frage: »Wie lange werden Sie noch Blautannen fällen?« Ich war schon drauf und dran, zu sagen: »Was für einen schönen Tisch Sie haben. Stammt der denn auch von Ihren Vorfahren?«, als Tante Clara, die wohl ähnliche Gedanken hatte wie ich, das Gespräch auf ein etwas unverfänglicheres Thema brachte.
»Als Hendrik achtzehnhundertsiebenundvierzig in die Vereinigten Staaten kam, war er zweiunddreißig Jahre alt. Er hatte zwei Kinder, Gerritt und Pieternella, nach der auch unsere Nell benannt ist.«
»Ein schöner Name«, meinte Nell. »Nur ein bißchen zu lang.«
»Unsinn!« wies Oma DeGraaf sie zurecht.
»Das dritte Kind des alten Hendrik hieß ebenfalls Hendrik und wurde hier geboren«, fuhr Tante Clara fort. »Zwar nicht in diesem Haus, aber auf diesem Stück Land.«
»Von dem alten Haus ist nur die Feuerstelle übriggeblieben«, sagte Marie. »Und zwar in der Scheune. Es sind die schönen Zeelandziegel, auf denen heute der Holzofen

steht. Sie haben diese rosafarbenen Ziegel doch bemerkt, Cat?«

»Natürlich.«

»Sie wurden in Zeeland, Michigan, hergestellt, nicht in Zeeland in den Niederlanden.«

Tante Clara fuhr fort: »Hendrik hatte acht Kinder. Drei davon starben im Kindesalter. Zwei gingen, als sie erwachsen waren, in den Westen nach Iowa und Kalifornien. Pieternella heiratete einen Kaufmann und zog nach Grand Rapids. Gerritt kämpfte achtzehnhundertdreiundsechzig im Bürgerkrieg. Er war damals einundzwanzig Jahre alt. In Tennessee wurde er verwundet und starb dort in einem Lager an Malaria.«

Der kleine Gerritt, der so gerne mit vorbeikommenden Leuten geredet hatte und dessen Schwester ihm das Zählen beigebracht hatte. »Ist er – hat man seinen Leichnam nach Hause überführt?«

»Ja. Er liegt hier auf dem Friedhof an der New Holland Street. Sein Bruder Hendrik blieb, nachdem sein Vater gestorben war, auf diesem Hof und bekam selber sieben Kinder, wovon das eine nach seinem toten Bruder Gerritt benannt wurde. Ein anderes starb an Scharlach. Ein weiteres starb in jungen Jahren an der ›Schwindsucht‹. Das war damals ein gebräuchliches Wort für Tuberkulose, aber in seinem Fall handelte es sich um Krebs.«

Oma DeGraaf runzelte die Stirn. Wie für viele Menschen der älteren Generation war das Wort Krebs für sie eine Taktlosigkeit. Tante Clara erzählte weiter: »Hendriks Sohn Henry – übrigens der erste, der Henry statt Hendrik hieß – wurde achtzehnhundertvierundneunzig geboren. Neunzehnhundertsiebzehn ging er zur Armee und wurde ebenso wie sein Bruder Calvin nach Belgien geschickt. Calvin atmete dort bei einem Angriff Giftgas ein und erholte sich nie mehr ganz davon. Er verbrachte den Rest seines Lebens hier im Haus bei der Familie seines Bruders, und zwar in dem Zimmer, in dem Sie jetzt schlafen, Cat. Er kam nie mehr richtig zu Kräften, so daß er bei der Feldarbeit nicht helfen konnte. Statt dessen führte er seinem Bruder die Bücher. Harold, ein weiterer Bruder, zog nach Grand Rapids und baute eine Möbelfabrik auf. Die drei Schwestern heirateten und zogen auch weg.«

»Und verloren damit ihr Zuhause?« fragte ich. Tante Clara musterte mich durchdringend. Ihr war dasselbe Schicksal widerfahren, mit der Ausnahme, daß sie nicht geheiratet hatte. Sie war Krankenschwester geworden.

»Ja, das stimmt. Henry hatte einen Sohn, Henry junior, der neunzehnhundertneunzehn geboren wurde – er starb dieses Frühjahr –, und Daniel, der neunzehnhundertdreiundzwanzig geboren wurde. Dann waren da noch Paul, ich selbst und Helen. Helen heiratete und zog nach Battle Creek. Sie starb mit einundsiebzig vor ein paar Jahren an Krebs. Daniel war im Zweiten Weltkrieg und fiel in Anzio. Paul wurde Physiker und unterrichtet zur Zeit an der Universität von Los Angeles, geht aber demnächst in Pension. Er wird uns an Weihnachten besuchen.« Und was für eine Situation würde er dann vorfinden, dachte ich. Würde ein Familienmitglied wegen Mordes verhaftet sein? »Neunzehnhundertachtundvierzig heiratete Henry Ruth Bos –« Tante Clara zeigte auf Oma DeGraaf, »und wurde der Vater von John, Marie und Henry dem Dritten, den wir Hank nennen.«

Sie gaben ein schönes Bild ab, wie sie da alle um den Tisch herumsaßen, im gelblichen Schein des Messingkerzenleuchters mit seinem weißlichgelben Glas. Das Licht hatte die Farbe von Kaminfeuer und verlieh den Gesichern der DeGraafs etwas Zeitloses. Gedankenversunken hörte ich, wie Tante Clara weitererzählte: »In unserer Familie hat es immer schon Akademiker gegeben. Zum Beispiel meinen Bruder Paul und jetzt John. Wie Sie wissen, unterrichtet er Englisch am Gymnasium, aber vergangenen Sommer ging er zurück an die Universität von Michigan, um seinen zweiten Studienabschluß zu machen.«

John erklärte: »Ja, wissen Sie, mit einem zweiten Studium …«

»Aber man muß dafür auch arbeiten, bis man nur noch Haut und Knochen ist«, warf Oma DeGraaf ein. »Zwanzig Pfund hat er abgenommen durch das viele Denken.«

Nell lächelte: »Seit Monaten versucht Oma nun schon, ihn wieder aufzupäppeln.«

Ja, John war schlank, ebenso wie Marie. Clara, Hank und Hanks drei Söhne waren kräftiger gebaut. Trotzdem sahen sie sich alle sehr ähnlich. Da waren zum Beispiel die blonden Haare – blaßblond mit einem rötlichen Schimmer bei Nell, verwaschenes Blond bei John, schon weiß mit ein paar blonden Strähnen bei Tante Clara, tiefblond mit einem fast orangefarbenen Glanz bei Hank und seinen Söhnen und schließlich aschbblond bei Marie. Außerdem hatten alle DeGraafs kräftige Hände, die Hände von Arbeitern oder Handwerkern. Und ihr Körperbau war schlaksig und knochig, egal, wie viele Muskeln oder Fett der eine oder andere auch angesetzt hatte. Darüber hinaus hatten sie alle grüne oder braune Augen, was darauf hinwies, daß Oma DeGraaf mit ihren blauen Augen nicht allzu viele Gene weitergegeben hatte.

Auch wenn die einzelnen Individuen immer wieder neue Menschen waren, pflanzten sich doch die typischen Merkmale von Generation zu Generation fort. Und zwar über Jahrhunderte hinweg: In Marie meinte ich die mathematische Begabung der ersten Pieternella wiederzuentdecken, eine Begabung, die wohl auch Paul, der Physiker, geerbt hatte. So konnte Marie auf Anhieb sagen, wie viele Bäume auf einem Hektar wuchsen und wieviel Gewinn der einzelne Baum abwarf, während Hank noch dastand und versuchte auszurechnen, daß zwanzig mal fünfzehn dreihundert macht. Marie hingegen konnte im Kopf sechseinhalb Prozent jeder beliebigen Gesamtsumme errechnen und wußte genau, wieviel Steuern die Familie bezahlen mußte.

Hank wiederum hatte von Hendrik die Fähigkeit geerbt, mit seinen Händen zu arbeiten, und kam, wie der kleine Gerritt, mit allen Leuten sofort ins Gespräch. Ob aus Gerritt wohl auch ein Handwerker geworden wäre, wenn er den Bürgerkrieg überlebt hätte?

»Was machte eigentlich der zweite Hendrik aus dem Land hier?« fragte ich Clara.

»Er pflanzte Apfelbäume und stellte Apfelmost her, den er ebenso wie die Äpfel bis nach Grand Rapids verkaufte. Das war seinerzeit ein ziemlich einträgliches Geschäft. Sein Sohn entdeckte dann, daß man mit Christbäumen noch mehr Geld machen konnte.«

»Bis achtzehnhunderteinundsiebzig gab es in dieser Gegend noch überhaupt keine Christbäume«, fügte Marie erklärend hinzu. »Den ersten besaß ein Mann namens Henry Post. Christbäume sind keine holländische Tradition.«

»Aber daß man die Geschenke in Strümpfe steckt ist ein holländischer Brauch«, erzählte Clara. »Es gibt da eine schöne Geschichte, die sich vor vielen, vielen Jahren zugetragen haben soll. Ein armer Mann hatte mehrere Töchter, denen er keine Mitgift geben konnte und die deshalb auch nicht geheiratet wurden. Eines Abends hängten die Töchter ihre frisch gewaschenen Strümpfe zum Trocknen in den Kamin, und während der Nacht flog Sinterklaas über das

Haus und ließ eine Handvoll Goldmünzen in den Schornstein fallen, die die Mädchen am nächsten Morgen in ihren Strümpfen fanden.«

Clara hatte eindeutig ein Talent zum Geschichtenerzählen. Glich sie damit John, dem Englischlehrer, oder ging die Begabung noch weiter zurück bis zum alten Hendrik?

In jeder Generation gab es Menschen, die zu Hause blieben, so wie Nells Großvater Henry, oder der älteste Sohn von Hendrik, der ja auch Hendrik hieß. Und John machte es ebenso. Aber dann gab es in der Familie DeGraaf auch die Abenteurer. Der erste Hendrik, zum Beispiel, war Abenteurer genug gewesen, um seine Heimat hinter sich zu lassen und über den Ozean in ein neues, vergleichsweise primitives, rauhes und unzivilisiertes Land zu segeln. Und warum? Nur weil er gehört hatte, dieses Land sei größer und böte mehr Möglichkeiten als Holland. Auch Tante Clara war auf ihre Art eine Abenteurerin, denn schließlich meisterte sie als Frau ihrer Generation ihr Leben allein. Unter den jüngeren DeGraafs war wohl Marie mit ihren ketzerischen Ansichten die Abenteurerin. Sicherlich wäre sie auch weiter von zu Hause weggezogen, wenn sie keine Frau wäre.

Allen DeGraafs gemeinsam war die Fähigkeit, hart zu arbeiten, und zwar am liebsten mit den Händen. Und sie hatten alle helles Haar, blasse Haut und einen knochigen Körperbau. Geistige und körperliche Eigenschaften waren eng miteinander verwoben und wiederholten sich von Generation zu Generation.

Die Abfolge dieser Generationen kam mir vor wie eine Art Teppich mit einem sich ständig wiederholenden Muster und Formen und Farben. Einige Fäden mochten dabei für eine Zeitlang unter anderen verborgen sein, aber irgendwann einmal kamen sie wieder zum Vorschein. Und jede Generation mit ihrem Erbe von Stärken und Schwächen der vorangegangenen Generation marschierte in die Zukunft und stellte sich mit den in Jahrhunderten geformten Charakteren und Körpern den neuen, aktuellen Problemen.

Eines dieser Probleme war, daß die DeGraafs jetzt in Gefahr waren, ihr Haus zu verlieren.

20

Nach dem Abendessen ging ich auf die hintere Veranda, um Luft zu schöpfen. Es mußte herrlich sein, hier zu leben, wo die Luft so frisch und würzig roch.

»Im Winter ist der Geruch der Tannen besonders intensiv«, sagte John, der nach mir ins Freie gekommen war.

»Woran liegt das?«

»Als ich noch klein war, dachte ich immer, die Bäume würden sich auf diese Art auf Weihnachten vorbereiten. Was ja auch nahelag, weil es an Weihnachten immer nach Tannenzweigen roch. Heute denke ich, daß der Winter, wo alle anderen Pflanzen ruhen, einfach *die* Jahreszeit für Tannen ist.«

»Sie sind sicher gern hier aufgewachsen.«

»Natürlich. Wenn man direkt vor der Tür Felder, Wälder und einen Bach hat, gibt es immer Dinge, die man unternehmen kann. Ich war einmal bestimmt einer der weltbesten Baumkletterer, auch wenn heute nicht mehr viel davon zu bemerken ist.«

»Wieso denn nicht?«

»Na ja, heute sehe ich wohl eher wie ein ängstlicher Typ aus, aber wir werden wohl alle ruhiger, je älter wir werden. Damals bin ich über den Bach in die Wälder gegangen und auf so hohe Bäume geklettert, daß meine Mutter mich nicht mehr sehen konnte und regelmäßig einen Anfall bekam.«

Wir gingen ums Eck auf die seitliche Veranda. »Sehen Sie da drüben die Eiche, die alle anderen überragt?« fragte John.

»Ich sehe Hunderte von Eichen.«
»Ich meine die ganz große da.«
»Ja.«
»Auf die bin ich immer geklettert, denn von der aus konnte ich das Haus beobachten. Dummerweise war mir nie klar, daß, wenn ich das Haus sehen konnte, die Leute im Haus auch mich sehen konnten. Und eines Tages kam mein Vater herausgerannt.«
»Und was hat er gesagt?«
»Er sagte« – John mußte lächeln –, »in Zukunft kletterst du gefälligst dort hinauf, wo deine Mutter dich nicht sehen kann.«
»Das hört sich an, als ob er ein netter Mann war.«
»Ja, das war er. Er war ein liebevoller, verständnisvoller und feiner Mann. Außerdem war er als kleiner Junge auch immer auf Bäume geklettert und wußte, daß das nicht lebensgefährlich war.«
»Stimmt. Ich bin auch einmal von einem Baum gefallen, habe mich aber beim Fallen an allen möglichen Zweigen festgehalten.«
»Ja. Und wenn kein Äste dagewesen wären, hätten Sie wahrscheinlich gar nicht hochklettern können. Ach, übrigens, Cat …?«
»Ja?«
»Ich wollte mich bei Ihnen bedanken, daß Sie sich so mit Nell angefreundet haben.«
»Da gibt es nichts zu danken. Sie ist wunderbar.«
»Ja, das ist sie. Aber ich meinte, daß es bei den jetzigen Umständen sehr wichtig für sie ist, jemanden zu haben, mit dem sie reden kann. Jemanden, der nicht zur Familie gehört. Es ist – für sie ist alles so dramatisch, weil … Na ja, Sie können sich das sicher vorstellen.«
Ich wollte darauf gerade etwas erwidern, aber als wir um die

Ecke der Veranda bogen, bemerkten wir, daß das Auto des Sheriffs wieder da stand.

»Verdammt«, stieß John hervor. »Was wollen die denn schon wieder?«

»Das Licht in der Scheune ist an. Wir könnten rübergehen und fragen.«

»Nein, ich habe es satt, mit denen zu reden. Gehen Sie ruhig, wenn Sie wollen. Ich bin im Haus, falls mich wer sucht.«

»Hallo!«

»Na, wollen Sie sehen, was wir hier machen?« fragte VanLente.

»Sicher. Was machen Sie denn?«

»Nichts besonders Spannendes, fürchte ich. Wir brauchen nur noch ein paar Bodenproben.«

»Ach so? Hegen Sie vielleicht den Verdacht, daß Luis hier in der Scheune ermordet worden ist? Haben Sie hier Blutspuren gefunden?«

»Bis jetzt noch nicht. Ich glaube auch nicht, daß wir in der Scheune irgendwelche Blutspuren finden werden. Aber bis wir uns da ganz sicher sind, wird es wohl noch eine ganze Weile dauern. Hier wurde über viele Jahre hinweg so viel verschüttet, daß der Boden voller Öl- und Farbflecken ist.«

»Und warum sind Sie jetzt wieder hier?«

»Weil wir zwar Proben von allen möglichen Flecken auf dem Sand genommen haben, aber keine Probe vom sauberen Sand. Aber den brauchen wir zum Vergleich.«

»Haben Sie irgendwelche Anzeichen dafür gefunden, daß der Täter ein Fremder war?« Ich klammerte mich an jeden Strohhalm. Warum auch nicht?

»Nein. Durch die Pflanzungen ist jedenfalls niemand auf das Grundstück gekommen. Wir haben bei Sonnenaufgang alles abgesucht und keinerlei Fußabdrücke gefunden. Das läßt aber immer noch die Möglichkeit offen, daß jemand die Zufahrt heraufkam, verstehen Sie?«

»Ja. Aber haben Sie auch folgendes bedacht? Nur jemand, der sich hier auskennt, hätte gewußt, wo er Luis finden kann und wie man die Verpackungsmaschine bedient …«

»Das liegt auf der Hand.«

»Also muß derjenige jemand sein, den wir kennen, oder aber ein ehemaliger Angestellter der DeGraafs. Haben die in letzter Zeit vielleicht einen Arbeiter entlassen?«

»Zwei sogar. Einer ist inzwischen nach Tucson umgezogen, und der andere hat am Freitag auf einer Baumfarm in der Nähe von White Cloud gearbeitet. Dort haben sie bis Einbruch der Dunkelheit Nordmanntannen geschnitten und dann den Rest des Abends über in einer Bar Bier getrunken.«

»Ach so.«

»Und von den Jungs, die dieses Jahr für die DeGraafs arbeiten, macht Raymond das schon seit zwei Jahren. Horace hat letztes Jahr hier angefangen und Ken dieses Jahr. Die Arbeiter wechseln ständig, weil sie nur ein paar Wochen im Jahr hier arbeiten und ansonsten einer anderen Arbeit nachgehen.«

»So ist das also. Und haben Sie schon eine Vermutung, wer Luis getötet haben könnte?«

»Mehrere.«

»Zum Beispiel?«

»Wie Sie vielleicht wissen, gibt es hier in der Gemeinde in der letzten Zeit einige Spannungen zwischen den Holländern und den Mexikanern.«

»Nein, das hat mir bisher noch niemand gesagt.«

»Dann hören Sie es jetzt von mir. Es geht nicht nur um das Aussehen, sondern auch um die Religion. In den Niederlanden selbst ist die eine Hälfte der Bevölkerung katholisch, die andere protestantisch, aber hier in der Gegend haben sich fast ausschließlich protestantische Siedler niedergelassen, und die glauben, daß alle Katholiken in die Hölle kommen.«

»Aha. Die Menschen ändern sich wohl nie, ganz gleich, wo sie sind, nicht wahr?«

»Nur sehr wenige. Wie dem auch sei, es muß den DeGraafs ziemlich gegen den Strich gegangen sein, daß Luis der kleinen Nell nachstellte.«

»Luis stellte ihr nicht nach. Die beiden waren Freunde.«

»Ja, sicher. Er war zwanzig – und sie ist wie alt? Dreizehn? Und ein auffallend hübsches Mädchen.«

»Da *war* nichts zwischen ihnen.«

»Er war für sie sicher ein interessanter Mann. Einerseits war er älter als sie, und dann war da noch seine andere Herkunft ... Das Verbotene hat immer seinen besonderen Reiz. Es könnte also leicht sein, daß sie sich Hals über Kopf in ihn verliebt hat – die erste Liebe, Sie wissen doch, wie das ist.«

»Aber es stimmt nun mal nicht.«

»Hanks Sohn Cal hat mir erzählt, daß die beiden immer hinter der Scheune miteinander geflüstert und rumgeknutscht haben.«

Ich merkte, wie ich innerlich immer wütender wurde. »Da lügt er. Cal ist eine Rotznase, sonst nichts. Ich weiß, daß sich Luis und Nell unterhalten haben, aber nicht im Flüsterton. Sie haben über Gott und die Welt geredet. Nell hatte große Sorgen und wollte mit jemandem darüber reden. Aber von Knutschen kann nicht die Rede sein!«

»Tatsächlich? Und wie gefällt Ihnen diese Theorie: Nells Vater John hat Luis im Affekt umgebracht, weil er seine Tochter beschützen wollte. Die Vorstellung, daß sie von einem Mexikaner verführt würde, war mehr, als er ertragen konnte.«

»Sie ist aber nicht verführt worden ...«

»Der Mord hat alle Kennzeichen für eine Tat im Affekt. Da wäre erst einmal die blinde Wut. Und dann die Grausamkeit, mit der der Mörder vorging. Wie brutal, einen Menschen einfach erfrieren zu lassen. Ich frage mich nur, ob es Nell bewußt ist, daß sie ihren Geliebten auf dem Gewissen hat.«

»Er *war* nicht ihr Geliebter, verdammt noch mal. *Sie liegen da vollkommen falsch!*«

»Und wieso sind Sie sich da so verdammt sicher?«

»Nell hat es mir selber gesagt!«

»Ha! Und Sie haben ihr geglaubt?«

»Und ob. Nell ist absolut aufrichtig.« Ich merkte, daß ich immer lauter wurde, konnte aber nichts dagegen tun. »Ich würde mich glücklich schätzen, wenn ich so ein nettes Mädchen als Tochter hätte. Jeder würde das. Sie mag ja versuchen, ihre Familie zu decken, aber im Grunde weiß sie nicht einmal, *wie* man lügt! Sie ist das süßeste, *netteste Kind, das Sie jemals* ...«

Er starrte mich an.

Ich hörte mitten im Satz auf.

Es entstand eine peinliche Pause, die VanLente schließlich beendete, indem er mich ganz ernst und still fragte: »Ms. Marsala, haben Sie nicht das Gefühl, daß Sie sich hier etwas zu sehr engagieren?«

Es ist schon seltsam, was wir für Scheuklappen tragen, wenn es um unsere eigenen Beweggründe geht. Mir war zum Beispiel überhaupt nicht bewußt gewesen, daß ich Nell gegenüber mehr als nur normale Zuneigung empfand. Für mich war sie ein von Problemen geplagtes Kind in einem Haus voller Erwachsener, die es, mit Ausnahme eines brutalen Mörders, alle gut mit ihr meinten.

Ich bildete mir ein, daß ich mir aus reinem Mitgefühl so viele

Gedanken um sie machte und nicht aus dem uneingestandenen Wunsch heraus, selbst ein Kind zu bekommen.

Als ich nachts im Bett lag, konnte ich kein Auge zutun. Das Garagenlicht, das in den Nächten zuvor nicht gebrannt hatte, erhellte die Decke meines Schlafzimmers. Nicht nur das Hauptlicht im Hof, sondern sämtliche Lampen außerhalb des Hauses brannten in dieser Nacht – die Lampen auf der vorderen und hinteren Veranda, das Licht an der Scheune und das Garagenlicht.

Aber es war nicht das Licht, das mich wach hielt.

Mein Kissen, das gestern nacht noch so angenehm weich gewesen war, kam mir heute vor, als sei es mit Steinen gefüllt, und meine Decke schien so kratzig zu sein wie ein Dornengestrüpp. Obwohl die Temperatur in meinem Zimmer zwanzig Grad bestimmt nicht überstieg, war es mir unerträglich heiß. Und dann waren da noch die Geräusche des alten Hauses: Ein Knacken, das gestern abend noch so gemütlich geklungen hatte wie das eines alten Schaukelstuhles, kam mir nun so laut vor wie ein Gewehrschuß, der immer dann losging, wenn ich gerade am Einschlafen war.

Nell war ein guter Mensch. Durch und durch gut. Ich konnte mich darin nicht so täuschen.

Was mich am meisten beunruhigte, war, daß es mir bis zu dem Gespräch mit VanLente vollkommen verborgen geblieben war, daß ich Nell wie meine eigene Tochter behandelte. Nicht wie ein Mädchen, das so war, wie ich mir eine Tochter wünschen würde, sondern wie eines, das ich tatsächlich als Tochter haben wollte.

Ich war alt genug, um ihre Mutter zu sein, vorausgesetzt, ich hätte sie mit zwanzig bekommen. Mit zwanzig hatte ich die Entscheidung getroffen, die nächsten paar Jahre noch nicht zu heiraten und Kinder in die Welt zu setzen. Meine Ent-

scheidung, mir eine Stellung als Reporterin zu erarbeiten, war wohldurchdacht gewesen. Ich war mir bewußt, was ich aufgab, wenn ich nicht heiratete oder ein Kind bekam, und ich hatte bislang nie Grund gehabt, diese Entscheidung zu bereuen.
Zumindest war ich bis heute dieser Meinung gewesen, mir dabei aber wohl nicht im klaren gewesen, was in meinem Unterbewußtsein vor sich ging.
Viel mehr Gedanken als um mein Inneres machte ich mir um das von Nell. Hatte ich das, was darin vorging, vielleicht wegen meiner uneingestandenen Wünsche falsch interpretiert?
War es vielleicht doch möglich, daß Nell eine Liebesbeziehung mit Luis gehabt hatte? Sie war sehr jung, aber als Julia Romeo traf, war sie auch nicht älter gewesen. Aber wenn es diese Beziehung wirklich gegeben haben sollte, hätte John davon wissen können? Als er mir am Abend dafür gedankt hatte, daß ich mich so freundschaftlich um Nell kümmerte, hatte er da vielleicht in Wirklichkeit herausbekommen wollen, ob Nell mir ganz im Vertrauen ihre Liebe zu Luis gestanden hatte? Wenn ich nämlich davon gewußt und es VanLente erzählt hätte, wäre er in den Verdacht geraten, der Mörder von Luis zu sein.
Oder vielleicht war es sogar Nell gewesen, die Luis umgebracht hatte? Vielleicht nach einer Auseinandersetzung zwischen Liebenden? Hatte Luis vielleicht ihre Beziehung beenden wollen? Oder hatte er Nell gedroht, ihrer Familie gegen Nells Willen reinen Wein einzuschenken?
Oder hatten sie doch nichts miteinander gehabt?
Immerhin war ich ja der Überzeugung gewesen, daß Nell gar keine Gelegenheit gehabt habe, Luis umzubringen. War sie denn nicht in der fraglichen Zeit im Haus gewesen? Und wie hätte sie Luis in die Verpackungsmaschine hieven sol-

len? War sie dazu überhaupt kräftig genug? Aber halt, ich hatte das sogar Oma DeGraaf zugetraut. Und zwar deshalb, weil die Trichteröffnung ziemlich niedrig war, um die Bäume leichter hineinzubekommen.
Mit einem seltsamen Gefühl im Bauch machte ich mir klar, daß Nell wohl die einzige aus der Familie war, auf die Luis gewartet hätte, um mit ihr später, nach der Arbeit, zu reden. Sicher, auch einer der anderen hätte mit Luis hinaus zu der Verpackungsmaschine gehen und ihn dort töten können, aber er hätte das ziemlich bald nach Beendigung der Arbeit tun müssen. Wenn der Mord aber später in der Nacht geschehen sein sollte, dann würde das Nell zur Hauptverdächtigen machen. Auf John, Hank oder Cal hätte Luis nicht stundenlang in der Scheune gewartet. Auf Cal am allerwenigsten, dem hätte er gleich eine Abfuhr erteilt.
Auf Nell aber, dessen war ich mir sicher, hätte er gewartet. Er mochte sie, und die beiden hatten sich oft miteinander unterhalten. Vermutlich hatte sie ihm wegen des Verlustes ihrer Mutter und ihres Großvaters leid getan, vielleicht hatte er sie auch dafür bewundert, wie sie damit fertig wurde. Ob er sich sexuell zu ihr hingezogen gefühlt hatte, konnte ich nicht abschätzen.
Aber wenn sie zu ihm gesagt hätte: »Kannst du dich noch ein bißchen in der Scheune beschäftigen und mich dann nach dem Essen draußen bei der Verpackungsmaschine treffen?«, dann wäre er bestimmt darauf eingegangen, auch wenn es spät geworden wäre.
Ich stellte mir vor, wie die beiden auf dem Tieflader oder gar der Verpackungsmaschine selbst saßen. Vielleicht war Nell der Überzeugung, daß Luis der einzige Mensch auf der Welt war, der sie verstand und sich um sie kümmerte. Hatten sie eine Beziehung miteinander gehabt, und wollte Luis diese Beziehung abbrechen? Oder hatte sie ihn bedrängt

und er sie abgewiesen? »Tut mir leid, Nell, aber ich liebe eine Frau, und du bist doch nur ein Kind.« War es möglich, daß es sich so zugetragen hatte?

War dieser Verlust zuviel für sie gewesen? Hatte Nell einen Ast genommen und ihm auf den Kopf geschlagen, oder hatte sie ihn gestoßen, so daß er mit dem Kopf an der Maschine aufschlug? Und hatte sie ihm, als er bewußtlos war, die Kette um die Füße geschlungen und den Motor der Verpackungsmaschine angeworfen?

Wußte sie überhaupt, wie das ging? Natürlich. Sie war zwar nicht oft draußen gewesen, solange ich da war, aber trotzdem hatte sie bestimmt schon oft beim Verpacken der Bäume geholfen, denn diese Arbeit war nicht allzu anstrengend. In diesem Fall würde sie auch wissen, wie sie die Maschine bedienen mußte.

Und wie war das dann später in der Nacht gewesen? Hatte sie uns geweckt, weil sie ihr schlechtes Gewissen plagte? Hatte sie gehofft, daß Luis noch gerettet werden könnte? Hatte sie stundenlang schlaflos in der Dunkelheit gelegen, um schließlich ihren Vater zu wecken, damit dieser nach Luis sah? Oder hatte sie es nur getan, damit kein Verdacht auf sie fiel?

Hatte es sich so abgespielt?

Nein, das konnte ich nicht glauben.

Und trotzdem wurde ich das Gefühl nicht los, daß Nell mir nicht alles erzählt hatte.

21

Irgendwann mußte ich doch eingeschlafen sein, denn ich wachte davon auf, daß die holländische Wanduhr unten im Wohnzimmer sechsmal schlug. Ich hatte die reich verzierte Uhr aus grünem Email und Messing, bei der die Gewichte und das Pendel frei hingen, am Abend zuvor ausgiebig bewundert. Oma DeGraaf hatte mir erzählt, daß die Holländer zum Pendel *Wigwag* sagten. Wie hätte ich ahnen können, daß das verdammte Ding mich aus meinem viel zu kurzen Schlaf reißen würde?

Obwohl es erst in zwei Stunden hell werden würde, wollte ich nicht mehr länger im Bett liegen und vor mich hingrübeln. Also stand ich auf, machte Licht und tippte meine Notizen in den Laptop. Dann holte ich LJ aus dem Käfig und ließ ihn einige Minuten lang frei herumfliegen. Dabei flüsterte ich ihm zu, daß man Gymnastik in der Luft mit Fug und Recht als Aerobic bezeichnen könne. LJ wurde das Fliegen rasch langweilig, und bald hüpfte er auf dem Boden herum, legte den Kopf schief und hielt nach Staubbällen Ausschau. Zu Hause findet er immer jede Menge davon und spielt mit ihnen, indem er sie durch Flügelschläge vor sich hertreibt. Hier, im peinlich sauberen Haus von Oma DeGraaf, gab es so etwas natürlich nicht. Ich ließ ihn noch eine Weile herumlaufen und las währenddessen einen der Briefe des alten Hendrik. Schließlich verfrachtete ich LJ wieder in den Käfig, legte mich ins Bett und löschte das Licht im Glauben, daß ich noch einmal einschlafen würde. Aber weit gefehlt. Das Bett kam mir immer noch so vor, als wäre es voller Steine. Also stand ich wieder auf, zog mir meinen weißen Angorapulli, meine beste weiße Wollhose und weiße Stiefel an. Schließlich war heute Sonntag, und die Familie hatte mich dazu eingeladen, mit zum Gottesdienst zu gehen. Dann ging ich auf Zehenspitzen hinunter in die Küche. Einmal wenigstens war ich als erste wach.

Abgesehen vom Licht, das von der Garage hereinschien, war die Küche dunkel. Es roch einfach wunderbar, als würden die Erinnerungen an Generationen von Apfelkuchen, Kaffee und gebratenem Truthahn in der Luft hängen.

Die DeGraafs, als sparsame Leute, schütteten niemals alten Kaffee weg, sondern ließen den Rest, der nicht getrunken worden war, neben dem Herd stehen, falls ihn jemand sich in der Mikrowelle aufwärmen wollte. Bei mir zu Hause machte ich das auch nicht anders, denn mit der Arbeit als freie Journalistin kann man nicht reich werden. Mein Freund, der Chefinspektor Harold McCoo, Magier der Kaffeekanne und Kenner sämtlicher Kaffeesorten der Welt, wäre empört, wenn er wüßte, daß ich alten Kaffee trank. Aber er war nicht hier, und deshalb nahm ich mir eine Tasse von dem kalten Gebräu und heizte ihm in der Mikrowelle kräftig ein.

Dann setzte ich mich für ein paar Minuten im Halbdunkel an den Küchentisch und wartete darauf, daß sich der Kaffee ein wenig abkühlte. Dabei wurde mir rasch langweilig, und weil ich wegen dem hoch über dem Spülbecken angebrachten Fenster nichts sehen konnte, beschloß ich, es mir auf einem Sessel im Wohnzimmer bequem zu machen. Wenn ich darauf achtete, keinen Tropfen auf Oma DeGraafs fleckenlosen Teppich zu verschütten, konnte ich sogar meinen Kaffee mitnehmen.

Müde schlurfte ich hinüber ins Wohnzimmer, wo ich darauf warten wollte, daß der Tag anbrach und das Haus langsam erwachte. Auch im Wohnzimmer war es dunkel, aber ich wollte kein Licht anmachen, das vielleicht Oma DeGraaf oder John von ihren Fenstern aus hätten sehen können. Ich wollte nicht, daß sie am Sonntag morgen früher aufstehen mußten als gewohnt. Allzu lange freilich würden sie auch heute nicht schlafen können, denn schließlich wollten sie ja zur Kirche gehen.

In der Tür zum Wohnzimmer blieb ich stehen und versuchte, im schwachen Widerschein der Hoflampe die Möbel zu erkennen. Ein Stuhl mit hoher Rückenlehne sah aus wie ein Grabstein; der ovale Couchtisch war so perfekt poliert, daß seine Platte in dem bläulichen Licht aussah wie der Wasserspiegel eines vom Mond beschienenen Sees; ein Wandspiegel wirkte auf mich wie ein rechteckiges Loch in die Vergangenheit, und das Ticken der Wanduhr kam mir zehnmal lauter vor als tagsüber.

Vorsichtig einen Fuß vor den anderen setzend, ging ich auf den Couchtisch zu. Auf der einen Seite stand ein Sofa, auf der anderen befanden sich zwei Sessel. Ich ging um das Sofa herum, weil ich mich so setzen wollte, daß ich durchs Fenster sehen konnte, wie der Morgen anbrach.

Ich beugte mich über den Tisch und hätte vor Schreck fast die Tasse fallen lassen. Da lag jemand auf dem Sofa!

»Vorsicht, Cat!« hörte ich Nell sagen.

»Himmel!« Der Kaffee fing an, über den Tassenrand zu schwappen, und als ich versuchte, die Bewegung auszugleichen, wurde alles nur noch schlimmer. Der Kaffee tropfte hinunter auf den Couchtisch.

Ich stellte die Tasse auf den Tisch, zog ein Papiertaschentuch aus meiner Hosentasche und wischte die Tischplatte sauber.

»Das tut mir leid«, sagte Nell. »Ich habe Sie in der Küche gehört, aber nicht, wie Sie hier hereingekommen sind ...«
Gott sei Dank war kein Kaffee auf den Teppich gelangt. Ich wischte noch die Unterseite der Tasse ab, damit diese keinen Ring auf der Tischplatte hinterließ, von der Hank sicher sagen würde, daß sie ein »schönes, altes Stück Walnußholz« sei.

Sobald ich sicher in einem Sessel saß und mein Herz wieder halbwegs gleichmäßig schlug, sagte ich: »Was machst du denn hier?« Vielleicht war sie ja aufgestanden, weil sie Geräusche in der Küche gehört hatte. Das hätte aber bedeutet, daß sie sich absichtlich leise ins Wohnzimmer geschlichen und nicht einmal in die Küche geschaut hatte, sondern allein im dunklen Wohnzimmer geblieben war. Aber warum sollte sie so etwas tun?

Meine Stimme mußte etwas von meiner Verwunderung verraten haben, denn Nell antwortete nur: »Nichts. Ich sitze hier nur herum.«

Die unerwartete Begegnung mit ihr und die Tatsache, daß ich dabei fast meinen ganzen Kaffee verschüttet hätte, hatten mich nervös gemacht. Hinzu kamen all die Zweifel, die ich in der Nacht gegen Nell gehegt hatte – nein, eigentlich waren es keine Zweifel gewesen, nur Gedanken. Draußen war es noch immer nicht Tag, aber meine Augen hatten sich langsam an das wenige Licht hier im Wohnzimmer gewöhnt. Ich betrachtete Nell genau. Der Schein der Hoflampe schimmerte silbrig auf ihrem Haar und ließ ihre Augen glänzen, als wären sie voller ungeweinter Tränen. Sie sah so durchscheinend aus wie eine alte Silberstiftzeichnung. In jedem Zug ihres Gesichtes las ich Trauer und Einsamkeit und fühlte mich sofort schuldig.

»Nell, du solltest doch eigentlich schlafen. Was ist denn los?«

Sie atmete tief aus. »Ach, alles mögliche.«
»Tut mir leid. Das war eine blöde Frage.«
»Ich hab versucht, im Bett liegenzubleiben, aber das hat mich nur noch unruhiger gemacht.«
»Mir ist es eben genauso gegangen. Kann ich dir irgend etwas bringen? Kakao? Oder Saft?«
»Nein. Mir geht es nicht so gut, ehrlich gesagt.«
»Bist du krank?«
»Eigentlich nicht. Ich fühle mich nur nicht besonders.«
Eine ganze Weile saßen wir schweigend da. Ich nippte an meinem Kaffee, der mir nicht mehr richtig schmeckte. Jetzt, als Nell davon sprach, wurde mir klar, daß ich mich selber auch nicht allzu gut fühlte.
»Cat, sind Sie mir böse?«
»Aber nein!«
»Dann ist es ja gut.«
»Aber ich mache mir Sorgen.«
Sie lächelte. »Ich mir auch.«
»Ich weiß. Aber Nell –« Ich stockte. Nell sah mich ein wenig furchtsam an.
»Nell, gibt es vielleicht etwas, das du mir noch nicht erzählt hast?«
Keine Antwort.
»Ich meine damit nicht, daß du das unbedingt mir erzählen sollst. Ich bin ja doch nur eine Fremde. Aber wenn es wirklich etwas gibt, das du weißt, aber für dich behältst, könnte das für dich gefährlich werden.«
»Ich weiß nicht, was ich machen soll.«
»Du könntest damit auch jemand anderen in Gefahr bringen. Wenn du etwas weißt, was der Polizei helfen könnte, den Mord aufzuklären, mußt du das unbedingt erzählen. Ich weiß, du glaubst vielleicht, daß du nur einfach stillsitzen mußt und warten, bis dieser Alptraum von selbst vorüber-

geht. Aber das wird nicht passieren. Wenn niemand für den Mord an Luis verhaftet wird, steht ihr alle hier für immer unter Verdacht. Eure Nachbarn werden euch schief ansehen und sich insgeheim denken, daß einer von euch ein Mörder ist ...«

»Daran habe ich noch gar nicht gedacht.«

»So etwas sollte eigentlich nicht vorkommen, aber so sind die Leute eben. Verdächtigungen können sehr schlimm sein.«

Nell dachte über meine Worte nach. Ich kannte sie inzwischen gut genug, um zu wissen, daß sie sich nichts vormachte. Aber sie war auch stur, so wie es selbstbestimmte Menschen häufig sind. Sie unter Druck zu setzen, würde überhaupt nichts bringen. Ich mußte sie den Tatsachen ins Gesicht sehen und ihre eigenen Schlüsse daraus ziehen lassen.

Ich trank noch ein wenig von dem unangenehm schmeckenden Kaffee. Draußen war es immer noch dunkel. Wann ging denn endlich die Sonne auf?

»Okay«, sagte Nell schließlich. Sie war zu einem Entschluß gekommen. »Ich glaube, es ist besser, wenn ich es Ihnen erzähle.«

Der Mond war hinter den Wäldern untergegangen. Wir gingen schweigend über den Hof, der im fahlen Licht der Lampe lag. Im Gegensatz zu gestern, als John und ich hier nach Luis gesucht hatten, war die Hintertür der Scheune jetzt geschlossen.

Zwar brannten heute mehr Lichter als gestern, aber das trug nur dazu bei, daß der Himmel noch dunkler und die Schatten noch schwärzer zu sein schienen. Ohne ein Wort zu sagen, steckte Nell den Schlüssel in das Vorhängeschloß, das sich mit einem leisen Klicken öffnete. Auch die Tür bewegte

sich fast lautlos in ihren gut geölten Angeln. Ein leichter Luftzug schlug uns entgegen.
Nell ging geradewegs hinein, und ich zog die Tür hinter uns zu. Der Gedanke, daß jemand uns nachschleichen könnte, war mir unheimlich. Weil aber die Tür so leise auf und zu ging, würden wir es sowieso nicht hören.
Nell ging an dem immer noch schwache Wärme abstrahlenden Ofen vorbei nach hinten. Auf der Bank neben dem Ofen waren Kettensägen und die große Amboßschere, die jemand frisch geölt hatte. Überall lagen hier wahre Mordinstrumente herum. Es war besser, nicht daran zu denken.
Ich hatte keine Ahnung, wohin Nell wollte. Zielstrebig ging sie an den Werkzeugen und an der geliehenen Verpackungsmaschine vorbei. Die andere Maschine war immer noch dort, wo Luis gestorben war. Nell umrundete den Klapptisch, an dem normalerweise der Kaffee getrunken wurde, und ging auf die andere Seite der Scheune. Hier befand sich die Galerie, unter der Fahrräder, Harken, Rechen, der Rasenmäher und der Grubber und dicke Rollen mit Gartenschläuchen ihren Platz hatten.
Nell hob ein Rad beiseite, und versuchte dann, den Grubber aus dem Weg zu schieben, aber der war für sie allein zu schwer. Als wir uns beide gegen die Maschine lehnten, gab sie ein so lautes, kreischendes Geräusch von sich, daß wir zusammenzuckten und uns umsahen. Dann schoben wir noch fester, und der Grubber bewegte sich laut quietschend ein paar Meter in die Scheune hinein.
Mir fiel auf, daß Nell bis auf die schwache Lampe gleich hinter der Tür, die ohnehin schon gebrannt hatte, kein weiteres Licht in der Scheune gemacht hatte. Das konnte eigentlich nur bedeuten, daß sie befürchtete, jemand könne bemerken, daß wir hier drinnen waren.

Nell bahnte sich ihren Weg zu der Leiter, die hinten an der Scheunenwand hinauf zu der Galerie führte. Sie stieg hinauf, und ich folgte ihr. An den Sprossen der Leiter bemerkte ich Spinnennetze, von denen die meisten offenbar erst kürzlich zerrissen worden waren. Vermutlich hatten das die Polizisten getan, die auf der Galerie nach Spuren gesucht hatten.
Die Galerie war etwa zwei Meter breit und sieben Meter lang und lief die ganze Schmalseite der Scheune entlang. Den Boden bildeten lange, dünne Fichtenbretter, die sich beim Darüberlaufen bedenklich durchbogen. Hier oben standen etliche alte Möbel herum, manche davon waren mit Schnitzwerk reich verziert, andere aus ungehobeltem Holz roh zusammengezimmert. Außerdem entdeckte ich das Kälteaggregat eines alten Kühlschranks und ein paar staubige, teilweise blind gewordene Spiegel, in denen ich aussah wie ein blasses, durchlöchertes Gespenst.
In dem schwachen Licht suchte Nell konzentriert auf und zwischen den Möbeln nach etwas, von dem sie offenbar nicht sicher war, wo es sich befand. Langsam arbeitete sie sich die Galerie entlang, und ich folgte ihr dicht auf den Fersen. Ob das nun aus Besorgnis um ihre oder meine Sicherheit geschah, war mir nicht ganz klar. Auf jeden Fall war es hier so unheimlich, daß man nicht gern allein blieb.
Auf einmal blieb Nell abrupt stehen und deutete in einen Haufen alter Möbel.
»Da.«
Ihre Stimme zitterte.
Ich fragte: »Was ist denn da?«
»Da. Sehen Sie.« Nell deutete noch einmal, berührte aber nichts. Zuerst wußte ich nicht, was der Haufen war, der da auf einem alten Tisch hinter einer verzogenen Kommode

lag, aber selbst in dem Dämmerdunkel hier oben leuchtete mir seine Farbe entgegen.
Und dann erkannte ich, daß es eine grellorangefarbene Daunenweste war.

22

Ich streckte meine Finger aus, tippte die Weste an und stellte fest, daß sie sich nicht bewegen ließ und am Tisch festklebte. Als ich ganz leicht an ihr zog, löste sie sich und hinterließ einen blassen, weißlichen Fleck auf der Tischplatte. Die Weste war voller Staub und sah so verknittert aus wie ein Stück Stoff, das naß geworden und zusammengeknüllt wieder getrocknet war.

Wir ließen sie liegen und verließen die Galerie.

»Setz dich, Nell.« Ich zog zwei Gartenstühle aus Aluminium heran, setzte mich auf den einen und deutete auf den anderen. Es war immer noch dunkel in der Scheune, aber durch den Spalt des großen Scheunentors fiel bereits rötliches Licht herein – ein Anzeichen dafür, daß draußen langsam der Tag anbrach.

»Sind Sie böse auf mich?« fragte Nell.

»Du meine Güte, nein! Warum fragst du mich das immer wieder? Komme ich dir denn vor wie jemand, der immer gleich böse wird?«

»Nein. Aber manchmal habe ich das Gefühl, daß die Leute sich von mir abwenden. Aber Sie haben damit überhaupt nichts zu tun. Entschuldigen Sie. Vielleicht stimmt es ja gar nicht. Und wenn es wahr ist, dann ist es mein Fehler.«

Sie setzte sich.

»Nein, Nell, es ist nicht wahr«, sagte ich. »Du hast wirklich schlimme Sachen erlebt. Du hast Menschen verloren, aber nur deshalb, weil sie gestorben sind, nicht weil sie sich von dir abgewandt haben. Wichtig ist jetzt, daß wir das, was dir geblieben ist, erhalten. Und das geht nur, wenn wir herausfinden, was hinter der ganzen Geschichte hier steckt. Ich begreife nicht, was hier alles passiert ist. Aber es ist nicht nur schrecklich, sondern es reicht sehr viel weiter zurück als bis zu dem Mord an Luis.«

»Das ist mir auch klar, und das macht mir noch mehr angst.«

»Willst du mir helfen?«

»Hm.« Nell nickte. Sie hatte vor lauter Anspannung die Hände zusammengekrampft. »Ich möchte das alles hinter mich bringen«, sagte sie entschlossen.

»Dann laß mich dir ein paar Fragen stellen, ganz nüchtern und unpersönlich, als wärest du eine Interviewpartnerin von mir.«

»Okay. Wenn Sie meinen.«

»Ich mache das nur, wenn du auch willst. Es ist deine Entscheidung.«

»Ja, ich will. Ganz sicher.«

Trotzdem hatte ich einige Bedenken. Die Aufklärung des Mordes an Luis würde Nell so oder so verletzen. Trotzdem verstand ich, daß sie die Geschichte hinter sich haben wollte. Sie selbst meinte damit wohl, daß sie die Anspannung nicht mehr länger aushielt, aber es war für sie viel wichtiger, endlich unbelastet weiterleben zu können.

»Meinst du, daß du das auch schaffst, Nell?«

»Ich denke schon.«

»Okay. Woher wußtest du, daß die Daunenweste oben auf der Galerie liegt?«

»Das hat mir Luis gesagt.«

»Luis? Wirklich? Wann denn?«

»Am Freitag morgen.«

Na, also! Das machte Sinn. Vermutlich war sie mir deshalb am Freitag aus dem Weg gegangen.

»Und du wolltest weder mir noch irgend jemand anderem etwas davon erzählen?«

»Dazu hatte ich zuviel Angst. Ich hatte schon so einen Verdacht, denn ich hatte nie geglaubt, daß Großvater einfach vergessen hatte, die Weste anzuziehen. Er hat mir mal erzählt, daß diese Sprühflugzeuge seit dem Zweiten Weltkrieg eingesetzt wurden. Und seit der Zeit hat er immer eine auffällige Weste angezogen, wenn es Zeit zum Sprühen war.«

»Okay.«

»Aber einen Verdacht zu haben und etwas mit eigenen Augen zu sehen, sind zwei Paar Stiefel. Und die Weste da oben auf der Galerie *habe* ich gesehen.«

»Ich verstehe. Hast du eigentlich schon vorher mit Luis über deinen Verdacht gesprochen?«

»Das schon, aber damit habe ich ihm nichts Neues erzählt. Er hatte sich nämlich seit dem Unfall meines Großvaters im letzten Frühling seine eigenen Gedanken gemacht. Er wußte, daß mein Großvater wegen seines Asthmas sehr vorsichtig war. Auch sonst war mein Großvater ein sehr bedächtiger Mensch, müssen Sie wissen. Luis hat mir aber erst dann von seinen Zweifeln erzählt, als ich ihm von den meinen berichtet hatte. Verstehen Sie?«

»Ja. Und was hat er dir am Freitag morgen genau erzählt?«

»Er war oben auf der Galerie gewesen ...«

»Warum?«

»Weil Cal kurz vorher mit allen möglichen Sachen herumjongliert hat. Dabei ist ein Ölkännchen auf die Galerie geflogen, und Onkel Hank hat Luis gesagt, er solle es wieder herunterholen. So war das eigentlich immer: Cal machte irgendeinen Blödsinn, und Hank ließ Luis es ausbügeln.«

»Okay. Und dann?«
»Luis mußte herumsuchen, weil die Ölkanne ziemlich klein war. Er ist zwischen den Möbeln und all dem anderen Zeug herumgekrochen ...«
Irgendwie hatte ich den Eindruck, als erzähle sie das alles nur deshalb so ausführlich, weil sie Angst vor dem unangenehmen Teil der Geschichte hatte, der unweigerlich kommen mußte.
»... und hat alles durchgesehen. Und dabei hat er die Daunenweste entdeckt.«
»Und sie dort liegen lassen?«
»Ja.«
»Warum das?«
»Er sagte mir, daß er zuerst nachdenken müsse.«
»Aber dir hat er davon erzählt.«
»Ja.«
»Hat er vielleicht noch mit jemand anderem darüber geredet?«
»Ich glaube nicht.«
Und doch mußte er es getan haben, das wurde mir mit einem Mal klar. Denn darum hatte sich mit ziemlicher Sicherheit die Unterhaltung gedreht, die ich gehört hatte.
»Hat er dir gesagt, worüber er nachdenken mußte?«
»Nein. Vielleicht war ihm nicht klar, was der Fund bedeutete. Er sagte nämlich, daß die Weste ja auch aus irgendeinem anderen Grund da oben liegen konnte. Allerdings ...«
»Was allerdings?«
»Also ich hatte das Gefühl, daß er mich nicht beunruhigen wollte, als er mir das sagte.«
»Könnte es ein, daß er daran gedacht hat, es jemand anderem aus der Familie zu erzählen?«
»Möglich wäre es. Aber gesagt hat er mir nichts davon.«
»Wollte er zur Polizei oder zum Sheriff gehen?«

»Vielleicht. Aber was hätte die Polizei schon dazu gesagt, daß oben auf der Galerie eine signalfarbene Weste liegt?«
»Wahrscheinlich nicht viel. Andererseits gerät so eine Weste ja nicht aus Zufall dort hinauf.«
»Das ist mir auch klar«, sagte Nell und rieb sich die Augen. Sie sahen müde, aber nicht verheult aus.
»Könnte es denn sein, daß dein Großvater die Weste selbst auf die Galerie befördert hat?«
»Warum sollte er das tun?«
»Das weiß ich auch nicht. Vielleicht war sie zerrissen, und er hat sie vor lauter Ärger auf die Galerie geworfen.«
»Nein. Mein Großvater war kein jähzorniger Mensch, und mit Sachen hat er schon gar nicht um sich geworfen. Dazu war er viel zu sanft. Und außerdem hätte er das mit seiner Schleimbeutelentzündung in der Schulter sowieso nicht machen können. Als junger Mann hat ihn bei der Entenjagd der Rückstoß einer Schrotflinte an der Schulter verletzt, und deshalb konnte er nie Baseball spielen oder irgendeinen anderen Sport betreiben, bei dem man etwas werfen muß.« Nell redete wieder wie ein Wasserfall, um nicht weiter nachdenken zu müssen. Ich konnte es ihr nicht verübeln. »Er konnte nicht mal Carat einen Stock zum Apportieren werfen. Ich glaube nicht, daß er es geschafft hätte, eine Daunenweste so hoch hinaufzuwerfen. Sie etwa?«
»Nein, das glaube ich auch nicht.«
Ich beugte mich zu Nell hinüber und fragte sie: »Warum meinst du eigentlich, daß die Jacke auf dem Tisch festgeklebt war? Für mich sieht das so aus, als ob sie naß gewesen wäre, als sie hinaufgeworfen wurde.«
»Könnte sein.«
»Was glaubst du?«
»Am Tag bevor Großvater starb, hat es geregnet, und das Flugzeug konnte nicht sprühen. Großvater ist aber trotzdem

hinausgegangen und hat die Bäume begutachtet, wie er das immer macht – gemacht hat. Wahrscheinlich kam er an diesem Abend mit nasser Jacke zurück.«

»Und du glaubst, daß jemand anders die Jacke genommen und hinauf auf die Galerie geworfen hat.«

»Ja.«

»Noch am selben Abend?«

»Ja.«

Damit wäre der Tod von Henry DeGraaf ein kaltblütig geplanter Mord gewesen. Das hätte zwar auch zugetroffen, wenn der Täter die Jacke kurz vor dem Eintreffen des Sprühflugzeuges versteckt hätte, aber der Gedanke, daß er eine ganze Nacht lang in seinem Bett gelegen und darauf gewartet hatte, daß Henry am nächsten Tag sterben würde, war nur schwer zu ertragen. Ich hoffte, daß Nell sich diesen Aspekt noch nicht richtig klargemacht hatte, was bei ihrer Intelligenz allerdings ziemlich unwahrscheinlich war.

»Ich glaube, ich habe gerade die Küchentür gehört«, bemerkte ich mit einiger Erleichterung.

»Ja, ich auch. Das ist sicher Oma, die den Müll rausbringt.«

»Laß uns hingehen und ihr helfen.«

»Okay.«

23

Als wir zum Haus kamen, sahen wir, daß im unteren Stockwerk alle Lichter brannten. In der Küche war der Teufel los, obwohl sie weder unaufgeräumt noch schmutzig war, denn das war Oma DeGraafs Küche nie. Trotzdem mußte etwas Unerhörtes vorgefallen sein, denn Oma DeGraaf saß auf einem Stuhl, und das war nach allem, was ich von ihr bisher mitbekommen hatte, eigentlich unvorstellbar. Hinzu kam, daß John mit lauter Stimme telefonierte, was für ihn vollkommen untypisch war. Außerdem war er lediglich mit einer Hose bekleidet. Sein Hemd hing über seinem linken Arm, als habe er es völlig vergessen. Das Telefonbuch lag aufgeschlagen vor ihm auf dem Tisch. »Können Sie denn nicht auf dem Weg zur Kirche hier vorbeikommen?« fragte er mit lauter Stimme.

Nell rannte an den Tisch und ergriff die Hand ihrer Großmutter.

»Oma, ist alles in Ordnung mit dir?«

»Natürlich ist alles in Ordnung. Dein Vater regt sich nur unnötig auf.«

»Gut, wir warten«, sagte John ins Telefon, und erst als er aufgelegt hatte, fügte er noch ein »Auf Wiedersehen« an, das die Person am anderen Ende der Leitung gar nicht mehr hören konnte. John schien das ebensowenig zu bemerken wie meine Anwesenheit.

»Er wird in einer halben Stunde hier sein, Mutter.«

»Das war überflüssig«, erwiderte Oma DeGraaf. »Mir war nur ein bißchen schwindelig, das ist alles.«
»Dir war nicht nur ein bißchen schwindelig, sondern du hattest deine Herzrhythmusstörungen«, entgegnete John und trat mir auf dem Weg vom Telefon zu seiner Mutter auf den Fuß.
»Aua!« entfuhr es mir.
»Oh, Cat, das tut mir leid. Ich habe Sie gar nicht gesehen.«
»Macht nichts.« Zwar hatte ich, um den Sonntag zu ehren, meine guten Stiefel an, aber die waren wenigstens aus kräftigem Leder.
»Meine Mutter leidet unter Herzrhythmusstörungen«, erklärte er. »Und manchmal verschlimmern sie sich.«
»Aber es ist nichts Weltbewegendes«, sagte Oma DeGraaf. Mir wird dann nur immer ein bißchen schlecht, aber das vergeht schon wieder, wenn ich mich eine Weile hinlege. Und jetzt geht es mir schon wieder gut.«
John warf mir einen Blick zu, der besagen sollte, daß das Problem mit ihrem Herzen nicht ganz so nebensächlich sei, wie seine Mutter es mich gerne glauben machen wollte. Dann bemerkte er auf einmal, daß er nur halb angezogen war, und zog sich rasch das Hemd über. Wieder fielen mir die Narben an seinen Armen und an seiner Schulter auf.
»Nun gut«, sagte er, als ob alles entschieden wäre.
»Kommt Dr. Brink hierher?« fragte Nell.
»Ja, auf seinem Weg in die Kirche. Aber sag mal, Süße, warum bist du denn schon auf und angezogen?«
»Einfach so.«
»Du bist doch nicht etwa krank?«
»Nein, Papa, mir geht es ausgezeichnet.«
»Könntest du vielleicht hier bei der Oma bleiben, während ich mich rasch rasiere?«
»Klar.«

»Du meine Güte, macht doch keinen solchen Zirkus um mich«, murmelte Oma DeGraaf.

Als Dr. Brink schließlich eintraf, waren auch Tante Clara und Marie schon da. Eigentlich hätten sie die Familie erst in der Kirche treffen und dann zum sonntäglichen Essen mit auf die Farm fahren sollen, aber auf die Anrufe von John hin waren sie sofort herbeigeeilt.

Oma DeGraaf saß im Wohnzimmer, und John wich seiner Mutter, trotz ihrer Proteste und Versicherungen, daß es ihr gut ginge, nicht von der Seite. Ich kochte Kaffee, wobei ich spezielle Vorsicht walten ließ, um in der blitzblanken Küche nur ja nichts zu verschütten. Nell machte Toast und Tante Clara Rührei mit Bratkartoffeln.

»Kommt Hank auch?« fragte ich Clara.

»Erst später. Ruth erholt sich zwar immer ziemlich rasch von solchen Anfällen, aber wenn sie einen hat, ist es besser, wenn nicht auch noch die drei Jungs rumtoben.«

»Da haben Sie wahrscheinlich recht. Wie lange dauert es denn normalerweise, bis sie sich wieder erholt hat?«

»Ach, es geht ihr jetzt schon besser. Aber wir lassen sie zur Sicherheit immer noch ein Weilchen in ihrem Stuhl sitzen.«

»Clara, wie gefährlich sind diese Herzrhythmusstörungen wirklich?«

»Wenn sie schlimmer werden, fällt sie in Ohnmacht. Dr. Brink ist der Meinung, daß es sich um eine Tachykardie handelt, bei der das Herz für kurze Zeit zu schnell schlägt.«

Clara wartete, bis Nell mit dem Kaffee für ihre Großmutter, John und Dr. Brink ins Wohnzimmer ging, und fuhr dann fort: »Wenn ihr Herz nicht mehr richtig schlägt, verliert Ruth das Bewußtsein. Würde so ein Anfall zu lange anhalten, könnte sie daran sogar sterben. Aber sie hat Medikamente, mit denen sie die Anfälle recht gut in den Griff bekommt.«

»Verstehe.« Es gab also noch jemanden in Nells Familie, der vielleicht bald sterben würde. Ich konnte zwar nicht gerade sagen, daß ich die auf mich meist ziemlich kühl wirkende Oma DeGraaf in mein Herz geschlossen hätte, aber der Gedanke daran, daß Nell auch noch ihre Großmutter verlieren könnte, war schon sehr betrüblich.

Dr. Brink unterhielt sich mit seiner Patientin, horchte ihre Brust ab und sagte ihr dann, daß sie zwar soweit in Ordnung sei, aber auf den sonntäglichen Kirchgang dieses Mal doch besser verzichten solle.

»Einen Moment mal, Morgan –« fing sie an.

Der Arzt unterbrach sie auf der Stelle: »Und keinen starken Kaffee! Stellen Sie also die Tasse sofort wieder ab!«

Ich beobachtete das alles von der Tür aus und sah das Entsetzen in Oma DeGraafs Gesicht. Keinen Kaffee? Das konnte ich gut nachvollziehen. Wenn ich auf Kaffee verzichten müßte, würde das für mich das Ende der Welt bedeuten.

»Ein Täßchen Kaffee hat noch niemanden umgebracht«, erwiderte Oma DeGraaf.

»Eine Tasse am Morgen ist genug, Ruth, das habe ich Ihnen doch schon in meiner Praxis gesagt. Den Rest des Tages über müssen Sie eben Koffeinfreien trinken.«

»Koffeinfreien! Wissen Sie, was Henry dazu immer gesagt hat? ›Dann kannst du genausogut den Mund aufsperren und den Mond hineinscheinen lassen!‹«

»Ihre Schlagfertigkeit haben Sie wenigstens noch nicht verloren«, lachte der Arzt und fügte, an John und Marie gewandt, hinzu: »Ich schließe daraus, daß Ihre Mutter Ihnen noch nicht erzählt hat, was ich Ihr neulich in meiner Praxis gesagt habe. Dann sage ich es Ihnen jetzt eben persönlich: Halten Sie Ihre Mutter vom Kaffee fern.«

»In Ordnung«, sagte John, und Marie fügte hinzu: »Leichter gesagt als getan.«
»Tja, das ist nun Ihr Problem. Und Sie passen gut auf sich auf, Ruth. Ich muß jetzt in die Kirche.«
»Wir auch. Zumindest ein paar von uns«, sagte John. »Ich bleibe hier bei meiner Mutter.«
Clara fuhr dazwischen: »Nein, ich bleibe. Mir macht das nichts aus.«
Und auch Nell bot sich an: »Warum kann ich …«
Ich setzte all diesen selbstlosen Angeboten ein Ende, indem ich sagte: »Lassen Sie doch mich hierbleiben. Schließlich ist es Ihre Kirche, nicht meine.«

Da saß ich dann also mit Oma DeGraaf im Wohnzimmer. Die alte Dame ärgerte sich, daß man sie nichts machen ließ. »Mir fehlt überhaupt nichts, wieso soll ich also nicht mit dem Kochen anfangen?«
»Ich weiß, aber warten Sie doch noch ein bißchen.«
Sie machte Anstalten, aufzustehen.
»Bitte, Mrs. DeGraaf, bleiben Sie sitzen. Sonst denken die anderen noch, ich hätte mich nicht richtig um Sie gekümmert. Und außerdem hat Ihnen der Arzt ja erlaubt zu kochen, aber erst, wenn sie sich ein wenig ausgeruht haben.«
»Sagen Sie doch einfach, daß Sie mich nicht abhalten konnten«, sagte Oma DeGraaf mit einem verschmitzten Lächeln.
Ich mußte ebenfalls lächeln: »Das könnte ich wahrscheinlich wirklich nicht. Wenn Sie sich erst einmal etwas in den Kopf gesetzt haben, kann nichts und niemand Sie davon abhalten. Warum haben Sie eigentlich nicht darauf bestanden, mit in die Kirche zu gehen?«
»Weil ich nicht aus der Bank kippen will.«
»Aber da sind doch bestimmt Leute, die Ihnen helfen wür-

den. Ihr Arzt geht doch auch in diese Kirche, oder? Ansonsten könnte man ja auch einen Krankenwagen rufen.«

»Darum geht es nicht. Es wäre einfach zu peinlich, vor aller Augen in Ohnmacht zu fallen.«

Genau so hatte ich sie eingeschätzt. Es war ihr enorm wichtig, was die Leute von ihr und ihrer Familie dachten. Wie mußte sie erst unter dem Mord und der Tatsache gelitten haben, daß die Polizei bei ihr auf dem Hof war und sogar einen aus ihrer Familie in Verdacht hatte. Das mußte schrecklich für sie gewesen sein.

Von Trauer um Luis war da natürlich nicht mehr viel zu spüren. Trotzdem wollte ich ihre Beweggründe nicht als egoistisch abtun, denn schließlich stellt der Tod eines Menschen oft andere vor große, wenn auch ganz anders geartete Probleme, für die sie durchaus unser Mitgefühl verdienen.

Als ich sie jetzt aus der Nähe musterte, fiel mir auf, wie schlecht sie aussah. Zwar erinnerte sie mich immer noch an eine rosaweiße Puppe, deren Wangen allerdings ziemlich eingefallen und längst nicht mehr so rosig wie am vergangenen Donnerstag waren. Außerdem hatte sie abgenommen, was allerdings kein Wunder war. Schließlich hatte sie während des ganzen Durcheinanders das Haus saubergehalten und Essen für die Familie und Kaffee für die Arbeiter und sogar für den Sheriff und seine Leute gekocht. Darüber hinaus hatte sie sich an Gesprächen und Diskussionen beteiligt und hatte allen Problemen aufrecht und tapfer ins Auge geblickt.

Das alles mußte sie doch mehr belastet haben, als ich mir gedacht hatte.

Plötzlich fiel mir noch etwas ein: Über Oma DeGraafs Herzattacke hatte ich ganz vergessen, daß Nell und ich die orangefarbene Weste gefunden hatten. Wir hatten eigentlich vorgehabt, den Sheriff davon in Kenntnis zu setzen. Auch Nell hatte es vergessen, und jetzt war die ganze Familie in der Kirche. Was sollte ich tun?

Nun, ich konnte natürlich Oma DeGraaf von der Weste erzählen und dann den Sheriff anrufen. Aber dann bekam die alte Dame vielleicht vor lauter Aufregung einen weiteren Herzanfall. Immerhin war die Weste ja mit dem Tod ihres Mannes verbunden und bewies vielleicht sogar, daß er ermordet wurde. Das konnte ich ihr jetzt nicht so einfach ins Gesicht sagen.

Vielleicht konnte ich mich ja in die Küche schleichen und von dort aus heimlich den Sheriff anrufen.

Aber ganz abgesehen davon, daß ich nicht gerne etwas hinter dem Rücken anderer Leute tat, was wäre damit gewonnen, wenn der Sheriff hier herauskam? Zumindest müßte der Rest der Familie hier sein, damit Oma DeGraaf nicht allein war, wenn sie die schlechte Nachricht erhielt.

Es blieb mir also nichts anderes übrig, als zu warten, bis die Familie aus der Kirche zurückkam. Erst dann konnte entweder ich oder jemand aus der Familie den Sheriff anrufen.

»Sie sind bestimmt sehr stolz auf Ihre Familie«, sagte ich zu Oma DeGraaf. »Alle haben gute Jobs in verantwortlichen Positionen.«

»Man tut, was man kann. Aber Marie müßte lernen, ihren Sarkasmus zu zügeln, obwohl ich ihn ihr eigentlich nicht verdenken kann. Ihr Ehemann war Alkoholiker, müssen Sie wissen.«

»Davon hat sie mir noch gar nichts erzählt.«

»Hank hat zwar ein ganz gutes Einkommen, aber im Grunde genommen ist er bloß ein Arbeiter. Und Jennifer ist ihm in keinster Weise gewachsen, dazu ist sie viel zu harmlos. John hingegen hat eine ganz gute Karriere gemacht.«

»Und Marie ist immerhin Technikerin …«
»Das schon, aber wenn sie ihr Mundwerk besser im Zaum hätte, wäre sie längst wieder verheiratet und hätte Kinder. Na ja, so ist das eben. Henry war einfach nicht streng genug mit ihnen.«
»Ach so.«
»Ich habe natürlich versucht, das zu ändern, aber letztlich muß eine Frau das tun, was ihr Ehemann sagt.«
Ich schob Oma DeGraaf ein Kissen unter die Füße, und schließlich hörte sie auf, an ihren Kindern herumzukritisieren und schloß die Augen. Das war gut, denn ich brauchte Zeit, um nachzudenken. Ich hatte böse Vorahnungen.
Der Fund der Weste bedeutete das Aus für jede auch noch so geringe Hoffnung, daß ein Fremder sich auf die Farm geschlichen und Luis ermordet hatte.
Nur ein Familienmitglied hätte an Ostern ins Haus gehen können, die Signalweste vom Haken nehmen und auf die Galerie in der Scheune werfen können. Denn niemand – Luis vielleicht einmal ausgenommen – konnte wissen, wo die Weste für gewöhnlich hing und wie wichtig sie für Henry DeGraafs Sicherheit war. Hinzu kam, daß der Mörder gewußt haben mußte, wann das Flugzeug kommen würde, und daß es die Gewohnheit des alten Henry war, kurz davor noch einmal in die Pflanzungen zu gehen.
Und wenn Henry tatsächlich von einem Familienmitglied ermordet worden war, machte es wenig Sinn, wenn man nach einem mörderischen Fremden suchte, der ein halbes Jahr später auf die Farm spaziert und Luis umbringt. Wenn Henry von jemandem aus seiner Familie ermordet worden war, dann hatte dieser Jemand nicht nur den freundlichen alten Mann, sondern auch den Vorarbeiter auf dem Gewissen.
Oma DeGraaf, Hank, Jennifer, Cal, Don, Dan, John, Ma-

rie, Clara oder sogar Nell: Einer oder eine von ihnen war ein Monster, das für zwei grausame Morde verantwortlich war.

Seit vierundzwanzig Stunden hatte ich geahnt, daß diese schreckliche Vorstellung Wirklichkeit würde, und dennoch wurde mir jetzt, als sie sich bewahrheitet hatte, richtiggehend schlecht.

Ich fühlte mich ähnlich wie vor drei Wochen, als ich eine Reportage über ein Hochsicherheitsgefängnis in Indiana geschrieben hatte. Anfänglich war es gar nicht so schlimm gewesen. Wir betraten das Gelände durch das Haupttor und gingen an den Stengeln verblühter Chrysanthemen vorbei in den Aufnahmetrakt, wo wir einem Vollzugsbeamten unsere Führerscheine geben mußten. Dann nahm man uns alle »gefährlichen« Dinge wie Mäntel, Kugelschreiber und Schlüssel ab. Nach einer weiteren, peinlich genauen Durchsuchung wurden wir schließlich durch eine Art Sicherheitsschleuse geführt.

Als sich die schweren Gitter hinter uns geschlossen hatten, führte man uns einen langen Gang entlang, der immer wieder von Glas- und Gittertüren unterbrochen wurde. Je weiter wir ins Innere des Gefängnisses vordrangen, desto mehr Türen schlossen sich hinter uns. Und mit jeder dieser Türen wurde es ein Stück schwieriger, dort wieder herauszukommen.

Genauso fühlte ich mich jetzt. Vielleicht wäre es das beste gewesen, wenn ich sofort, nachdem sich der Mord ereignet hatte, wieder abgefahren wäre. Jetzt aber hatten sich zu viele Türen hinter mir geschlossen, so daß meine Möglichkeiten, aus dieser Angelegenheit wieder herauszukommen, stark eingeschränkt waren. Jetzt hatte ich nur noch zwei Möglichkeiten: Ich mußte entweder den Täter überführen oder die Familie DeGraaf mit einem erbarmungslosen Mörder in ihrer Mitte zurücklassen – einem Mörder, der jederzeit wieder zuschlagen konnte.

Aber konnte ich diese Hintertür wirklich benutzen? Konnte ich mich von den DeGraafs, wenn sie von der Kirche zurück waren, mit ein paar unverbindlichen Worten verabschieden? Mit Worten wie: »Vielen Dank, ich habe jetzt genügend Material für meine Weihnachtsbaumgeschichte. Danke für Ihre Gastfreundschaft und alles Gute für die Lösung Ihrer Probleme. Und du, Nell, leb wohl. Ich hoffe, du wirst ein gutes Leben haben. Du bist zwar viel zu ehrlich und gescheit, um nicht zu wissen, daß unter den dir am nächsten stehenden Menschen ein brutaler Mörder ist, aber wenn er nicht gefaßt wird, so mach dir nichts draus. Dann hast du eben Pech gehabt.« Sollte ich so etwas wirklich sagen und mich dann aus dem Staub machen?

Bei allem, was mir heilig war, das konnte ich unmöglich tun.

24

Als Oma DeGraaf eingeschlafen war, schlich ich mich auf Zehenspitzen ins Büro des alten Henry und zog die Tür zu. Dann rief ich über meine Telefonkreditkarte Jeb Wine zu Hause in Winnetka an, in der Hoffnung, daß selbst ein vielbeschäftigter Anwalt wie er den Sonntag nicht in seinem Büro verbringen würde.

Jeb war Partner in der Anwaltskanzlei Cats, Wheeler & Wine. Unter seinen Freunden, zu denen auch ich zählte, hieß die Kanzlei nur Katz, Dealer und Wein.

Jeb ist nun nicht gerade ein Anwalt, den ich anrufen würde, wenn ich des Mordes angeklagt wäre, aber sollte ich mit meinen Artikeln jemals Millionärin werden – was in etwa so wahrscheinlich war wie die Möglichkeit, daß die Chicago Bulls mich in ihre Mannschaft nahmen –, dann würde ich mich sofort in Steuerfragen von ihm beraten lassen.

»Jeb, ich brauche deine Hilfe.«

»Ist dir klar, daß es Sonntag morgen ist?«

»Was, bei dir auch? So ein Zufall!«

»Für Sonntagsarbeit nehme ich das fünffache Honorar.«

»Na schön, dann werde ich aber, wenn deine Tochter eine Journalistin braucht, die mit ihr in die Schule geht und sich vor der Klasse von ihr interviewen läßt ...«

»Ist schon gut. Worum geht's denn?«

»Um mehreres, ehrlich gesagt. Ich bin gerade auf einer Christbaumfarm in Michigan.«

»He, das trifft sich gut! Ich wollte gerade los und mir einen Baum kaufen. Was für einen empfiehlst du mir?«
»Ich würde mich mal nach einer Frazertanne umsehen. Aber, Moment mal, Jeb, was fängst denn du mit einem Christbaum an? Ich dachte immer, du bist Jude.«
»Das schon, aber einer, der blauen und silbernen Baumschmuck besitzt. Also eine Frazertanne?«
»Ja. Sag mal, Jeb, warum hat eine Familie, die eine große Farm besitzt, Angst, diese zu verlieren, wenn der Betrieb eigentlich genug Geld abwirft, um die Grundsteuern zu zahlen?«
»Dazu brauche ich erst einmal noch ein paar Informationen. Wie setzt sich deine Familie zusammen?«
»Aus einer ziemlich betagten Großmutter, deren Ehemann erst kürzlich gestorben ist, ihren drei erwachsenen Kindern, vier Enkelkindern und noch ein paar Onkeln und Tanten.«
»Und wo liegt die Farm? Am Rand einer Stadt?«
»Im näheren Umland. Fünf Kilometer von einem Einkaufszentrum entfernt.«
»Hängt die Familie an ihrem Grund und Boden?«
»Die Farm ist schon seit hundertfünfzig Jahren in Familienbesitz.«
»Und den erwachsenen Kindern ist klar, daß sie das Land für eine Menge Geld verkaufen könnten?«
»Ja.«
»Aber sie sind sich nicht einig?«
»Vermutlich nicht.«
»Haben diese Kinder sonst noch irgendwelchen Besitz?«
»Nicht, daß ich wüßte.«
»Verdienen sie viel?«
»Nein, zwar regelmäßig, aber eher wenig.«
»Hat der Vater vor seinem Tod irgendwelche Verfügungen in Hinblick auf die Farm getroffen?«

»Er wollte den Verkauf erschweren, aber er starb, bevor er sein Testament machen konnte. Ein Mitglied der Familie glaubt sogar, daß er ermordet wurde.«

»Ach, du Schande. Da haben wir es wieder!«

»Was?«

»Cat, du mußt wissen, daß dieser Familie gerade dasselbe widerfährt wie Millionen anderer Farmerfamilien in diesem Land. Dies ist die erste Generation in der Geschichte der Vereinigten Staaten, die ihren Besitz nicht ihren Kindern vererben kann.«

»Warum denn das?«

»Wegen der Steuern. Es ist eine einzige Katastrophe. Und zwar nicht nur für die Betroffenen, sondern für uns alle. Wenn so eine Farm einmal aufgegeben werden muß, dann ist nicht nur ihre Nahrungsmittelproduktion, sondern auch die Schönheit unbebauten Farmlandes für immer dahin. Und das ist für jede Gemeinde, die etwas auf Lebensqualität hält, ein schlimmer Verlust.«

»Aber warum? Warum, Jeb? Ich versteh das nicht.«

»Nimm einmal an, die Familie, von der du sprichst, besitzt Land, das eine Millionen Dollar wert ist, wenn es als Baugrund verkauft wird.«

»Okay.«

»Sie will das Land aber nicht verkaufen. Und jetzt nimm weiter an, daß der augenblickliche Besitzer ...«

»Die Großmutter.«

»Daß die Großmutter stirbt. Das Finanzamt setzt den Wert des Landes auf eine Million Dollar fest, aber nur sechshunderttausend Dollar darf man seinen Kindern vererben, ohne daß Erbschaftssteuer fällig wird.«

»Das ist eine ganze Menge, Jeb. Das würde heißen, daß jedes der drei Kinder zweihunderttausend Dollar steuerfrei einstreichen darf.«

»Aber du vergißt, daß es sich hier nicht um Bargeld, sondern um Grundbesitz dreht.«

»Stimmt.«

»Und das heißt in diesem Fall, daß die Steuern für die verbleibenden vierhunderttausend Dollar sich – grob geschätzt – auf etwa zweihunderttausend Dollar belaufen dürften. Mit anderen Worten, sie müssen zweihunderttausend Dollar an den Staat zahlen, und das innerhalb von neun Monaten, so steht es im Gesetz. Aber kriegen sie das Geld zusammen?«

»Bestimmt nicht von ihren privaten Einkommen. Diese Leute sind nicht reich.«

»Woher dann?«

»Ach so, jetzt verstehe ich. Jeder von ihnen müßte etwas mehr als sechsundsechzigtausend Dollar aufbringen, weit mehr, als sie vermutlich auf der hohen Kante haben. Das bedeutet, daß ihnen nichts anderes übrig bliebe, als die Farm zu verkaufen.«

»Genau. Und zwar ziemlich schnell, was wiederum bedeutet, daß sie nicht warten können, bis sie dafür einen optimalen Preis erzielen. Kannst du mir folgen?«

»Ja. Aber können sie denn wirklich nichts anderes tun, als zu verkaufen?«

»Doch. Sie könnten zum Beispiel ihrem Besitz einen großen Teil seines Wertes nehmen, indem sie ihn unter Landschaftsschutz stellen lassen. Dazu müßten sie nur einen Teil davon einer Umweltorganisation überschreiben, die dann für das Land bestimmte Auflagen erläßt. Zum Beispiel, daß es nicht mehr bebaut werden darf. Je umfassender diese Auflagen sind, desto stärker sinkt der Wert des Landes und damit die Grund- und Erbschaftssteuer, die dafür anfällt.«

»Das hört sich ja großartig an.«

»Nur ist es leider nicht ganz so einfach. Der Teufel steckt auch hier im Detail.«

»Das tut er doch immer, oder?«

»Es ist zum Beispiel nicht leicht, eine Umweltorganisation für das Vorhaben zu gewinnen. Aber möglich ist es, und wenn es deine Leute geschickt angingen, dann könnten sie ihre Farm weiter betreiben, aber niemand dürfte jemals auf ihrem Grund und Boden eine Siedlung oder ein Industriegebiet errichten.«

»Vermutlich war es das, was der Großvater vorhatte.«

»Aber verstehst du auch, was das für seine Kinder für Nachteile mit sich gebracht hätte?«

»Ja. Wenn die Farm erst einmal Landschaftsschutzgebiet ist, dann können sie sie nur noch für einen Bruchteil des früheren Wertes verkaufen. Und da die Großmutter kein weiteres Vermögen hat, wird ihr Erbe ziemlich mager ausfallen.«

»Ganz genau. Im anderen Fall allerdings, wenn die Farm nicht zum Landschaftsschutzgebiet erklärt wird und sie sie nach dem Tod der Großmutter verkaufen, bleiben ihnen nach Zahlung der Erbschaftssteuer immerhin noch achthunderttausend Dollar übrig – die Gebühren, die sonst noch so anfallen, lasse ich jetzt mal außer acht.«

»Das wären für jeden zweihundertsechsundsechzigtausend Dollar. Mehr als eine Viertelmillion.«

»Richtig.«

»Aber dafür müssen sie nur ihr Zuhause aufgeben und in Kauf nehmen, daß die Farm, die seit über hundert Jahren im Familienbesitz ist, zerstört wird.«

»Du sagst es.«

Als Marie von der Kirche zurückkam, fing ich sie an ihrem Auto ab. »Ich muß mit Ihnen und ihren Brüdern sprechen.«
Marie warf die Wagentür zu. »Ist denn schon wieder etwas passiert? Ist meine Mutter …?«
»Nein, nein, der geht es gut. Ich möchte nur etwas mit Ihnen besprechen, das sie nicht mitkriegen soll.«
Wir gingen gemeinsam zur Garage, in die John gerade seinen Wagen gefahren hatte. »Mutter geht es gut«, sagte Marie zu ihm, »aber Cat will etwas mit uns besprechen.«
John runzelte sorgenvoll die Stirn. »Okay. Nell, gehst du bitte ins Haus zur Oma?«
»Das ist nicht nötig. Nell weiß Bescheid«, sagte ich.
Jetzt bog auch Hanks Familienkutsche in die Zufahrt.
»Hank soll ebenfalls mitkommen«, sagte ich. Wir holten ihn am Wagen ab und gingen zu fünft in die Scheune. Jennifer und die drei Söhne machten keine Anstalten mitzukommen. Nachdem wir die Gartenstühle in einem Halbkreis aufgestellt hatten, sahen mich alle erwartungsvoll an. Nur Nell tat das nicht, denn sie wußte, was jetzt kommen würde. Sie hatte die Arme vor der Brust verschränkt und starrte auf den Boden.
»Okay«, ergriff Hank das Wort. »Was soll das alles, verdammt noch mal?«
Ich erzählte ihnen, daß Nell mir die Weste gezeigt hatte.
Als ich fertig war, fragte John: »Moment mal, da ist mir einiges nicht klar …«
»Ich verstehe nur Bahnhof«, unterbrach ihn Hank, und Marie fügte hinzu: »Sie meinen also, daß jemand die Jacke absichtlich versteckt hat, damit Daddy von der Sprühwolke erwischt wird? Mit anderen Worten, Sie sind der Meinung, daß jemand unseren Vater ermordet hat?«
»Ja. Aber das ist nicht nur meine Meinung, sondern es gibt einen Beweis dafür.«

»Augenblick mal«, ließ John sich vernehmen, »wer sagt Ihnen denn, daß nicht jemand die Weste aus Spaß dort hinaufgeworfen hat?«
»Wer sollte das getan haben? Sie etwa?«
»Natürlich nicht.«
»Oder sonst jemand von Ihnen?«
»Nein«, sagte Marie, und Hank schüttelte nur den Kopf.
»Aber die Kinder von Hank toben hier ständig herum«, versuchte es John noch einmal. »Vielleicht hat ja einer der Jungs die Weste auf die Galerie geworfen, ohne sich etwas dabei zu denken.«
»He, Moment mal!« fuhr Hank dazwischen, »Cal macht hier zwar ständig irgendwelchen Blödsinn, aber deswegen mußt du ihn nicht gleich verdächtigen. Ich war den ganzen Tag über hier drin, und er hat nicht ...«
»Warum sollte er auch?« unterbrach ich ihn. »Und wann? Ich habe gehört, daß die Weste am Ostersonntag noch am Kleiderhaken hing. Sie sind doch damals alle in die Kirche gegangen und dann gemeinsam wieder hierher zurückgekommen. Das stimmt doch, oder?«
Alle nickten.
»Dann gab es das Osteressen, und währenddessen begann es zu regnen.«
Marie konnte das bestätigen, während John und Hank sich dessen nicht so sicher waren.
»Ist denn, nachdem es zu regnen angefangen hatte, überhaupt noch jemand hinüber in die Scheune gegangen?«
»Keine Ahnung«, sagte John.
»Nur Dad«, erklärte Marie. »Er sah jeden Morgen und Abend nach seinen Bäumen. Er liebte seine Farm.«
Ihre Augen füllten sich mit Tränen, aber sie schüttelte den Kopf und drängte sie zurück. »Als er zurückkam, regnete es immer noch.«

»Das heißt, daß seine Weste naß war?«
»Ja, ich denke schon.«
»Also, wenn sie naß war, warum, um Himmels willen, sollte sie dann einer der Jungs anziehen, in die Scheune gehen und sie auf die Galerie werfen?«
Hank murmelte etwas und sagte dann lauter: »Das haben sie auch nicht gemacht. Weil es Ostern war, haben sie alle Anzüge getragen. Dad hatte sich etwas Bequemeres angezogen, weil er hier ja zu Hause ist, aber die Jungs nicht. Und keiner von ihnen hätte eine nasse Weste über seinen Anzug angezogen. Außerdem waren sie nach dem Essen nicht in der Scheune, wenn ich mich recht erinnere.«
»Du meine Güte«, stöhnte John.
»Daraus folgt«, sagte ich, »daß zwischen der Rückkehr Ihres Vaters von seinem Kontrollgang und dem nächsten Morgen eine unbekannte Person die Weste von ihrem Haken genommen und auf die Galerie geworfen haben muß. Und das vermutlich schon recht bald, nachdem Ihr Vater draußen gewesen war, denn sie war noch immer naß, als sie dort oben landete.«
»Woher wollen Sie das wissen?« Hank sprang auf. »Da werde ich doch gleich mal nachsehen!«
»Das würde ich an Ihrer Stelle lieber der Polizei überlassen.«
»Was macht das für einen Unterschied? Sie waren schließlich ja auch schon da droben.«
»Je mehr Leute dort hinaufgehen, desto größer ist die Gefahr, daß wichtige Spuren verwischt werden.«
»Soll ich Ihnen mal sagen, was ich denke? Ich denke, daß ich langsam genug davon habe, daß Sie Ihre Nase in unsere Angelegenheiten stecken.«
»Das ist nicht fair«, sagte Nell leise.
»Nichts liegt mir ferner als das. Nell hat mir die Weste gezeigt, das war alles.«

»Aber jetzt wäre es besser, wenn Sie die Sache uns überließen«, polterte Hank, und John fügte hinzu: »Aber es ist Ihre Entscheidung.«

»Sie können doch nicht von mir verlangen, daß ich alles vergesse, was ich gesehen habe.«

»Ich finde, sie hat recht«, sagte Marie.

»Ach ja?« konterte Hank. »Ich finde, wir brauchen der Polizei überhaupt nichts zu erzählen. Die hätten die Weste ja auch selber finden können, schließlich haben sie ja die Scheune einen ganzen Tag lang mit Beschlag belegt! Warum sollten wir uns selbst in Schwierigkeiten bringen?«

»Gute Frage«, meinte John. »Die Polizei ist hier, um den Mord an Luis aufzuklären, nicht um in alten Geschichten herumzustochern. Stellt euch bloß vor, was das für ein Schlag für Mutter wäre!«

»Dann müßte sie der Tatsache ins Auge sehen, daß Dad ermordet wurde«, murmelte Marie.

»Ja, und außerdem«, sagte Hank, »wirft das ein schlechtes Licht auf uns alle.«

Aha, dachte ich, jetzt fängt er endlich an zu begreifen, worauf das alles hinausläuft.

»Aber es handelt sich doch um Ihren Vater!« sagte ich.

»Aber daß jemand seine Weste verschwinden ließ, bedeutet noch lange nicht, daß dieser Jemand ihn auch umbringen wollte«, gab John zu bedenken. »Was wäre denn passiert, wenn Dad zehn Minuten später nach den Bäumen gesehen hätte? Wer kann schon sicher sagen, daß es sich um einen geplanten Mord gehandelt hat?«

»Erinnert ihr euch denn nicht mehr, daß ihn jemand in der Scheune eingesperrt hat?« fragte Nell.

»Das war doch ein unglücklicher Zufall ...« begann John, verstummte aber gleich wieder. Eine Weile schwiegen wir alle. Ich war stolz auf Nell. Sie ging den Dingen auf den

Grund, auch wenn sie noch so unangenehm waren. Mehr als zwei Minuten verstrichen, in denen John sich die Augen rieb, während Hank leise vor sich hin stöhnte und den Kopf in die Hände stützte.

Schließlich brach Marie das Schweigen. »Ich werde den Sheriff anrufen«, sagte sie und stand auf.

»Warum hast du mir denn nichts davon erzählt, Nell?«

»Hab ich doch, Daddy. Gleich nachdem Großvater gestorben war. Damals habe ich gesagt, er würde nie so einen Fehler machen. Und du hast dann gesagt, daß es nur ein Unfall war.«

»Ja, ich glaube, du hast recht. Aber ich meinte eher die Geschichte jetzt. Warum hast du mir davon nichts erzählt?«

»Ich war – es war einfach zu –, ich wollte nicht, daß du dir Sorgen machst. Jetzt weiß ich, daß das dumm von mir war, aber ich hatte das Gefühl, zuerst herausfinden zu müssen, ob ich mir alles nur eingebildet hatte oder ob es da tatsächlich ein Problem gab, weißt du? Also habe ich Cat um Rat gefragt.«

»Schon gut, Süße.« Er dachte einen Augenblick lang nach: »Darüber hättest du dir zwar keine Sorgen zu machen brauchen, aber du hast ganz richtig gehandelt.«

»Findest du nicht, wir sollten Oma alles erzählen, Daddy?«

»Vielleicht wäre es besser, wenn sie nichts davon mitbekommt«, meinte John. »Ich werde den Sheriff bitten, daß er die Untersuchung der Weste so durchführt, daß sie es nicht merkt.«

»Das wird nicht funktionieren«, mischte ich mich ein. »Sie können es vielleicht so lange hinauszögern, bis Sie wissen, was der Sheriff von der Sache hält, aber dann wird sie es zwangsläufig mitbekommen. Ich kann mir nämlich nicht vorstellen, daß der Sheriff jetzt, wo Luis ermordet wurde, den Tod Ihres Vaters nicht untersuchen wird. Und dabei wird er zwangsläufig mit Ihrer Mutter über das Osterwochenende sprechen wollen.«

Eine halbe Stunde später standen VanLentes Streifenwagen und der weiße Lieferwagen der Spurensicherung in der Zufahrt zwischen Scheune und Haus und machten die neuerliche Anwesenheit der Behörden für jeden augenscheinlich. Der Gedanke an das, was ich da ins Rollen gebracht hatte, belastete mich immer mehr.

VanLente befragte erneut jedes Familienmitglied unter vier Augen. Nur diesmal ging es nicht um den Mord an Luis, sondern um den Tod von Henry DeGraaf, des Vaters, Ehemanns oder Großvaters.

Die Stimmung im Haus bedrückte mich so sehr, daß ich hinaus in die vom Licht der Nachmittagssonne grüngolden leuchtenden Pflanzungen ging.

Langsam spazierte ich durch den ersten Block voller Kiefern, der sich direkt hinter der Scheune befand. Die Bäume reichten mir bis an die Stirn und waren somit etwa einen Meter fünfzig hoch. Ihre gelbgrünen Nadeln sahen im goldenen Licht fast messingfarben aus. Hank hatte mir erzählt, daß manche Farmer ihre Bäume mit grüner Farbe behandelten, damit sie sich besser verkaufen ließen. Der nächste Block bestand aus ganz kleinen Bäumchen, und dahinter kamen meine Lieblinge, die Blautannen.

In diesem Block waren sie zwei Meter hoch und würden wohl nächstes Jahr geerntet werden. Vielleicht aber ließ Hank sie noch ein Jahr länger stehen, bis sie zwei Meter dreißig hoch waren und einen noch besseren Preis erzielten. Es waren prächtig gewachsene Bäume, gleichmäßig konisch zulaufend und kerzengerade, mit Ästen in gleichmäßigen Abständen und Nadeln, die so einheitlich blaugrün waren, daß man sie fast für künstlich halten konnte.

Mir ging das allerdings nicht so. Für mich hatten sie etwas Standhaftes. Ein Baum, der so aufrecht dasteht und bei Regen und Sonnenschein, bei Schnee und Wind hinauf zum Himmel aufblickt, hat etwas so herzerfrischend Kühnes an sich, daß man ihn einfach anlächeln muß. Ich betrachtete all diese blaugrünen, in Reih und Glied stehenden Bäume mit ihren ausgestreckten Ästen und stolz erhobenen Wipfeln und versuchte mir vorzustellen, wie viele Schneestürme, Orkane und Hitzeperioden sie wohl schon durchgestanden hatten.

Ich blieb stehen und sog die herrlichen Gerüche ringsum in mich auf. Den Duft des feuchten, sandigen Bodens und des nahen Sees und das wunderbar harzige Aroma der Tannen. Irgendwo in den Zweigen hockten die Zikaden und zirpten um die Wette. Bei den alten Siedlern hatte es geheißen, daß man Zikaden zähmen könne.

Kann man ein Stück Land wirklich lieben? Meiner Meinung nach ja. Zumindest, wenn es sich nicht um einen Parkplatz oder eine Straße, sondern um ein Stück lebendige Natur handelt wie hier. Aber wie lange noch? fragte ich mich. Ein Habicht zog am Himmel seine Kreise, bis er plötzlich die Flügel anlegte und im Sturzflug auf die Erde zuraste. Irgendwo mußte er eine Maus entdeckt haben, die achtlos ihren Bau verlassen hatte.

Eine Brise war aufgekommen, und die Tannen schienen mir zuzuwinken. Ich ging hinüber zur Zufahrt, setzte mich in den kühlen Sand und lehnte den Rücken an eine der elf Eichen, deren Stamm einen Umfang von gut zweieinhalb Metern hatte.

»*Ich habe mich entschlossen, in den Vereinigten Staaten zu bleiben, liebe Katya*«, hatte Hendrik DeGraaf in dem Brief geschrieben, den ich gestern nacht, als ich nicht einschlafen konnte, gelesen hatte.

Wir haben jetzt ein neues Baby. Es heißt Hendrik. Gerritt wurde nach Pieterkes Vater benannt, und der Kleine jetzt nach meinem Vater und wohl auch nach mir. Pieterke geht es schon wieder ganz gut, aber sie ist aber immer noch etwas schwächlich, und ich kann nur hoffen, daß sie ihre Kraft bald wiederfindet, denn ich will eine große Familie haben.

Ach, tatsächlich! dachte ich. Noch etwas schwächlich! War das vielleicht ein Wunder, nachdem sie mitten in der Wildnis ein Baby zur Welt gebracht und monatelang nichts als Maispampe zu essen gehabt hatte!

Die roten Bete wachsen und gedeihen ebenso wie die Karotten. Man sagt, daß dieser sandige Boden gut für Kartoffelanbau sei, weil er nicht so viele Schädlinge für Kartoffeln enthält. Der Pastor hat mir einen Sack Saatkartoffeln gegeben, die ich heute gesetzt habe.
Auch meine Hoffnung wächst. Jetzt habe ich das Gefühl, ich dürfte meine Söhne nicht den Einschränkungen in den Niederlanden aussetzen, wo auch sie von der Zukunft nicht mehr erwarten könnten als ich vor meiner Auswanderung. Hier leben wir in einem großen, weiten Land, und wenn wir unsere Felder unermüdlich bearbeiten, dann können wir eine schöne Farm aufbauen. Gerritt wird sie eines Tages von mir erben, und Hendrik wird sich entweder eine Farm in der Nähe kaufen oder Geschäftsmann werden. Man sagt, es solle von Chicago aus eine Eisenbahnstrecke durch die Stadt Holland nach Grand Haven gebaut werden, einem kleinen Hafen nördlich von hier. Wenn das wirklich stimmt, dann werden wir unsere Ernte ohne große Probleme auf den Markt in Chicago bringen können. Und da in Chicago alle Eisenbahnlinien des ganzen Landes zusammenlaufen, könnten wir unsere Produkte sogar in die gesamten Vereinigten Staaten verkaufen.
Es ist die Zukunft der Kinder, die mir am Herzen liegt, liebe Katya,

ganz gleich, wie lange das alles dauert und wieviel Arbeit ich noch in dieses Land stecken muß. Die Kinder bedeuten mir mehr als alles andere auf der Welt.

»Hallo, Cat!« hörte ich auf einmal Tante Claras Stimme.

»Großer Gott! Haben Sie mich erschreckt! Ich habe Sie gar nicht kommen hören.« Ich richtete mich auf.

»Ich habe die Atmosphäre im Haus einfach nicht mehr ausgehalten«, sagte Tante Clara.

»Da geht es Ihnen so wie mir.«

»Haben Sie die Briefe jetzt gelesen?«

»Ja. Ich dachte gerade daran, wie sehr Hendrik über diesen Skandal entsetzt gewesen wäre.«

»Er hätte das alles nicht verstanden«, sagte Clara. »Er hätte es bestimmt nie für möglich gehalten, daß seine Familie jemals den Pfad der Tugend verlassen würde.«

»Er selber hat ihn wohl nie verlassen.«

»Vermutlich.«

»Aber er hat in einer ganz anderen Zeit gelebt.«

»Sie glauben also nicht, daß es sich bei Katya um seine Freundin gehandelt hat?«

»Bestimmt nicht im sexuellen Sinn. Zumindest klingen seine Briefe nicht so. Einer Geliebten würde er wohl nicht lang und breit erläutern, was er sich von einer gemeinsamen Zukunft mit Pieterke erhofft. Da würden ganz andere Dinge in den Briefen stehen: Zum Beispiel: ›Pieterke würde nicht verstehen, was ich dir schreibe‹ – das würde bedeuten, daß er die andere Frau Pieterke gegenüber bevorzugte –, oder ›Pieterke ist viel zu zart und feinfühlig, um sie mit meinen Problemen zu belasten‹ – was ja nur hieße, daß er die richtige Entscheidung getroffen habe, indem er die andere Frau verlassen und mit Pieterke sein Glück in der Neuen Welt gesucht hatte.«

»Sehen Sie das nicht zu sehr aus unserem heutigen Blickwinkel?« fragte Clara.

»Glauben Sie denn, daß sich die Menschen seither in dieser Hinsicht gewandelt haben?«

»Nein, natürlich nicht. Ich glaube, ich bin da ganz Ihrer Meinung.«

»An wen könnten die Briefe noch gerichtet gewesen sein? Wer könnte diese Katya denn sonst gewesen sein?«

»Ja, wie ich schon sagte, gab es da eine Tante Catherine.«

»Vielleicht war es die.«

»Und eine Lehrerin, die Kathinka hieß. Sie war allerdings zwanzig Jahre älter als Hendrik, eine Cousine zweiten Grades, glaube ich. Ganz sicher keine Liebesgeschichte.«

»Eine Lehrerin? Das klingt interessant. Was hat sie denn unterrichtet?«

»Schreiben und Lesen.«

»Das muß sie sein!«

»Was macht Sie so sicher?«

»Hendriks poetische Beschreibungen. Einmal beschreibt er sogar die Stämme der Buchen als Elefantenbeine. Verstehen Sie jetzt? Er wollte ihr zeigen, wie gut er schreiben kann.«

»Ach du meine Güte – ja. Das könnte sein. In unserer Familie erzählt man sich, daß Hendrik Literaturprofessor werden wollte.«

»Und warum ist er es nicht geworden?«

»Mein liebes Kind, damals in den Niederlanden konnte man als einfacher Bauernsohn nicht so ohne weiteres Professor werden. Das war so gut wie ausgeschlossen. Katya war bestimmt seine Lehrerin in der Volksschule gewesen. Aber ich bezweifle sehr, daß er je über die fünfte oder sechste Klasse hinausgekommen war, wenn überhaupt.«

»Aber immerhin hatte er Ambitionen. Er wollte hoch hinaus. Armer Hendrik.«

»Immerhin ist er aus freien Stücken ausgewandert und hierhergekommen.«

»Ja, und er hat hier die Zukunft gefunden, nach der er suchte. Die Zukunft für seine Kinder, von der er in seinen Briefen geschrieben hat.«

25

Das üppig-ländliche Sonntagsessen fand um vier Uhr nachmittags statt. Wir saßen alle um den großen Eßtisch, der mit einem weißen Tischtuch und blauweißen Stoffservietten festlich gedeckt war. Draußen wurde das goldene Licht der Abenddämmerung immer intensiver, bis es die Farbe von Ahornsirup hatte. VanLente und seine Hilfssheriffs waren weiterhin damit beschäftigt, die Spuren in der Scheune zu sichern.

Es gab einen riesigen, bestimmt zehn Pfund schweren Rostbraten. Als er auf den Tisch kam, beobachtete Oma DeGraaf genau mein Gesicht. Vermutlich dachte sie, ich wäre erstaunt, weil ich schon wieder einen wie Phönix aus der Asche aufgestiegenen Truthahn erwartet hatte. Zum Braten gab es eine schwere, braune Soße aus einer Saucière, die die Größe eines kleinen Kanus hatte, und an die fünfzehn Pfund Kartoffelpüree, sowie Kraut, Erbsen und frische Semmeln. Mit anderen Worten, Oma DeGraaf hatte, trotz ihres Schwächeanfalls, mit Hilfe von Tante Clara alles getan, um dieses Essen so normal wie möglich erscheinen zu lassen.

Und dennoch war es weit von jeglicher Normalität entfernt. Die Stimmung war bemüht und angespannt. Marie starrte ständig einen leeren Stuhl am Kopfende des Tisches an, und mit einem Mal wurde mir klar, daß die DeGraafs diesen Stuhl immer freigehalten hatten. Ich war mir sicher, daß er viele Jahre lang Henrys Stuhl gewesen war. Bestimmt hatte er auch beim vergangenen Erntedankfest dort gesessen.

Jetzt war er tot, und niemand kam mehr an der Gewißheit vorbei, daß er ermordet worden war.
Aber niemand wagte es, davon zu sprechen. Lange Zeit schwiegen alle.
Während John den Rostbraten aufschnitt und jedem eine dicke, saftige Scheibe auf den Teller legte, brach Tante Clara schließlich das Schweigen. »Bis vor zwanzig Jahren haben wir hier noch Äpfel angebaut, Cat. Das war allerdings nicht sehr einfach. Apfelbäume leiden häufig unter Insektenbefall und Krankheiten. Wenn wir also die Äpfel ernteten, verkauften wir die Guten und behielten die schlechteren für den Eigenbedarf.«
»Wir haben immer noch ein paar Apfelbäume hinter der Scheune«, fügte Oma DeGraaf hinzu. »Das sind gute Äpfel. Winesaps und Green Transparents.«
»Ich erinnere mich noch, daß wir in meiner Jugend DDT als eine Art Wundermittel ansahen«, fuhr Tante Clara fort. »Damit wurde man die Insekten viel besser los als mit den vielen Mitteln, die man bis dahin verwendet hatte – von Nikotin bis Schwefel war da alles dabei. Man glaubte damals, daß nun Unmengen von Nahrungsmitteln billig produziert werden könnten und eine neue Ära des Reichtums für ganz Amerika anbrechen würde.«
»Ja, daran erinnere ich mich auch noch«, bestätigte Oma DeGraaf und reichte die Schüssel mit dem Kartoffelbrei herum.
»Dann aber, nachdem es zwanzig Jahre lang im Einsatz gewesen war, gab es die ersten Studien über die schädlichen Nebenwirkungen von DDT«, erklärte Marie. »Damals hat Dad sich entschieden, sich auf den Anbau von Christbäumen zu konzentrieren.«
»Aber heute gibt es auch umweltverträgliche Schädlingsbekämpfungsmittel, Cat«, mischte John sich ein, wohl um die

Unterhaltung nicht zum Erliegen zu bringen. »Die benutzen wir fast ausschließlich. Wir verzichten auch auf Unkrautvernichtungsmittel, wie sie viele andere Farmer in unserer Branche einsetzen. Dafür jäten wir zweimal im Jahr Unkraut. Chemische Spritzmittel kommen grundsätzlich nur dann zum Einsatz, wenn sie wirklich gebraucht werden. Wenn zum Beispiel die Insekten ausschlüpfen, hat man zwei oder drei Tage, um sie durch gezielt eingesetzte Pestizide zu vernichten. Darüber hinausgehendes Spritzen, wie es früher üblich war, vermeiden wir.«

Er brach ab, als er sah, daß die restlichen Familienmitglieder betreten auf ihre Teller starrten. Es war ein solcher »gezielter Einsatz von Pestiziden« gewesen, der Henry DeGraaf das Leben gekostet hatte, denn jeder hatte das Datum der Einsätze gewußt. Wir aßen schweigend weiter. Der Braten schmeckte wunderbar, der Kartoffelbrei war köstlich, und die sämige Sauce war mit einem Stück Butter verfeinert worden. Trotzdem wuchs meine innere Spannung an.

»Wir – äh – setzen jetzt, wo immer es geht, biologische Mittel ein«, fuhr John stockend fort. »Im Winter spritzen wir ätherische Öle und Pflanzenextrakte. Zitronenöl verhindert zum Beispiel, daß Schädlinge an bestimmte Pflanzen gehen. Insekten suchen sich ihre Nahrung meist nach dem Geruch.«

Ich nickte. »Integrierter Pflanzenschutz.«

»Genau. Wir versuchen immer, die Natur mit so wenig Gift wie möglich zu belasten. Schließlich leben wir ja selber hier, und ich möchte nichts einsetzen, das sich etwa in zwanzig Jahren als krebserregend herausstellt. Das könnte ich Nell gegenüber nicht verantworten.«

»Wenn man selber auf der Farm lebt, sieht man das mit den Spritzmitteln ganz anders«, erklärte Marie. »Dann behandelt man die Umwelt eher wie einen Teil der Familie.«

Sie alle versuchten, den Schein der Normalität zu wahren, aber ihren Stimmen war es anzuhören, daß ihnen der Schrecken noch immer in den Gliedern saß. Sie unterhielten sich nicht, sondern hielten abwechselnd Monologe. Cal, Don und Dan beteiligten sich überhaupt nicht am Gespräch. Um so mehr war ich überrascht, als Nell sich zu Wort meldete.

»Mama hat das auch immer gesagt.«

»Was denn, Süße?« fragte John.

»Also, in der fünften Klasse haben wir in Sozialkunde die ersten Siedler hier in den Vereinigten Staaten durchgenommen. Als die von der Ostküste in Richtung Westen aufbrachen, gingen sie nach dem Motto vor: ›Roden, ausnutzen, weiterziehen‹.«

»Die glaubten, daß sie unendlich viel Land zur Verfügung hatten«, fügte Marie erklärend hinzu.

»Aber das hatten sie gar nicht. Laßt mich euch etwas vorlesen.«

Nell sprang auf und rannte die Treppe hinauf. Wir warteten schweigend darauf, daß sie wiederkam. Vermutlich wollte Nell uns aus unseren trüben Gedanken reißen. Nach einer Weile kam sie mit einer Broschüre zurück.

»Mama hat mir das immer wieder gezeigt. Es ist eine Broschüre der Umweltaktionsgruppe für West-Michigan, bei der Mama gearbeitet hat. Und da ist eine Fünf-Uhr-Tee-Szene aus *Alice im Wunderland* abgedruckt.«

John schloß die Augen und fuhr sich mit der Hand übers Gesicht. Nell las vor:

»›Und dann macht ihr also langsam die Runde um den Tisch, oder?‹ erkundigte sich Alice.

›Genau‹, sagte der Hutmacher; ›sobald ein Gedeck benutzt ist, rücken wir eins weiter.‹

›Wie wär's denn, wenn wir von etwas anderem sprächen‹,

fiel der Schnapphase ein und gähnte. ›Das ist doch langweilig‹.«
»Seht Ihr?« fragte Nell.
»Ja. Das ist schön gesagt«, meinte Marie. »Wenn man von der Erde lebt, dann muß man ihr auch was geben. Wenn man überleben will, kann man sie nicht einfach ausbeuten und ihr dann den Rücken kehren.«
»Wenn wir gut zum Land sind«, fuhr Nell fort, »dann ist das Land auch gut zu uns, und dann können wir für immer hier leben. Das hat Mama immer gesagt.«
Ich sah einen Ausdruck des Schmerzes über Johns Gesicht huschen. »Im allgemeinen stimmt das schon, Süße, aber zuerst einmal mußt du überleben können«, sagte er und beugte sich hinüber zu Nell, als würde seine körperliche Nähe ihr helfen, seine Ansicht zu verstehen.
»Früher, in Europa«, fuhr er fort, »besaßen adelige Familien ihr Land über viele Jahrhunderte. So ein Adeliger war auf seinen Ländereien wie ein kleiner König, und er vererbte es an seinen Sohn weiter und dieser wieder an seinen Sohn. Ein einfacher Bauer, egal wie hart er auch arbeitete, hatte hingegen niemals die Möglichkeit, auch nur ein kleines Stück von dem Land zu besitzen, das er sein ganzes Leben lang bearbeitete.«
»Das gehört, Gott sei Dank, der Vergangenheit an«, warf Marie ein.
»Aber es war auch ein Grund dafür, daß hier in Amerika so hohe Grundsteuern eingeführt wurden. Die sollten nämlich verhindern, daß jemand zum Großgrundbesitzer werden konnte, ohne dafür in die Gemeinschaftskasse zu zahlen. Wenn man Land besitzt, zahlt man dafür Steuern, und diese Steuern kommen dem Allgemeinwohl zugute und können zum Beispiel für den Bau von Schulen und Straßen verwendet werden. Behält man sein Land, muß man zahlen und

damit andere Leute unterstützen, und wenn man nicht mehr zahlen kann, muß man seinen Grund verkaufen und anderen eine Chance geben.«

»Aber um das geht es doch gar nicht, John!« rief Marie aus. »Es geht darum, daß die Zeiten sich seit damals, als diese Gesetze gemacht wurden, grundlegend geändert haben. Heute müssen wir das Land in seinem jetzigen Zustand bewahren. Die ganze Welt profitiert davon, wenn es Wälder gibt wie vor Tausenden von Jahren, denn nur so kann die natürliche Vielfalt von Tieren und Pflanzen erhalten und genügend Sauerstoff erzeugt werden. Ein Wald entgiftet die Luft für alle Menschen, aber es sind *wir, die dafür zahlen müssen, nicht die Allgemeinheit!*«

»Du hast recht, eigentlich sollte die Regierung Leuten wie uns spezielle Unterstützung zukommen lassen – oder Steuererleichterungen oder was auch immer –, damit wir uns auch weiterhin um das Land kümmern können.«

»Natürlich sollte die Regierung das! Aber sie tut es nicht. Und wir leben nun mal heute, nicht in zwanzig Jahren, wenn jeder Hektar unverbauten Bodens extrem wertvoll sein wird! Und heute zwingt man uns, die Farm zu verkaufen. Aber was geschieht dann? Wir verlieren unser Zuhause, die Pflanzungen werden eingeebnet, die Eichen gefällt, der Boden zubetoniert, der Bach kanalisiert. Alles wird gezähmt, begradigt, umgebracht!«

»Das ist ja alles schön und gut«, widersprach John mit vor Aufregung zitternder Stimme, »aber mein Kind braucht Geld zum Überleben.« Das kam aus tiefstem Herzen. Bislang war mir Johns Liebe zu Nell noch nie so stark aufgefallen, vielleicht deshalb, weil ich selbst so eine starke Zuneigung zu ihr gefaßt hatte. Irgendwie hatte ich gedacht, daß nichts gut genug sei für sie, auch nicht ihr Vater, auch wenn sie ihm mehr bedeutete als alles andere auf der Welt.

»Unsinn!« mischte sich zum ersten Mal Hank in dieses Gespräch. »Nell hat doch dich, der für sie sorgt, solange sie noch minderjährig ist. Und du hast eine sichere Arbeitsstelle. Außerdem müssen Kinder ihren eigenen Weg gehen, das jedenfalls sage ich immer wieder meinen Jungs. Sie müssen etwas Vernünftiges lernen und dann ihr Glück suchen, so wie es unsere Vorfahren auch gemacht haben.«

»Aber meine Tochter soll mit mehr ins Leben starten als Hendrik DeGraaf!«

»Aber ich will gar kein Geld. Ich möchte hier wohnen bleiben!« sagte Nell und klang zum ersten Mal wie eine Zehnjährige, nicht wie eine Dreizehnjährige. »Großvater wollte auch, daß das Land im Besitz der Familie bleibt.«

»Aber dann würdest du nie etwas erben, Süße«, erklärte ihr Vater.

»Und was ist mit der Farm und dem Haus?« fuhr Marie dazwischen.

»Das war eine sehr dumme Idee von eurem Vater, Marie«, meldete sich Oma DeGraaf zu Wort. »Er wollte alles an diese Umweltschützer verschenken.«

»Nein, Mutter, er wollte das Land für unsere Familie sichern!« widersprach Marie.

»Aber er hat es absichtlich entwertet«, entgegnete Oma DeGraaf. »Damit hätten wir die Farm nie zu Geld machen können, auch wenn wir es noch so dringend nötig gehabt hätten. Das war sein Fehler.«

»Aber es ist doch unser *Zuhause!*« Marie klang jetzt schon fast wie Nell. »Du kannst es nicht verkaufen. Das kannst du einfach nicht, Mutter.«

»Hätte er diese Einschränkungen akzeptiert, hätten wir später keine Wahl gehabt. So, wie es jetzt ist, bleibt die Entscheidung bei uns.«

»Du hast das nie verstanden, Mutter! Die Entscheidung

muß im voraus gefällt werden, oder es gibt keine Entscheidung mehr. Wenn du, was Gott verhindern möge, jetzt plötzlich sterben würdest, bliebe uns gar keine andere Wahl, als zu verkaufen, nur um die Steuern zahlen zu können.«

»Aber dann hättest du wenigstens Geld«, sagte Oma DeGraaf.

»Aber ich hätte kein Zuhause mehr! Mutter, ich wollte nie davon anfangen, aber du siehst das alles falsch. Du beharrst auf deinem Standpunkt und willst auf niemanden hören. Aber du bist hier nicht aufgewachsen, und deshalb kannst du das gar nicht verstehen!«

»Marie! Sprich nicht in diesem Ton mit mir ...«

»Verdammt noch mal, Marie!« schrie Hank. »Du lebst ja nicht einmal hier im Haus!«

Nach Atem ringend, wies Oma DeGraaf Hank wegen seiner Ausdrucksweise zurecht. Marie hatte angefangen zu schluchzen. »Aber deshalb kann ich es trotzdem lieben. Ich hatte immer vor, wieder hierherzuziehen, wenn ich einmal älter bin. Ich wollte mich hier zur Ruhe setzen und meine alten Tage hier verbringen!« Jetzt strömten ihr die Tränen nur so über ihre Wangen, und auch Nell fing an zu weinen.

»Ich liebe die Farm. Auch wenn ich – auch wenn ich *vorübergehend* woanders lebe, so werde ich doch eines Tages hierher zurückkommen.«

Tante Clara, die seit ihrer DDT-Geschichte nichts mehr gesagt hatte, pflichtete ihr mit leiser Stimme bei: »Und ich werde das auch.« Schließlich war auch sie auf der Farm aufgewachsen.

Jennifer hielt es offenbar nicht länger aus. Sie stand auf, gab ihren Söhnen ein Zeichen, daß sie ihr folgen sollten, und verließ den Raum. Sie kam mir vor wie jemand, der jedwede Auseinandersetzung scheut, oder vielleicht hörte sie auch,

so wie ich vorhin, die Gefängnistüren hinter sich ins Schloß fallen.
Nachdem die vier gegangen waren, hätte ich als Nichtfamilienmitglied nach allen Regeln der Höflichkeit eigentlich auch den Raum verlassen müssen. Aber ich blieb, und niemand schien sich daran zu stören. Vielleicht war es nicht richtig von mir, aber ich war wie gelähmt.
Mit einem Mal war mir klargeworden, wer der Mörder von Henry und Luis war.
Mir tat alles weh, und meine Augen brannten, ohne daß ich sagen konnte, ob es Tränen der Verzweiflung oder Tränen des Zorns waren, die da in mir hochstiegen. Meine Brust fühlte sich an, als würde sie jeden Augenblick zerspringen. Ich zwang mich, den Bissen hinunterzuschlucken, den ich gerade im Mund hatte, obwohl ich ihn kaum schmeckte und meine Kehle wie zugeschnürt war.
Hanks Gesicht wurde immer röter: »Land ist ein aktiver Vermögensposten, weiter nichts!«
»Nein, es ist etwas Lebendiges!« konterte Marie.
Nells Gesicht war tränenüberströmt.
»Möchtest du aufstehen?« flüsterte John ihr zu, aber sie schüttelte nur den Kopf und weinte weiter.
»Wir könnten das Haus behalten, wenn wir einen Teil der Farm verkaufen und von dem Geld die Grund- und Erbschaftssteuer zahlen«, schlug John vor.
»Das ist doch idiotisch«, sagte Marie. »Ich habe dir doch schon einmal erklärt, daß wir dann jedes Jahr ein Stück mehr verkaufen müßten. Hektar für Hektar, bis in fünf Jahren dort, wo heute die Scheune steht, ein Wohnhaus ist und asphaltierte Straßen bis ans Haus reichen. Wenn es inzwischen nicht schon ein Einkaufszentrum geworden ist! Möchtest du vielleicht abends aus dem Fenster schauen und zwanzig Meter entfernt einen McDonald's sehen?«

»Das wird nie passieren.«
»Das ist genau das, was zehn Kilometer von hier entfernt schon längst passiert ist!«
Nell ließ den Kopf sinken und schluchzte.
»Da siehst du, was du angerichtet hast!« rief John. »Selbst Nell hast du mit deinen Gedanken angesteckt, und jetzt wird sie …«
»Ich habe nie mit Nell darüber gesprochen.«
»Nein, Daddy, das hat sie nicht.«
»Dann war es deine Mutter.«
»Zum Teil. Aber vieles habe ich mir auch selbst überlegt, Daddy.«
O mein Gott.
John liebte sein Kind so sehr, daß er alles für ihr Wohlergehen getan hätte. Genau wie Hendrik, der seinen Kindern eine bessere Zukunft hatte bieten wollen und deshalb die alte Heimat, Freunde und Verwandte verlassen und sich sein Leben lang auf dem sandigen Boden dieser Farm abgerackert hatte.
Ich blickte in Johns Gesicht – es war ein gelehrtes, gutmütiges Gesicht – und wußte genau, daß dieser Mann zwei Menschen getötet hatte: Seinen eigenen Vater und einen unschuldigen, hart arbeitenden jungen Mann.

26

Nell ergriff die Hand ihres Vaters. Er lächelte und umschloß ihre Hand mit seinen Händen.

O mein Gott, was sollte ich nur tun?

Ich schluckte und hatte das Gefühl, einen riesigen Blutklumpen zu verschlucken. Das mußte man mir auch angesehen haben, denn John meinte besorgt: »O Cat, es tut mir wirklich leid. Wir hätten nicht unsere ganzen Familienprobleme vor Ihnen ausbreiten sollen.«

»Nein, nein, das war völlig in Ordnung«, sagte ich mit viel zu hoher Stimme und wandte mich an Oma DeGraaf: »Also, ich muß sagen, der Rostbraten war köstlich. Aber jetzt würde ich gern einen kleinen Spaziergang machen, damit Sie in aller Ruhe und ohne die Anwesenheit einer Fremden miteinander sprechen können.«

Oma DeGraaf warf einen raschen Blick auf meinen Teller und nahm zufrieden zur Kenntnis, daß ich fast alles bis auf einen kleinen Rest Kartoffelbrei aufgegessen hatte. »Wir werden Sie rufen, wenn es Nachtisch gibt.« Was auch immer geschah, diese Frau bewahrte ihre Haltung.

Wenn es Nachtisch gab? Großer Gott! Wie sollte ich bloß noch etwas hinunterbringen?

Steig ins Auto und fahr weg, sagte ich mir. Das wäre das einzig richtige. Lauf nach oben und hole LJ, der bestimmt gerne nach Hause fährt, wo er frei herumfliegen kann. Und dann steig in deinen Bronco und nichts wie nach Hause nach Chicago.

Die Probleme der DeGraafs gingen mich nichts an. Ich hatte diese Leute nicht erschaffen, und ebensowenig war ich für die Katastrophen verantwortlich, auf die sie jetzt reagierten. Ich konnte ja zu Hause einen Artikel über die Probleme schreiben, die die Erben von Farmen heutzutage mit der Steuer hatten, und über das Problem, daß immer mehr Farmland und Wald verlorengingen. Klar. Damit würde ich bestimmt einer Menge Leute helfen. Diese Familie hier war nur eine klein Gruppe von zehn Menschen. Was spielten die schon für eine Rolle im Weltgeschehen?
Und wenn die DeGraafs wirklich nie herausfanden, wer Henry und Luis umgebracht hatte, dann war das schließlich ihr Problem und nicht meines, oder etwa nicht? Ich jedenfalls war nicht schuld daran, wenn sie sich den Rest ihres Lebens gegenseitig verdächtigen würden. Ich hatte diese Geschichte nicht verursacht.
Wäre es überdies nicht besser, daß sie sich gegenseitig verdächtigten, als daß Nell mit tödlicher Sicherheit wüßte, daß ihr eigener Vater ein Mörder war? Und ein ausgesprochen gemeiner Mörder obendrein.
Sie wäre besser dran, wenn sie es nie erfahren würde.
Sowieso. Klar. Denn zu lügen und die Wahrheit zu verschleiern, war nun einmal meine große Lebensaufgabe. Deswegen war ich auch Journalistin geworden.
Stopp! Jetzt hör aber auf. Das ist ja nicht auszuhalten.
Ich werde es nicht tun. Wieso muß ich immer solche Entscheidungen treffen? Das ist nicht fair. Warum kann ich nicht einfach Sergeant VanLente seinen Job machen lassen? Entweder er findet heraus, wer Henry und Luis umgebracht hat, oder er tut es nicht. Das ist schließlich sein Job. Wofür zahlen wir denn unsere Steuern?
Und außerdem würde Nell mich hassen, wenn ich diejenige wäre, die ihren Vater überführt.

Aber ist das wirklich eine Entschuldigung?

Oder hast du einfach Schiß?

So oder so mußte ich bald von hier verschwinden. Wenn nicht heute abend, dann spätestens morgen früh, denn ich hatte vor, mit dem Christbaumtransporter nach Chicago zu fahren und zu sehen, wie die Bäume dort ausgeladen und verkauft wurden. Ich konnte also gar nicht länger bleiben. Aber etwas anderes konnte ich auch nicht. Ich konnte John nicht länger frei herumlaufen lassen. Vielleicht brachte er dann noch jemanden um. Was wäre zum Beispiel, wenn Hanks Jungs irgend etwas Verdächtiges bemerken würde – oder einfach ins Nachdenken kämen? Dan zum Beispiel kam mir wie jemand vor, der viel beobachtet und wenig redet. Die Jungen kannten John viel besser als ich, und sie kannten die anderen Familienmitglieder. Warum sollten sie nicht zu denselben Schlüssen kommen wie ich? Und wenn sie darüber sprachen, würde John sie womöglich auch umbringen.

Auf einmal merkte ich, daß ich am Stamm einer der alten Eichen lehnte und daß es angefangen hatte zu schneien.

Was sollte ich nur tun?

Ich mußte eine Entscheidung treffen. Und zwar jetzt.

Der Schnee war einerseits ein Schleier, der die Landschaft verhüllte, andererseits betonte er ihre weichen Formen. Die Wälder in der Ferne sahen jetzt völlig anders aus als noch vor einer Stunde. Sie ähnelten einer Kreide- und Kohlezeichnung, die jemand rasch auf rauhes Papier skizziert hatte.

Wenn ich VanLente überzeugen konnte, daß John der Mörder war, hätte das für Nell katastrophale Folgen. Mit ihrem Vater würde sie den dritten geliebten Menschen innerhalb von drei Jahren verlieren. Das wäre ein traumatisches Erlebnis für sie, von dem sie sich niemals wieder erholen würde.

Aber irgendwie mußte die Wahrheit dennoch ans Licht kommen. John war schuldig und mußte dafür verantwortlich gemacht werden. Das mochte weh tun, aber es war gerecht. Und der Gerechtigkeit mußte Genüge getan werden. Wenn jemand darunter litt, dann war John dafür verantwortlich, nicht ich.

Auf einmal glaubte ich, draußen im Schnee den alten Hendrik zu sehen, wie er gerade sein Feld umgrub. Ich stellte mir vor, wie er all die Jahre die sandige Erde unter meinen Füßen umgegraben und sein Gemüse gepflanzt hatte. Im Herbst hatte er Laub untergearbeitet, um die Erde anzureichern und den Sand ein wenig fruchtbarer zu machen.

Ich selbst hatte einmal eine halbe Stunde lang in einem Garten gegraben und wußte, was das für eine harte Arbeit war. Wieviel härter mußte es sein, einen ganzen Hektar nur mit Muskelkraft umzugraben. Später, als er den Boden mit Hilfe eines geliehenen Pferdes und Pfluges aufgebrochen hatte, mußte er acht oder zehn Hektar bepflanzen, pflegen und abernten.

Nach all dieser Arbeit, nach all diesen Stunden seines Lebens, die er hier verbracht hatte, gab es da nichts, was er mir raten konnte?

Sprich zu mir, Hendrik.

Ich hatte mit diesem Mann nur wenig gemein. Er kam aus einem anderen Jahrhundert, er hatte andere Werte als ich. Ich mochte ihn nicht einmal besonders, wenn man das überhaupt von jemandem sagen kann, der schon hundert Jahre tot war, bevor man selbst das Licht der Welt erblickt hat. Er war streng, bigott, autoritär, ein selbstgerechter Patriarch – mit anderen Worten, all das, was ich nicht sein wollte. Wobei mir allerdings klar war, daß man nie wissen kann, wie selbstgerecht man selber ist.

War ich selbstgerecht, wenn mir die Wahrheit wichtiger als Nells Wohlbefinden war?

Doch ich behielt das Bild von Hendrik vor Augen, wie er so dastand in seiner blauen Latzhose und seinen Lederstiefeln, die so steif waren, daß man sich nicht nach vorne beugen konnte. Stark wie eine Eiche stand der Mann mit dem langen Bart vor mir und maß mich mit mißbilligenden Blicken. Du weißt alles über die sieben Todsünden, nicht wahr Hendrik? Jeden Sonntag hat sie der Pfarrer in der Kirche aufgezählt: Hochmut, Gier, Wollust, Neid, Völlerei, Trägheit, Zorn. Sowohl Marie als auch Hank hatten viel Zorn in sich.

Trägheit gehörte bestimmt nicht zu den Sünden der DeGraafs, aber Gier konnte man einigen von ihnen sehr wohl vorwerfen. Aber was war das Motiv für den Mord? War es Geldgier bei John? Wollte er das Land möglichst profitbringend verkaufen, um Geld herauszuschlagen und weiterzuziehen? War es die Gier nach einem Haus und Grundbesitz? Oder war es vielleicht Hochmut? Der Hochmut, mit dem John das Leben seiner Tochter, für die er das Geld aus dem Verkauf der Farm haben wollte, über das anderer Menschen stellte?

Was meinst du, daß ich tun soll, Hendrik?

Hast du eine Idee?

Und auf einmal kam Hendrik mir näher. Und damit meine ich nicht das Bild, das ich anhand seiner Briefe heraufbeschworen hatte, sondern einen leibhaftigen Mann, der vom Rand des Feldes auf mich zugestapft kam.

Er materialisierte sich aus dem Schneetreiben wie eine Fotografie im Entwicklerbad. Zuerst war er ganz blaß, ein weißgefleckter, bräunlicher Schatten vor dem hellen Hintergrund des verschneiten, sandigen Bodens. Je näher er kam, desto weniger dicht wurde der Vorhang der Schneeflocken zwischen uns. Ich konnte sehen, daß er dunkelbraune Lederstiefel und einen hellbraunen Mantel trug, der in der leichten Brise flatterte. Ich meinte, eine Harke in seiner Hand zu erkennen, aber die Schneeflocken, die mir an den Wimpern hingen, verschleierten mir die Sicht.

»Stehen Sie eigentlich immer ohne Mantel im Schnee herum, Ms. Marsala?«

»Sergeant VanLente!«

»Habe ich Sie erschreckt?«

»Das nicht gerade. Es ist mehr – als ob ich gerade eine Vision der Gerechtigkeit gehabt hätte.«

»Ist denn das zu glauben?«

Ich atmete zitternd ein, und bevor meine Feigheit wieder die Oberhand gewann, sagte ich tapfer: »Sergeant, ich muß mit Ihnen reden.«

»Dann kommen Sie doch mit in mein Büro«, antwortete er und deutete auf die Scheune. Drinnen war es warm. Der Sergeant hatte sich von den DeGraafs ein Feuer in dem kleinen Holzofen machen lassen. Er deutete auf die Gartenstühle und setzte sich selbst, wobei er den Zollstock, den er getragen hatte, an den Stuhl lehnte.

»Also, um was geht es?«

Weil ich zu aufgeregt war, um mich hinzusetzen, lief ich zwischen dem Ofen und den Stühlen hin und her. Würde ich jetzt zum Judas werden? Oder zu einer gerechten Person?

»Ich weiß, wer Luis umgebracht hat?«

»Wer?«

»John DeGraaf.«

VanLente schlug die Beine übereinander: »Und woher wollen Sie das wissen?«

»Wir sind doch beide der Meinung, daß der Mörder ein Mitglied der Familie DeGraaf sein muß, oder etwa nicht?«

»*Wir beide?* Ich glaube nicht, daß Sie und ich in vielen Dingen derselben Meinung sind. Außerdem gehören Sie nicht zu meinem Team, Ms. Marsala.«
Nur mit Mühe konnte ich meinen Ärger über diese idiotische Reaktion VanLentes hinunterschlucken. Aber schließlich war ich nicht hier, um ihm bessere Manieren beizubringen.
»Warum ist es Ihnen denn überhaupt wichtig, daß wir miteinander übereinstimmen?« fuhr er fort. »Ich dachte, Sie wüßten, wer der Mörder ist.«
»Das weiß ich auch. Aber es wäre mir lieber, ich wüßte es nicht.« Mit diesen Worten brach ich in Tränen aus. Ich konnte sie einfach nicht mehr unterdrücken, aber ich schämte mich fürchterlich. Erstens tat man so etwas als Profi nicht, und zweitens gab es hier einige Leute, die sehr viel größere Probleme hatten als ich.
VanLente versuchte, mich zu trösten. »Hier, setzen sie sich doch. Nehmen Sie es doch nicht so schwer.«
Er führte mich zu einem Stuhl und gab mir ein Papiertaschentuch. Ich wischte mir damit die Augen ab, ließ mich in den Stuhl sinken und beschloß, ihm alles zu sagen, was ich wußte.
»Okay«, sagte ich und holte tief Luft. »Lassen Sie mich der Reihe nach erzählen. Nells Großvater, Henry DeGraaf, liebte seine Farm. Er liebte das Land, die Bäume und die Erde, und zwar nicht nur den produktiven Teil der Farm, sondern auch die Wälder und den Bach. Da das Land immer weiter im Wert stieg, war ihm klar, daß nach seinem Tod und dem seiner Frau seine Familie nicht in der Lage sein würde, die Grund- und Erbschaftssteuer zu bezahlen, ohne wenigstens einen Teil der Farm als Bauland zu verkaufen. Vielleicht wäre es ihnen gelungen, das Haus im Familienbesitz zu halten, aber dann wäre es mitten in einer Vorstadt gelegen.

Weil Hendrik DeGraaf das verhindern wollte, hatte er vor, das Land unter Landschaftsschutz stellen zu lassen. Das hätte seinen Wert entscheidend gemindert und seinen Nachkommen einen großen Teil der Erbschaftssteuer erspart. Damit aber wurde es auch so gut wie unverkäuflich.«

»Kapiert. Geld als Motiv gefällt mir, aber mir ist noch nicht klar, warum Henry genau zu dem Zeitpunkt sterben mußte?«

»Weil er kurz davor stand, die Verhandlungen über den Landschaftsschutzstatus des Landes unter Dach und Fach zu bringen.«

»Okay. Das macht Sinn.«

»Und was die Sache noch dringender machte, war der schlechte Gesundheitszustand von Mrs. DeGraaf. Sie leidet seit einiger Zeit an schweren Herzrhythmusstörungen. Ruth DeGraaf war gegen Henrys Vorhaben, hätte sich aber letztendlich wohl doch dem Willen ihres Ehemanns gefügt. Zum einen, weil sie so erzogen wurde, zum anderen, weil sie an Traditionen hängt. Wenn sie vor Henry gestorben wäre, hätte er die Farm ohne ihren Widerspruch unter Landschaftsschutz stellen lassen können. Nur wenn Henry starb, bevor er etwas am Status des Landes verändern konnte, war John aus dem Schneider. Seine Mutter, deren Vorfahren ja schließlich nicht auf der Farm gelebt haben, betrachtet sie eher als einen wertvollen Besitz, den man auch veräußern kann.«

»Nehmen wir einmal an, Sie hätten recht, dann träfe das aber doch genauso auf Johns Geschwister zu.«

»Ganz bestimmt nicht auf Marie. Sie möchte die Farm für immer behalten. Anfänglich war mir das nicht klar, weil ich sie falsch eingeschätzt hatte, aber jetzt bin ich mir dessen sicher.«

»Und was ist mit Hank?«

»Hank würde die Farm natürlich gerne erben, und er würde sie wohl auch verkaufen, aber er ist nicht so versessen darauf. Er hat einen guten Arbeitsplatz und ist außerdem der Ansicht, daß seine Jungs aus dem Haus gehen und sich ihr eigenes Geld verdienen sollen, so wie er es als junger Mann auch tun mußte. Außerdem glaube ich, daß Hank seine Söhne nicht so fanatisch liebt wie John seine Tochter. In gewisser Weise kann er ziemlich hartherzig sein. John dagegen würde alles für seine Tochter tun.«

»Wollen Sie damit sagen, daß John als Mörder in Frage kommt, nur weil er seine Tochter so liebt?«

»Es gibt da noch einen weiteren Hinweis. Aber der ist ein bißchen vage ...«

»Erzählen Sie ihn mir trotzdem!«

»Hank liebt Holz. Möbel, genauer gesagt. Er ist ein Handwerker der alten Schule. Ich kenne solche Leute. Sie lieben es, etwas mit ihren Händen zu tun, und schätzen perfekt gefertigte Dinge aus hochwertigen Materialien oft mehr als manche ihrer Mitmenschen.«

»Was wollen Sie damit sagen?«

»Ich will damit sagen, daß so jemand niemals eine tropfnasse Jacke auf den Teil der Galerie werfen würde, auf dem wertvolle alte Möbel untergebracht sind.«

»Jetzt hören Sie aber auf! Wenn jemand einen Mord plant, dann schert er sich einen Teufel um einen alten Tisch.«

»Aber das macht er doch nicht bewußt, Sergeant. Ich glaube, daß Hank die Ehrfurcht vor antiken Möbeln so in Fleisch und Blut übergegangen ist, daß er die Jacke ganz automatisch ein Stück weiter nach links geworfen hätte, wo ein alter Kühlschrank stand. Schließlich war der Mörder nicht in Eile, denn außer ihm war an diesem Abend niemand in der Scheune. Und Gewohnheiten sind oft stärker als alles andere. Ich zum Beispiel werfe meine Schlüssel zu Hause immer in eine Küchenschublade, ohne lange darüber nachzudenken.«

»Das mag schon sein, aber überzeugt bin ich deshalb noch lange nicht.«

»Dann reden wir mal von dem Gespräch, das ich mit angehört habe.«

»Glauben Sie jetzt, daß John es war, der geflüstert hat?«

»Ja. Aber nicht, weil ich mich im nachhinein auf einmal an seine Stimme erinnert hätte oder aus irgendeinem ähnlich dummen Grund. Die Tatsache, daß John es war, ist meiner Meinung nach der schlüssigste Beweis dafür, daß er Henry ermordet hat. Wenn ich jetzt daran zurückdenke, weiß ich selber nicht mehr, warum ich jemals irgend jemand anderen der Tat verdächtigt habe.«

»Lassen Sie hören.«

»Von Nell wissen wir, daß Luis die Weste zufällig gefunden hat, als er am Freitag morgen in die Galerie hochstieg, um das Öl zu holen. Er erzählte Nell davon, weil er wußte, daß sie sich schon immer gefragt hat, ob ihr Großvater nicht ermordet worden war. Ansonsten hätte er es ihr vermutlich gar nicht erzählt, denn er wollte wirklich nur ihr Bestes.«

»Mag sein.«

»Und genau das ist der springende Punkt. Nachdem er mit Nell gesprochen hatte, ging er zu demjenigen, den er für den Schuldigen hielt, stellte ihn zur Rede, und riet ihm zu gestehen – eben ›das zu tun, was zu tun ist‹.«

»Okay. Nehmen wir einmal an, daß es so war. Damit steht aber noch lange nicht fest, mit wem Luis geredet hat.«

»Eben doch. Denn wären es Marie, Oma DeGraaf, Hank oder gar Cal gewesen, dann wäre Luis nie das Risiko eingegangen und hätte seine Entdeckung für sich behalten. Er hätte vermutlich so schnell wie möglich die Polizei angerufen und den Schuldigen angezeigt. Dafür, daß er es nicht getan und sich damit in Lebensgefahr gebracht hat, gab es nur einen Grund. Und der war, daß er Nell das Schlimmste ersparen wollte. Und so gab er ihrem Vater die Gelegenheit, sich selbst zu stellen und damit möglicherweise eine Strafminderung zu erreichen.«

»Aber John hat sich nicht gestellt, sondern ihn umgebracht.«

»Stimmt. John bat Luis, sich nach der Arbeit mit ihm zu treffen und noch einmal über die Angelegenheit zu sprechen. Aber John hatte gar nicht vor, sich der Polizei zu stellen, ihm ging es ums nackte Überleben. Er wartete, bis Hank und seine Familie abgefahren waren und Oma DeGraaf vor dem Abendbrot ihr Nickerchen machte, dann ging er hinüber zur Scheune. Dort schlug er Luis bewußtlos, trug ihn zur Verpackungsmaschine und zog ihn durch. Dabei hatte er Glück, daß sie an diesem Tag auf einem Block in der Nähe des Hauses gearbeitet hatten. John ist nicht allzu stark, und obwohl Luis sicherlich nicht allzu schwer war, hätte er ihn nicht sehr weit tragen können.«

»Womit hat er ihn denn niedergeschlagen?«

»Ich nehme an, daß Sie kein Werkzeug mit Blut oder Haaren daran gefunden haben.«

»Nein, das haben wir nicht.«

»Dann hat er dazu wohl ein Holzscheit benutzt, das er danach in den Ofen warf, in dem bestimmt noch Glut war.«

»Und warum hat niemand gehört, daß der Dieselmotor der Verpackungsmaschine lief?«

»Wer sagt denn, daß ihn niemand gehört hat? Aber bei den vielen Motorrädern und Mopeds, die es hier gibt, fällt ein Motorengeräusch mehr nicht weiter auf.«

VanLente streckte sich so ausgiebig, daß sein rachitischer Gartenstuhl fast auseinandergebrochen wäre. Dann beugte er sich nach vorne und sah mich an.

»Das mag ja alles sein, Ms. Marsala, aber es ist kein schlüssiger Beweis.«

»Ich weiß, für eine Verurteilung würde das nicht ausreichen …«

»Für eine Verurteilung? Das reicht nicht einmal für eine Anzeige. Der Staatsanwalt würde mich auslachen. Wir haben nicht die Spur eines Beweises. Nicht einmal ich bin hundertprozentig von ihrer Theorie überzeugt, obwohl ich zugeben muß, daß das eine oder andere ganz plausibel klingt. Und daß Luis ein anständiger Bursche war, haben auch meine Untersuchungen ergeben. Aber das reicht einfach nicht.«

»Genau.«

»Wie bitte?«

»Ich habe da eine Idee.«

27

»Eine Idee? Was denn für eine Idee?«
»Sie haben doch eben gesagt, daß Sie keine Beweise haben. Aber ich weiß, wie wir John DeGraaf eine Falle stellen können.«
»Was soll das? Ich bin ja noch nicht einmal überzeugt davon, daß er der Mörder ist.«
»Aber lassen Sie uns doch einmal annehmen, daß er es ist. Irgend jemand hat schließlich zwei unschuldige Menschen auf dem Gewissen.«
»Daran besteht kein Zweifel.«
»Und dieser jemand hat erst Henry DeGraaf ermordet und dann mit aller Brutalität wieder zugeschlagen, sobald er annehmen mußte, daß Luis ihn verraten würde.«
»Ja. Ehrlich gesagt, ich glaube sogar, daß Sie mit Ihrer Interpretation des Gespräches hinter der Scheune recht haben. Allerdings mit der Einschränkung, daß dieses Gespräch nicht unbedingt auf John DeGraaf deutet.«
»Dann lassen Sie es uns doch nachprüfen.«
»Tja –« VanLente verschränkte die Arme und musterte mich. Mir war klar, daß er nur dann auf meinen Vorschlag eingehen würde, wenn ich ihn von der Richtigkeit meiner Theorie überzeugen konnte.
»Es wäre doch gut möglich, daß John – oder sagen wir einfach nur der Mörder – irgendwann einmal wieder zuschlagen könnte. In einem Monat, einem Jahr, wer weiß das schon? Stellen Sie sich bloß vor, der junge Don findet

plötzlich heraus, wer Henry DeGraaf und Luis auf dem Gewissen hat. Wie würde John – oder unser Mörder – dann wohl reagieren?«
»Er würde den Jungen umbringen.«
»Eben.«
»Kommen Sie zur Sache. Wie soll Ihre Falle aussehen?«
»Okay. Es ist schon fast dunkel. Sie machen jetzt alle Lichter aus und verlassen die Scheune. Die Hofbeleuchtung bleibt an, wie es hier üblich ist. Dann fahren Sie in Ihrem Wagen weg, kommen aber heimlich über das Feld zurück und gehen durch die Hintertür in die Scheune. Oder Sie bleiben gleich da und lassen einen anderen Polizisten Ihren Wagen wegfahren.«
»Der Plan gefällt mir zwar jetzt schon nicht, aber erzählen Sie weiter.«
»Ich werde drüben im Haus eine halbe Stunde warten. Dann werde ich John um eine Unterredung unter vier Augen bitten, in der ich durchblicken lasse, daß ich weiß, wer Luis und Henry umgebracht hat. Ich werde ihn bitten, mich draußen vor der Scheune zu treffen. Dort werde ich ihn dann mit meinen Erkenntnissen und Schlußfolgerungen konfrontieren und ihn auffordern, sich zu stellen. Und zwar für Nell. Sie nehmen unser Gespräch auf Tonband auf, und schon haben wir ihn überführt.«
»Nein, unmöglich. Nein, das werde ich nicht tun.«
»Aber nur so können wir ihn dingfest machen.«
VanLente hielt sich an den Armlehnen seines Stuhls fest. »Jetzt hören Sie mir einmal gut zu, Ms. Marsala. Ich lasse mich nicht gerne für anderer Leute Zwecke mißbrauchen.«
»Wie bitte?«
»Ich sagte, daß ich mich nicht gerne mißbrauchen lasse. Natürlich ist mir klar, daß auch Sie als Reporterin sich Ihren Lebensunterhalt verdienen müssen, aber ich finde es trotz-

dem nicht korrekt, daß Sie eine Situation wie diese zu Ihrem persönlichen Vorteil ausnutzen.«

»Ich soll eine Situation wie diese hier ausnutzen? Wie meinen Sie das?«

»Sie werden doch sicher eine von diesen reißerischen Wie-ich-mit-der-Polizei-den-Mörder-überführte-Geschichten schreiben. Dafür gebe ich mich nicht her.«

»Verdammt noch mal, VanLente! Die ganze Sache hier ist mir extrem unangenehm. Glauben Sie mir, am liebsten würde ich die Uhr zurückdrehen bis zum vergangenen Frühling und diese beiden Morde ungeschehen machen. Und zwar deshalb, damit Nell nicht diese schreckliche Geschichte ertragen muß. Der einzige, gottverdammte Grund, warum ich nicht schon längst in meinem Wagen sitze und auf dem Weg nach Hause bin, ist der, daß ich die Wahrheit ans Licht bringen will.«

»Na klar.«

»Ich schreibe keine billigen Sensationsgeschichten! Was ich mache, ist seriöser Journalismus.«

»Aha.«

Ich kochte innerlich vor Wut über seine Unverschämtheit, versuchte aber, meinen Ärger im Zaum zu halten. Hätte ich mir nicht solche Sorgen um Nell gemacht, wäre ich VanLente an die Gurgel gegangen.

»Und wenn ich Ihnen beweisen könnte, daß ich keine Schmierenreporterin bin?«

»Wie wollen Sie das denn tun?«

»Haben Sie ein Autotelefon?«

»Natürlich.«

»Würde es Sie überzeugen, wenn der Leiter der Kriminalpolizei von Chicago Ihnen sagen würde, daß ich in Ordnung bin?«

Ich sah, wie sein höhnisch lächelndes Gesicht plötzlich

einen ernsthafteren Ausdruck annahm. Für die meisten Ordnungshüter war die Welt in zwei Lager geteilt: In Polizisten und Nichtpolizisten.
Ich ließ nicht locker. »Würden Sie mit mir zusammenarbeiten, wenn dieser Beamte Ihnen bestätigen würde, daß man mir vertrauen kann und daß ich keine Sensationsartikel schreibe?«
VanLente ließ sich meine Worte eine ganze Weile durch den Kopf gehen. Wirklich gute Polizisten, das ist mir schon öfter aufgefallen, nehmen sich für ihre Entscheidungen Zeit und lassen sich von nichts unter Druck setzen. Ich respektiere das.
Schließlich sagte VanLente: »Einverstanden, ich werde mit ihm sprechen.«
Ganz offensichtlich wollte auch er den Mörder hinter Gitter bringen.

»Rufen Sie lieber die Auskunft in Chicago an«, schlug ich ihm vor. »Ich könnte Ihnen zwar die Nummer geben, aber dann könnten Sie ja meinen, daß das Ganze ein abgekartetes Spiel ist.«
»So durchtrieben sind nicht mal Sie, daß Sie extra jemanden an einem Telefon sitzen haben, der sich für den Chef der Chicagoer Kripo ausgibt.«
»Aber ich hätte vor einer halben Stunde jemanden anrufen können.«
»Sicher. Aber ich brauche weder die Auskunft noch Ihre Nummer«, entgegnete VanLente und zückte ein kleines, schwarzes Notizbuch. »Das habe ich immer dabei, falls ich einmal einen Verbrecher über die Stadtgrenze verfolge und Amtshilfe brauche.«
»Sehr gut.«
Und wenn jetzt McCoo nicht in seinem Büro war? Immerhin

war heute Sonntag. Ich kannte natürlich auch seine Privatnummer, aber wie konnte VanLente dann mit Sicherheit wissen, daß es wirklich McCoo war? Ich hätte mir gar keine Gedanken machen müssen, denn VanLente hatte McCoo sofort am Apparat. Tagsüber war McCoo fast immer im Büro, und offenbar war das auch sonntags so. VanLente stellte sich vor und erklärte McCoo, daß ich neben ihm stünde. Dann lachte er über eine von McCoos Bemerkungen.

»Was ist so lustig?« fragte ich.

»Er freut sich, daß Sie bei mir sind und nicht bei ihm.«

»Ich hoffe doch schwer, daß er sich für mich freut, weil ich mal aus der Stadt herauskomme.« VanLente reichte mir den Hörer. Jetzt gilt's, dachte ich. Es war entscheidend, daß ich jetzt gutgelaunt und meiner Sache sicher klang, ganz egal, wie erbärmlich ich mich auch fühlte. McCoo kannte mich sehr gut, und wenn er merkte, wie groß mein persönliches Interesse an dem Fall war, würde er mir einen Strich durch die Rechnung machen, damit ich mich nicht in Gefahr brachte. Er war ohnehin der Meinung, daß ich zu viele Risiken einging.

»Hallo, McCoo.«

»In was für einen Schlamassel haben Sie sich denn diesmal gebracht?«

»In gar keinen. Und außerdem bin ich ja nicht allein, wie Sie ja sicher bemerkt haben. Bei mir ist fast die ganze Mannschaft des Sheriffs von Ottawa County.«

»Hm.«

»Und wie geht es Ihnen? Wie geht es Susanne?«

»Oh, schon viel besser. Die Chemotherapie ist zu Ende, und sie hat schon wieder Appetit. Und zwar mehr, als ihr lieb ist. Sie hat schon vierzehn Pfund zugenommen.«

»Das ist doch ein gutes Zeichen, oder nicht? Und was machen Sie jetzt gerade?«

»Kaffee, was sonst?« McCoo ist Weltmeister im Kaffeekochen. Von der Krups-Kaffeemühle und seiner neuen dänischen Kaffeekanne bis hin zu einem kleinen Kühlschrank, in dem er die frische Sahne aufbewahrt, hat er alles, was man dazu benötigt, im Büro.

»Was für einen denn?«

»Äthiopischen Harrar. Das ist ein eher leichter Kaffee mit erregender Körperlichkeit und erfrischender Säure.«

»Klingt eher wie die Beschreibung eines früheren Liebhabers von mir.«

»Hören Sie, Cat, so gerne ich mit Ihnen plaudere, zumal es auch noch auf Kosten eines ländlichen Kollegen geht, aber sollten Sie mir nicht langsam sagen, in was Sie da schon wieder verwickelt sind und was Sie von mir wollen?«

»Wir haben hier einen Mann, der unter Mordverdacht steht. Ich bin von seiner Schuld überzeugt, aber Sergeant VanLente meint, daß es an handfesten Beweisen fehlt, und damit hat er vollkommen recht. Ich will jetzt dem Verdächtigen sagen, daß ich ihn enttarnt habe, und VanLente soll sich mit seinen Leuten in der Nähe verstecken und jedes Wort mithören.«

»Und jetzt werden Sie mir gleich sagen, daß das überhaupt nicht gefährlich ist für Sie.«

»Na ja, im Haus sind acht oder neun Leute – deshalb kann ich den Mann nicht drinnen mit meinem Wissen konfrontieren. Die Scheune, vor der ich mich mit ihm treffen will, ist nur fünfzig Meter vom Haus entfernt und voller Polizei. Außerdem ist der Verdächtige eher hinterhältig als gewalttätig. Eines seiner Opfer hat er indirekt umgebracht, und das zweite vertraute ihm, so daß es ein Leichtes war, ihm hinterrücks einen Schlag auf den Kopf zu geben. Aber er ist nicht besonders stark, und ich bin auf alles gefaßt. Und schließlich ist ja auch die Polizei zur Stelle.«

»Dann ist ja alles in Ordnung. Wo liegt das Problem?«
»Das Problem ist, daß VanLente meint, ich wäre bloß auf eine Sensationsgeschichte aus, die ich dann unter dem Titel ›Wie ich den Killer in die Scheune lockte‹ an den *Enquirer* verkaufen kann.«
»Das ist alles? Dann geben Sie ihn mir doch noch einmal.«

Na, wunderbar, dachte ich. Jetzt habe ich einen guten Freund hinters Licht geführt, dann wird es mir ja wohl nicht schwerfallen, als nächstes einem unschuldigen, jungen Mädchen den Vater wegzunehmen.
Ich versuchte zwar, mir meine Angst nicht anmerken zu lassen, aber ich fühlte mich ungefähr so, als würde im nächsten Augenblick Gott mit einem riesigen Bulldozer kommen und die Farm plattwalzen. Hatte Nell mir nicht erzählt, daß diese Gegend hier während der letzten Eiszeit unter einem zwei Meilen großen Gletscher gelegen hatte? Mir kam es jetzt so vor, als wäre er noch immer hier.
Ich hatte VanLente verschwiegen, warum es mir so wichtig war, John nach draußen zur Scheune zu locken. Ich wollte nicht, daß Nell seine Verhaftung mit ansehen mußte. Diese Nacht würde für sie ohnehin zur Hölle werden, da wollte ich ihr wenigstens das häßliche Bild ihres Vaters in Handschellen ersparen. Würde er sich zur Wehr setzen? Würde er schreien? Was immer er auch tun würde, es war besser, er tat es hier draußen und nicht drinnen im Haus.
Es gab noch einen weiteren Aspekt des Falles, von dem ich VanLente nichts erzählt hatte. Aber der hatte mehr mit dem Motiv für die Morde zu tun und weniger damit, den Täter zu überführen.
Ich erklärte dem Sergeant, daß ich zum Dessert wieder zurückerwartet wurde. Es würde also bestimmt noch eine halbe Stunde oder länger dauern, bis ich mit John unter vier

Augen sprechen konnte, je nachdem, wie rasch die Familie nach dem Essen auseinanderging.
Er erwiderte: »So lange kann ich nicht warten.« Das hatte ich mir beinahe gedacht. Ein Mann in seiner Position hatte wichtigere Dinge zu tun.
VanLente erklärte sich immerhin bereit, mit dem Streifenwagen möglichst auffällig abzufahren und zwei seiner Leute zu Fuß zurückzuschicken, die dann in der dunklen Scheune auf John und mich warten würden. Sie würden sich warme Sachen anziehen und ein Tonband mitbringen, mit dem sie alles aufnehmen konnten, was John mir sagte. Außerdem würden sie ein Funkgerät dabeihaben, mit dem sie VanLente verständigen konnten, sobald wir ein brauchbares Ergebnis hatten.
So weit, so gut.
Ich für meinen Teil mußte meinen Nachtisch essen, freundliche Konversation machen und dann wie ein Judas John aus dem Haus locken.

28

Es gab Pfefferminzeis und Schokoladensoße. Normalerweise war das eine meiner liebsten Nachspeisen, aber heute konnte ich weder den Anblick noch den Geruch ertragen. Das geschmolzene Eis kam mir wie giftgrüner Schleim vor, und die Farbe der Schokoladensoße erinnerte mich an geronnenes Blut. Dadurch, daß ich lustlos in meiner Schale herumrührte, sah alles nur noch schlimmer aus.

»Ich bin leider nicht mehr dazu gekommen, einen Apfelkuchen zu backen«, entschuldigte sich Oma DeGraaf. »Wo wir doch so schöne Äpfel haben ...«

»Du brauchst dich doch nicht zu entschuldigen, Mutter«, beruhigte sie John. »Schließlich wissen wir alle, daß es dir heute nachmittag nicht gutging.«

»Hör auf, dir Sorgen zu machen, Mutter«, meinte auch Marie. »Das Eis schmeckt herrlich.«

Ich fühlte mich ziemlich benommen und mußte mich zwingen, John nicht ständig anzuschauen. Meine Ohren spielten mir merkwürdige Streiche. Manches, besonders wenn es von John kam, hörte ich laut und deutlich, andere Teile der Unterhaltung wiederum entgingen mir vollständig.

Nell saß mit blassem Gesicht über ihrem Nachtisch, und ihr feines rotblondes Haar bewegte sich ganz leicht in dem kaum merklichen Luftzug, der durch das Wohnzimmer strich. Ihre zarte Haut kam mir so dünn vor, daß ich fast glaubte, die feinsten Blutgefäße und Nervenbahnen hindurchschimmern sehen zu können. Äderchen, die kaum dicker waren als ihr Haar und die doch dafür sorgten, daß sie am Leben blieb. Auch Nell beteiligte sich an der oberflächlichen Unterhaltung, mit der die Erwachsenen versuchten, das Streitgespräch von vorhin vergessen zu machen.

»Don und ich könnten doch die Christbaumlichter holen und sie an den Baum hängen«, sagte sie gerade.

»Ganz recht«, sagte Marie. »Es ist immer besser, zuerst die Lichter anzubringen, damit man die Kabel gut verstecken kann.«

»Und, Oma, kann ich ein Bettlaken zum Drunterlegen haben?«

»Ja, Pieternella.«

»Toll! Darf ich es gleich holen?«

»Ja, Pieternella. Aber überzeuge dich zuerst, ob es auch wirklich ein altes ist. Schau auf die Säume.«

Marie verdrehte ihre Augen. Wahrscheinlich sagte ihre Mutter seit vierzig Weihnachten genau dasselbe.

»Darf ich aufstehen, Oma?« fragte Dan.

»Ja. Geh und hilf Pieternella.«

Als die Kinder verschwunden waren, wandte sich John mit leiser Stimme an mich: »Sie dürfen nicht glauben, daß wir Luis vergessen haben, Cat. Aber es ist nun mal Tradition bei uns, an diesem Wochenende den Baum zu schmücken.«

Hatte ich mich doch in ihm getäuscht? Er machte ganz den Eindruck eines Menschen, der nur oberflächlich von einem unangenehmen Vorfall berührt wurde, der sich zufällig im Umfeld seiner Familie ereignet hatte. Aber wenn ich eines aus meinen vielen Artikeln über die unterschiedlichsten Verbrechen gelernt hatte, dann die Tatsache, daß es den meisten Menschen ziemlich leicht fiel, eine Fassade der Normalität aufrechtzuerhalten. »Wie konnte sie nur so tun, als trauere sie um ihr Kind, wo sie es doch selber umgebracht hat?« fragten sich zum Beispiel die Leute angesichts einer Frau, die ihr eigenes Kind getötet hatte. »Wie konnte sie uns das so perfekt vorspielen?« Die Antwort war ganz einfach: Es war nicht gespielt. Die Frau hatte lediglich so getan, als verhielte sie sich normal.

Trotzdem schaute ich, während wir den Tisch abräumten, immer wieder hinüber zu John und hoffte vergeblich, ein Anzeichen für seine Schuld, eine Bestätigung für das Böse in ihm zu entdecken. Aber ich sah nichts dergleichen. John beging keinen Fehler.

Clara und Marie blieben in der Küche, um die Spülmaschine einzuräumen, während ich John und Hank zurück ins Wohnzimmer folgte, wo der Christbaum stand. Hank stöhnte und rieb sich demonstrativ seinen Bauch.

»Warum esse ich nur immer so viel? Ich traue mich nicht einmal mehr, mich hinzusetzen, denn sonst schlafe ich auf der Stelle ein.«

»An den Feiertagen essen wir alle zuviel«, sagte John.

»Ich glaube, ich werde einen kleinen Verdauungsspaziergang machen.«

»Ja, klar, mach nur.«

Würde das meinen Plan über den Haufen werfen? Wenn Hank irgendwo da draußen herumlief, würde John sicherlich keine Schuldbekenntnisse von sich geben.

»Ich glaube, ich gehe am Bach entlang, vielleicht sogar bis zum Pigeon Lake.«

»Aber es ist schon dunkel«, warnte John.

Sei doch still, John, laß ihn doch gehen, wohin er will.

»Aber der Mond scheint.«

»Stimmt auch wieder.«

»Außerdem habe ich den Spaziergang bestimmt schon zehntausendmal gemacht.«

Hank ging zur Hintertür und rief in die Küche: »Jenn, ich gehe ein bißchen raus und laufe mir ein paar Kalorien ab.« Ohne eine Antwort abzuwarten, streckte er die Hand aus nach den Haken, an denen vor Monaten auch die Daunenjacke seines Vaters gehangen hatte, und griff sich seinen schweren Mantel. Er zog ihn an und ging hinaus. Er hatte nicht einen Augenblick gezögert, als er den Mantel genommen hatte. Das war der wahre Hank, der wenig übrig für menschliche Regungen hatte.

»Ich muß noch zu Ed rüber«, erklärte Cal.

»Ach, du willst dich doch nur vor dem Baumschmücken drücken«, sagte Nell.

»Na und?«

»Und wie willst du hinüberkommen?« rief seine Mutter aus der Küche.

»Mit dem Fahrrad.«

»Aber sei um neun wieder hier. Wir wollen nicht die ganze Nacht auf dich warten.«

Obwohl John und ich noch immer in der offenen Wohnzimmertür standen, hatte ich wieder das Gefühl, als fiele eine Gefängnistür hinter mir ins Schloß. Der Augenblick von Johns Niederlage und Nells neuerlichem Schicksalsschlag rückte unausweichlich näher und näher.

Don und Dan hatten Lichterketten über den Boden gehängt und schlossen sie gerade an, so daß orangefarbene, rote, blaue und grüne Lichtpünktchen wie bunte Flammen über dem Teppich schwebten. Die beiden Jungen prüften, ob die Ketten defekte Birnen hatten.

Nell öffnete eine von fünf oder sechs Schachteln mit Weihnachtsschmuck: »O Cat, sehen Sie nur! Das sind ganz alte Christbaumkugeln!«

John und ich gingen zu ihr. Meine Beine waren so steif, daß ich mich kaum bewegen konnte. In einer unterteilten

Schachtel lagen mundgeblasene Glaskugeln. Es gab silberne Kugeln mit vertieften Sternen, rote Glaskörper, die die Form von Flammen hatten, und tiefblaue, die wie Tränen aussahen. Sie waren sicherlich sehr alt, und an manchen Stellen war die Metallbeschichtung schon abgewetzt.

»Die hat mein Großvater noch vor dem Zweiten Weltkrieg gekauft«, erzählte John. »Damals wurden solche mundgeblasenen Christbaumkugeln hauptsächlich in Deutschland hergestellt. Ich erinnere mich noch, wie wir während des Krieges ganz besonders vorsichtig damit umgehen mußten, damit nur ja keine zerbrach. ›Solche Kugeln werden wir jetzt lange Zeit nicht mehr nachkaufen können‹, sagte meine Mutter damals.«

»Schauen Sie sich das an, Cat!« rief Nell »Auf dieser Kugel hier ist ein Engelsgesicht.«

Ich spürte, wie mir die Tränen in die Augen schossen. Das Engelsgesicht sah aus wie das von Nell.

»Das ist wirklich wunderschön.«

»Haben wir irgendwo Ersatzbirnen?« fragte Dan.

Damit hatte er den Bann gebrochen, und ich konnte Johns Aufmerksamkeit auf mich lenken. Ich deutete auf Henrys früheres Arbeitszimmer am Ende des Ganges und ging voraus. John folgte mir.

Die letzte Gelegenheit, um die ganze Sache abzubrechen.

»Hier können wir nicht reden, John«, sagte ich. »Aber ich weiß jetzt, was Luis gemeint hat, als er zu Ihnen sagte, Sie sollten das tun, was zu tun ist.«

Ich ging raschen Schrittes hinaus zur Scheune. Waren die Hilfssheriffs schon auf ihrem Platz? Weil John jeden Augenblick nachkommen konnte, wollte ich nicht nach ihnen rufen, und so warf ich einen Blick durch das Scheunentor. Drinnen war es dunkel bis auf einen Lichtkegel, den die

Hoflampe durchs Fenster hereinwarf. In diesen trat ganz kurz ein Mann und gab mir das Okay-Zeichen, bevor er wieder in der Dunkelheit verschwand. Den zweiten Hilfssheriff konnte ich nicht entdecken.

So weit, so gut. Ich entfernte mich ein wenig von der Scheune und ging bis zu dem Block mit den zwei Meter hohen Tannen. Von hier aus hatte ich die Haustür und das Scheunentor gleichzeitig im Blick. Die Hilfssheriffs konnten mich sehen, und ich konnte John, sobald er das Haus verließ, entgegengehen und ihn genau vor dem Scheunentor treffen.

Die Zikaden zirpten in den Bäumen.

Ohne die Augen von der Haustür zu nehmen, strich ich gedankenverloren über die Äste der Tanne links von mir.

In diesem Augenblick explodierte die Tanne auf meiner rechten Seite.

Der menschliche Verstand ist manchmal wirklich erstaunlich. Ich konnte sehen, wie die Nadeln des Baumes in einer Wolke auseinanderstoben und mußte unwillkürlich an Tornados denken, die ganze Wälder in die Luft wirbelten wie eine Küchenmaschine ein Bund Petersilie. Im selben Bruchteil einer Sekunde warf ich mich zu Boden. Die Explosion hatte auch den Stamm des Baums zerfetzt.

Dann erst hörte ich den Knall.

Jemand schoß mit einer Schrotflinte auf mich!

Ich rollte mich auf dem feuchten Sand zur Seite, um aus der Schußlinie zu kommen. Der Knall gellte mir noch immer in den Ohren, aber ich konnte nicht genau sagen, woher er gekommen war. Die Zikaden waren verstummt. Ein Schatten huschte vorüber. Ich kroch auf Händen und Knien zwischen zwei Bäumen hindurch und immer weiter, bis eine ganze Reihe von Tannen zwischen mir und dem Schützen standen. Gott sei Dank waren die Zweige dicht genug, um mich zu verbergen.

Wenigstens für den Augenblick.
Der Verwüstung nach, die der eine Schuß angerichtet hatte, mußte es sich um eine ziemlich großkalibrige Flinte handeln. Wahrscheinlich war es das alte Schrotgewehr der DeGraafs. Der Schuß hatte den Baum praktisch pulverisiert, und der Knall war so laut wie ein Kanonenschuß gewesen.
Noch während ich mich auf den Boden warf, hatte ich aus dem Augenwinkel gesehen, wie einer der Hilfssheriffs in das Licht des Scheunentors gesprungen und nach der Seite weggekippt war. Ich begriff nicht, warum er jetzt nichts unternahm, warum er nicht einmal »Waffe weg, Polizei!« rief. Warum zog er nicht die Waffe und schoß auf John? Auf was für Beweise wartete er denn noch?
Hier draußen war es dunkler als im Hof vor der Scheune. Allerdings stand der Vollmond am Himmel. War das der Jägermond, von dem John mir erzählt hatte?
Ich fröstelte bei dem Gedanken und blieb flach auf dem Boden liegen. Vorsichtig hob ich den Kopf und spähte hinüber zur Scheune. Was ich dort sah, jagte mir noch mehr Angst ein.
Der Hilfssheriff lag mit seltsam abgewinkeltem Kopf neben dem Scheunentor. Jetzt machte auch das, was ich gesehen, aber nicht wirklich registriert hatte, einen Sinn. Er mußte nach dem Schuß zur Tür gerannt, über etwas gestolpert und seitlich hingefallen sein. Dabei mußte er sich wohl den Kopf am Türrahmen angeschlagen haben und bewußtlos zusammengebrochen sein. Ich konnte nicht sagen, wie schwer er verletzt war, aber er war ganz offensichtlich außer Gefecht gesetzt.
Von dem zweiten Hilfssheriff war weit und breit nichts zu sehen.
Ich kroch leise auf allen vieren bis zu einem Baum in der

Nähe und robbte hinüber in die Deckung des nächsten Baumes. Weil die Tannen in regelmäßigen Reihen angepflanzt waren, gab ich jedesmal, wenn ich den Zwischenraum durchquerte, im Mondlicht ein gutes Ziel ab.
Aber ich konnte auch nicht auf einem Fleck verharren, denn John konnte sich sicher ausrechnen, wo ich mich aufhielt. Er hatte gesehen, wie ich mich fallenlassen hatte und weggekrochen war. Aber er wußte es offensichtlich nicht genau, denn wenn er es gewußt hätte, hätte er längst noch einmal geschossen, und ich wäre jetzt tot.
Er hatte eine doppelläufige Schrotflinte, was bedeutete, daß er zwei Schüsse abgeben konnte, bevor er nachladen mußte. War das meine Chance? Konnte ich mich, während er das Gewehr aufs neue lud, in Sicherheit bringen? Aber wie brachte ich ihn dazu, auf mich zu schießen, ohne mich zu treffen?
Noch während ich mit diesen Gedanken beschäftigt war, hörte ich ein metallisches Klicken und Klacken. John hatte nachgeladen.
Dem Geräusch nach mußte er sich rechts von mir befinden. Und zwar ziemlich nahe. Ich spähte durch die Äste, aber das Licht auf dem Hof blendete mich. Einmal dachte ich, ich hätte eine Bewegung wahrgenommen, konnte aber nicht genau erkennen, was es war.
Dieser Bastard. Er behielt absichtlich das Licht im Rücken, so daß ich ihn nicht genau sehen konnte. Er hingegen kannte sich in seinen eigenen Pflanzungen gut aus.
Ich mußte an die Geschichte von der Stadtmaus und der Landmaus denken. Ich war die Stadtmaus, und zu Hause in Chicago würde mir so etwas nicht passieren. Dort wußte ich, wie ich die Umgebung zu meinem Vorteil einsetzen mußte. Hier aber war ich die Stadtmaus, die von einem Landhabicht gejagt wurde. Ob drinnen wohl jemand den Schuß gehört

hatte und herauskommen würde? Aber wahrscheinlich dachten sie, daß jemand auf Kaninchenjagd sei.
Ich konnte mich nicht aus der Deckung des Baumes wagen und weglaufen, aber stehenbleiben durfte ich auch nicht.
»John!« rief ich.
Ein Schuß riß nur wenige Zentimeter von meinem Kopf entfernt den Boden auf.
Noch während ich den Knall hörte, rollte ich zur Seite und versuchte, meine Stimme aus einer anderen Richtung kommen zu lassen, indem ich mir die Hand vor den Mund hielt. Ich wußte nicht, ob das etwas nützte oder nicht. Und John hatte noch einen Schuß, bevor er nachladen mußte.
»John, machen Sie doch keinen Blödsinn. Die anderen wissen, daß Sie hier draußen sind. Und wenn man mich erschossen auffindet, dann wissen alle, daß Sie mich getötet haben.«
»Meinen Sie wirklich?« rief er. »Aber Hank macht gerade einen Spaziergang, und Cal ist allein mit dem Rad weggefahren. Beide könnten nicht beweisen, wo sie waren. Tante Clara ist im Sessel eingeschlafen, und meine Mutter hat sich hingelegt und kriegt nichts mit. Um Nell brauchen wir uns auch keine Sorgen machen, denn die würde niemand verdächtigen. Außerdem schmückt sie mit Dan und Don den Baum, so daß die beiden ihr ein Alibi geben können. Darauf habe ich genau geachtet.«
Während er sprach, hatte ich mich so leise wie ein Maulwurf, der einen Tunnel unter der Erde gräbt, ein wenig zur Seite bewegt. Hoffentlich hatte John auch wirklich nichts gehört. Er sagte ein paar Sekunden lang nichts mehr, und als er wieder sprach, war seine Stimme viel näher als zuvor.
»Bewegen Sie sich nicht!« sagte er mit einem fast neckenden Unterton. »Ich bin ganz in Ihrer Nähe.«

Ich rollte mich auf die Seite und versuchte wieder, meine Stimme aus einer anderen Richtung kommen zu lassen.
»Der Hilfssheriff hat Sie aus dem Haus kommen sehen.« O Gott, das hätte ich nicht sagen dürfen. Jetzt würde John, nachdem er mich erledigt hatte, zurück zur Scheune gehen und auch den Hilfssheriff töten. Und einen zweiten, davon war ich jetzt überzeugt, gab es nicht. Leider konnte ich meine Worte jetzt nicht mehr zurücknehmen.
»Ach, glauben Sie? Keine Chance. Ich habe mich zur Hintertür hinausgeschlichen und hinter Ihrem Auto hervorgeschossen. Er kann mich also gar nicht gesehen haben.«
»Aber wenn er wieder zu Bewußtsein kommt, wird er ins Haus gehen und feststellen, daß Sie nicht da sind.«
»Der kriegt nichts mehr mit, vielleicht ist er ja sogar tot. Und wenn einer so lange ohnmächtig ist, dann hat er zumindest eine schwere Gehirnerschütterung, und damit ist seine Zeugenaussage praktisch wertlos.«
»Aber an Ihren Händen wird die Polizei Pulverspuren finden.«
»Ich trage Handschuhe. Und zwar von L. L. Bean. Bessere finden Sie nirgendwo.«
Er war verrückt, vollkommen durchgedreht. Sein Plan konnte durch alles mögliche durchkreuzt werden. Hank konnte jederzeit von seinem Spaziergang zurückkehren, oder Nell konnte aus dem Haus kommen, um nach ihrem Vater zu sehen. Vielleicht würde auch VanLente seinen Hilfssheriff anfunken und, wenn er von diesem keine Antwort bekam, mit Blaulicht und Sirene herbeirasen.
Der Mond bewegte sich langsam auf eine dunkle Wolkenbank zu. Wenn ich John nur so lange hinhalten konnte, bis das Mondlicht verschwand, hatte ich eine bessere Chance, ihm zu entkommen. Überhaupt arbeitete die Zeit für mich. John konnte nicht ewig hier draußen bleiben. Irgendwann

einmal mußte Hank zurückkommen. Aber das wußte John natürlich genausogut wie ich. Er würde nicht mehr lange warten. Weil ich wußte, daß er das Gewehr bereits im Anschlag hatte und sich ausrechnen konnte, wo ich steckte, nahm ich das Risiko in Kauf. Ich sprang auf, drehte mich um und rannte quer über den Weg in den Block mit den ein Meter fünfzig hohen Tannen. Ein Schuß ging hinter mir los, und im Laufen spürte ich einen stechenden Schmerz im rechten Fußgelenk, wo mich ein Schrotkorn getroffen haben mußte.

»Bleiben Sie stehen, Marsala. Sie können mir nicht entkommen.«

Ich war mit voller Absicht zwischen die eineinhalb Meter hohen Tannen gerannt. Ich war nur eins zweiundfünfzig groß, während John bestimmt einen Meter fünfundsiebzig maß. Damit war ich, wenn ich mich beim Rennen ein wenig nach vorne beugte, zwischen den Bäumen verborgen. John hingegen ragte über die Wipfel der Bäume hervor, und wenn er nicht in die Hocke ging, was ihn auf die Dauer ermüden würde, konnte ich ihn deutlich sehen.

Das war zwar kein allzu großer Vorteil, aber immerhin war es einer.

Ich schrie auf, als ob ich getroffen worden wäre, und rannte dann so schnell ich konnte auf den Wald zu. John mußte im Laufen nachladen, und das würde ihn hoffentlich ein wenig aufhalten.

Ich erreichte den dunklen Waldrand, aber ich hörte nicht zu rennen auf, obwohl Dornen mir das Gesicht zerkratzten und mein Kopf ständig gegen irgendwelche tiefhängenden Äste schlug. Mehrmals stolperte ich über Steine und Wurzeln und fiel der Länge nach hin, aber ich rappelte mich immer wieder auf und rannte weiter. Meine einzige Chance war, den Bach zu erreichen, an dem Henry

gestorben war. Dort würde ich mich verstecken, und das Murmeln des Wassers würde das Geräusch meines Atems übertönen.
Als ich mich wieder einmal mit den Füßen in irgendwelchen Ranken verhedderte und zu Boden ging, hörte ich, wie sich John mit stampfenden Schritten näherte. Wenn ich jetzt aufstand, würde er mich sehen, wenn ich liegenblieb, würde er mich über kurz oder lang ebenfalls finden.
Es hatte angefangen zu schneien, und der Mond verschwand gerade hinter der Wolkenbank. In diesem Moment fiel mir ein, daß ich ja einen weißen Pullover und eine weiße Hose trug. Wenn ich jetzt noch helle Haare gehabt hätte, dann hätte John mich auf einige Entfernung von dem verschneiten Waldboden nicht unterscheiden können. So aber hoben sich meine dunklen Haare von dem weißen Untergrund ab. Ich konnte hören, wie John fluchte, als ihm ein Ast ins Gesicht schlug.
Ich zog mir den Pullover über den Kopf und hielt still. Soweit ich es erkennen konnte, lag ich auf einem schneebedeckten Laubhaufen. Plötzlich durchfuhr mich ein schrecklicher Gedanke: Was für eine Farbe hatten meine Stiefel? Waren Sie braun? Ich konnte mich nicht mehr daran erinnern. Halt, jetzt fiel es mir wieder ein. Sie waren weiß, Gott sei Dank. Aber wenn sie nun dunkle Sohlen hatten. Ganz leise schob ich meine Füße zwischen die schneebedeckten Blätter.
Ich verhielt mich mucksmäuschenstill. Ich hatte vorhin laut aufgeschrien, um John glauben zu machen, ich sei ernsthaft getroffen. Dazu paßte es zwar nicht ganz, daß ich mit unverminderter Geschwindigkeit weitergerannt war, aber es war ja bekannt, daß sogar tödlich verwundete Menschen noch eine ganze Weile weiterlaufen können, bevor sie zusammenbrachen. Es bestand also die vage Hoffnung,

daß John mich für tot hielt. Ich gab keinen Laut von mir. Auf meinen Rücken fiel der Schnee, und ich konnte nichts sehen.
Ein Zweig knackte ganz in meiner Nähe.
Mein Rücken war kalt, und unter mir begann der Schnee zu schmelzen und Pullover und Hose zu durchnässen. Ich versuchte, so leise wie möglich zu atmen, und traute mich nicht einmal zu zittern.
Laub raschelte unter Johns Schritten, und ganz leise konnte ich das Plätschern des Baches hören. Blätter raschelten. Ich hörte, wie John nur wenige Zentimeter an meinem unter dem Pullover verborgenen Kopf vorbeiging. Ich hoffte, daß der kleine Streifen Haut, der zwischen Pullover und Hose entblößt war, blaß genug war, um nicht aufzufallen. Wenn John mich jetzt hier liegen sah, würde er die Flinte direkt auf meinen Hinterkopf richten und abdrücken. Ein Schrotschuß aus dieser Nähe würde meinen Kopf praktisch zerreißen.
War die Mündung der Flinte jetzt auf mich gerichtet?
Nein, die Schritte gingen an mir vorbei und tiefer in den Wald hinein. Nicht allzu weit, dann kamen sie wieder zurück!
John ahnte, daß ich hier irgendwo sein mußte, aber er wußte nicht genau, wo. Etwa einen Meter von mir entfernt blieb er stehen und lauschte. Er war so nah, daß ich seinen Atem hören konnte. Ob er wohl den meinen auch hörte? Nur leise murmelte der Bach. Ich war versucht, den Atem anzuhalten, aber mir war bewußt, daß ich dann irgendwann einmal nach Luft schnappen müßte. Also zwang ich mich dazu, ganz langsam ein- und vorsichtig wieder auszuatmen. Durch die Maschen meines Pullis konnte ich sehen, wie das Licht immer schwächer wurde, weil der Mond jetzt fast vollständig in den Wolken verschwunden war.

Johns Schritte kamen wieder näher. Wieder blieb er stehen und horchte hinaus in die Nacht.
In der Ferne hörte man eine Tür schlagen.
»Mist! Verdammter Mist!« stieß John unterdrückt hervor. Es klang so, als wolle er am liebsten schreien, sich aber aus Angst, daß jemand ihn hören könnte, nicht traute.
Leise sagte er noch: »Hoffentlich verreckst du, Marsala.«
Dann ging er davon.

29

Ich blieb noch lange im Dunklen liegen, spürte, wie der Schnee auf meinen Rücken fiel, und machte mir Vorwürfe. Ich hatte alles falsch gemacht. Mein schöner Plan hatte nur dazu geführt, daß John wie ein Wilder mit seiner Flinte herumgeballert hatte und jetzt wütender, unberechenbarer und gewaltbereiter als je zurück zum Haus ging.

Mein Knöchel, in dem die Schrotkugel steckte, pochte vor Schmerz. Auch mein Kopf schmerzte von den Ästen, die mir ins Gesicht geschlagen waren. Langsam rann mir etwas Warmes und Feuchtes ins Auge, von dem ich annahm, daß es Blut war, aber ich blieb wie erstarrt liegen. Schließlich wußte ich nicht, ob John nicht doch zurückkommen würde. Ich fing an, am ganzen Körper zu zittern, und nach kurzer Zeit wurde ich von so starkem Schüttelfrost gepackt, daß das Laub, auf dem ich lag, hörbar zu rascheln begann. Also zog ich den Pullover von meinem Kopf und setzte mich auf. Ringsum war es stockdunkel. Ich stand auf und spürte, daß meine Kleider völlig durchnäßt waren und mich nicht mehr wärmen konnten. Ich fror erbärmlich.

Sollte ich zu den DeGraafs zurückgehen oder versuchen, mich in der entgegengesetzten Richtung bis zu einem Nachbarhof durchzuschlagen? Im Osten mußte eigentlich die nächste Farm sein, aber ich hatte keine Ahnung, wie ich dorthin gelangen sollte.

Schleppenden Schrittes machte ich mich in eine Richtung

auf, von der ich annahm, daß es Osten war. Wenn ich recht hatte, mußte ich irgendwann einmal in der Nähe der Straße und weit entfernt vom Haus auf die Zufahrt der DeGraafs stoßen. Ich zitterte und fror und redete mir dabei ständig ein, daß das ein gutes Zeichen sei. Wenn es einem nämlich nicht mehr kalt war und man zu zittern aufhörte, bedeutete das, soviel ich wußte, daß man in einen lebensgefährlichen Zustand der Unterkühlung verfiel.

Ich erreichte tatsächlich die Zufahrt der DeGraafs, und als ich sie überquerte, sah ich durch das Schneetreiben die erleuchteten Fenster des Hauses, dessen Umrisse ich in der stockfinsteren Nacht nicht einmal erahnen konnte. Wenn John mir hier irgendwo auflauerte, würde ich ihn nicht sehen können. Er mich allerdings auch nicht, aber vermutlich würde er mich hören. Ich versuchte, so leise wie möglich zu gehen, aber ich hatte nicht mehr genügend Kraft in den Beinen, um die Füße zu heben. So schlurfte ich ziemlich geräuschvoll durch das Laub.

Mitten in der Zufahrt stolperte ich und fiel wieder einmal zu Boden. Wie schön wäre es, jetzt einfach hier liegen zu bleiben und zu schlafen, dachte ich. Zehn Minuten nur, um wieder zu Kräften zu kommen.

Nein. Steh auf, sagte ich zu mir und rappelte mich auf. Als ich auf allen vieren war, sah ich auf einmal Lichter auf mich zukommen. Waren das schon die ersten Halluzinationen?

Es waren blinkende Lichter. Blaue und rote.

VanLente trug mich zu seinem Einsatzwagen.

»Ich wußte doch gleich, daß das keine gute Idee war«, sagte er. »Jetzt habe ich nicht nur einen verletzten Polizisten, sondern obendrein auch noch Sie.«

»Der Plan war perfekt. Aber warum haben sie nur einen

Polizisten in die Scheune geschickt und nicht zwei, wie wir ausgemacht hatten?«
»Ich hätte nie mit einer Zivilperson wie Ihnen zusammenarbeiten dürfen.«
»Der Teufel soll Sie holen, VanLente, Sie haben versagt, nicht ich! Wenn Sie Ihr Versprechen nicht gebrochen hätten, hätten Sie John jetzt in Gewahrsam und Nell wäre der Rest erspart geblieben. Sie blöder Bulle können nicht einmal ihr gottverdammtes Wort halten.« Ich kämpfte gegen meine Tränen.
»Sie können mich mal, Marsala!«
»Das müssen gerade Sie sagen, nachdem Sie mich so haben hängenlassen.«
»Schluß jetzt, wir sind da.«
»Und was meine Verletzungen anbelangt, ich denke gar nicht daran, irgend jemandem hier davon zu erzählen oder gar in irgendein verdammtes Krankenhaus zu gehen, wo die Leute dann herauskriegen würden, daß ich das alles Ihnen zu verdanken habe. Ich werde Sie nicht in Schwierigkeiten bringen, nur weil Sie alles falsch gemacht haben.«
»Ruhe!«
VanLente bremste scharf vor dem hellerleuchteten Haus der DeGraafs. Kaum waren wir zum Stehen gekommen, als ich weitere Sirenen hörte. Hinter uns hielt mit blinkendem Blaulicht der Notarzt. VanLente stieg aus und überließ mich meinem Schicksal. Von mir aus konnte er zum Teufel gehen.
Nell, Marie und Tante Clara beugten sich über den Hilfssheriff, der bewegungslos unter einer Decke am Boden lag, während Hank, John und die Jungs untätig herumstanden. Jennifer und Oma DeGraaf waren sicherlich noch im Haus. John erblickte mich sofort, als ich aus dem Wagen stieg. Er öffnete den Mund, schloß ihn aber sofort wieder und mach-

te ein grimmiges Gesicht. Ganz offensichtlich hatte er gehofft, daß ich jetzt tot oder sterbend irgendwo da draußen im Schnee lag.
Clara sprach mit einem der Sanitäter, während der andere neben dem Hilfssheriff kniete. Das einzige, was ich heraushören konnte, war: »– verwirrt, und halb bewußtlos –«
VanLente stand aufrecht wie ein Baum, während der Sanitäter seinen Hilfssheriff untersuchte. Auch alle anderen bewegten sich nicht viel. Ein paar Minuten später brachte man eine fahrbare Krankentrage, lud den Mann auf und schob die Trage mit einiger Schwierigkeit über die sandige Zufahrt, auf der die Räder nicht richtig rollen wollten, zum Krankenwagen.

»Okay, lassen Sie uns jetzt alle ins Haus gehen.«
VanLente schien keinen Widerspruch zu dulden, aber ich wäre sowieso ins Haus gegangen, denn ich war völlig durchgefroren.
Genau in diesem Augenblick kam Cal auf seinem Fahrrad an und rief: »Was ist denn hier passiert?« Niemand antwortete ihm. Er ließ das Fahrrad einfach zu Boden fallen und folgte uns ins Haus.
Sobald ich drinnen im Licht war, bemerkten Nell und Clara, wie sehr ich zitterte und daß ich blutete. »Cat! Sie sind ja verletzt!« rief Nell.
»Ach, das sind nur ein paar Kratzer. Halb so wild. Es ist halb so wild.« Ich wischte mir übers Gesicht, und meine Hand war voller Blut.
Tante Clara musterte mich genau und sagte: »Setzen Sie sich, Cat!« Weil meine Kleider ganz naß waren, setzte ich mich in den dunklen Stuhl. »Nell, du gehst und holst Kaffee oder heißen Kakao. Ruth, hol mir ein Handtuch und warmes Wasser. Cal, renn nach oben und bring eine warme

Decke und zwei Paar Socken. Und Sie, Cat, Sie ziehen die Schuhe aus.«

»J-ja, okay«, sagte ich mit klappernden Zähnen.

»Ich würde Sie am liebsten nach oben bringen, damit Sie Ihre nassen Kleider ausziehen können, aber unter diesen Umständen werden Sie das vermutlich nicht wollen.«

»J-ja, st-stimmt.«

»Don, geh und frage deine Großmutter, wo die Wärmflasche ist. Dann füllst du heißes Wasser hinein und bringst sie mir.«

Don rannte los.

Als Nell mir den heißen Kakao brachte, nahm ich ihn dankend an und sah ihr kurz in die Augen, wandte dann aber den Blick vor lauter Schuldgefühl und Mitleid wieder ab. Das Ende der Geschichte war nahe. Noch konnte ich einen Rückzieher machen und sagen, daß ich nicht wüßte, wer mein Verfolger gewesen sei. VanLente gegenüber müßte ich dann behaupten, daß ich mir nicht mehr sicher sei, daß John auf mich geschossen habe. Aber leicht würde das nicht werden.

Oma DeGraaf kam mit einem sauberen Tuch herein, das sie mit Seifenlauge getränkt hatte. Clara nahm es und säuberte mir Stirn und Kinn, wobei Nell ihr händeringend zusah.

»Geht es Ihnen schon besser?« fragte sie.

»Ja, viel besser.«

»Arme Cat, was ist Ihnen denn nur zugestoßen?«

»Mach dir keine Sorgen, meine Kleine«, beruhigte sie Clara, »Cat wird es überleben.« Cal und Don brachten Decke, Socken und Wärmflasche. Nell half mir, die Socken anzuziehen, und Clara legte mir die Wärmflasche in den Schoß. Ich fühlte mich fürchterlich. Manchmal sagen die Leute, sie wünschten, der Boden würde sich auftun und sie verschlingen. Genau so war mir jetzt zumute.

»Wenn Sie Ms. Marsala verarztet haben, muß ich noch einige Dinge klären«, ließ VanLente sich vernehmen.
Im Zimmer wurde es unvermittelt still. Mit Ausnahme von VanLente, John und Hank hatten sich alle hingesetzt. John und Hank lehnten am Kamin und sahen den Sergeant an, der zwei bis drei Meter von ihnen entfernt in der Mitte des Zimmers stand. Die beiden sahen aus wie Lords in einem britischen Kriminalfilm, die darauf warteten, was der Constable aus dem Dorf zu sagen hatte. Als ich hinüber zu John sah, versuchte er, mich mit Blicken einzuschüchtern.
Schluß jetzt. Ich will nach Hause.
Ich war vollkommen überrascht, als VanLente mir sofort eine direkte Frage stellte: »Ms. Marsala, wer hat Sie und meinen Hilfssheriff angegriffen?«
O mein Gott.
Ich starrte noch immer in Johns Augen, und meine Kehle war wie zugeschnürt. Ich wagte es nicht, in Nells Richtung zu blicken.
»John DeGraaf«, brachte ich schließlich heraus.
»Nein!« sagte Nell mit leiser Stimme. Oma DeGraaf seufzte und schloß die Augen. Ich sah, wie ihre Lippen sich bewegten. Wahrscheinlich sprach sie ein stilles Gebet.
»Er kam mit einer Schrotflinte aus dem Haus. Als er auf mich schoß, sprang der Hilfssheriff aus der Scheune und verletzte sich am Türstock. Ich floh, und John verfolgte mich durch die Christbaumschonungen bis zum Wald. Er hat dreimal auf mich geschossen und die Flinte im Laufen nachgeladen.«
»Ich bin nicht weiter als bis zur Garage gegangen«, sagte John und trat einen Schritt auf mich zu. »Sehen Sie sich doch meine Beine an, wie trocken die sind. Wenn ich durch den Wald gerannt wäre, würden meine Hosen jetzt anders aussehen.«

Das stimmte natürlich. Sein Haar war zwar noch ein wenig feucht, aber er hatte ganz offensichtlich Hose und Schuhe gewechselt. Jennifer beugte sich zu Dan und flüsterte ihm etwas ins Ohr.

»Cat ist hysterisch, was ja kein Wunder ist«, fuhr John fort. »Schließlich wurde sie verletzt, wenn auch nicht von mir. Da draußen ist es so dunkel, daß sie gar nicht sehen konnte, wer sie verfolgt hat – wenn sie überhaupt verfolgt worden ist. Ich habe zwar auch Schüsse gehört, aber wer die abgefeuert hat, kann ich nicht sagen. Vermutlich war es ein Nachbar auf der Kaninchenjagd. Cat hat wohl geglaubt, die Schüsse gälten ihr, und ist in Panik davongerannt.«

»Ihr Hilfssheriff hat den ersten Schuß mitbekommen«, wandte ich mich an VanLente, »ist er schon wieder bei Bewußtsein?«

»Noch nicht so recht. Morgen wird er uns alles erzählen können.«

John wußte natürlich, daß der Hilfssheriff nicht allzuviel gesehen haben konnte. Ich vermied es, Nell anzusehen, und fuhr fort: »Dann wird er bestätigen, daß mit Absicht auf mich geschossen wurde.«

»Mag ja sein«, sagte John, »aber ich war es nicht. Hank war viel länger draußen als ich.«

Einen Augenblick lang begriff Hank nicht, was da vor sich ging. Und als ihm dann klarwurde, was sein Bruder eben angedeutet hatte, konnte er es zunächst kaum fassen. »Was?« fragte er schockiert. »Was willst du damit sagen?«

John gab ihm keine Antwort und fuhr fort: »Cal kommt übrigens auch in Frage. Er ist allein mit dem Fahrrad weggefahren, und niemand von uns weiß, wo er wirklich war. Sehen Sie sich bloß mal die Hosen und Schuhe der beiden an, Sergeant. Alles naß. Außerdem ist Cal ein notorischer

Faulpelz und konnte Luis nicht ausstehen, weil der ihn immer zur Arbeit antrieb.«

Während John sprach, hingen alle anderen wie gebannt an seinen Lippen. Im Wohnzimmer war es totenstill. Selbst Nell schien fassungslos darüber zu sein, mit welcher Vehemenz ihr Vater seine eigene Familie anschwärzte.

Mir kam eine Idee. »Vielleicht gibt es eine Möglichkeit, nachzuweisen, wer die Schüsse abgefeuert hat, Sergeant.«

»Und was für eine?«

»Wir müssen nur nachprüfen, ob John blaue Flecken an der Schulter hat. Eine großkalibrige Schrotflinte hat einen gewaltigen Rückstoß. Der müßte doch an dem Schützen Spuren hinterlassen.«

John stand schweigend da, als habe er nichts zu befürchten.

»Wenn ich's mir genau überlege«, sagte jetzt VanLente, »dann hinterläßt sie auch Pulverspuren. An seinen Händen müßte doch ...«

»Er trug Handschuhe«, unterbrach ich ihn.

»Okay. Aber wenn er sie an der Schulter abgefeuert hat, werden wir an Hals und Wangen Pulverspuren finden.«

John legte den Kopf auf die Seite und sah uns lange an, als überlege er sich, ob wir ihn vielleicht austricksen wollten. Dann veränderte sich sein Gesichtsausdruck zu eisiger Ablehnung. Offenbar hatten wir seinen Gerechtigkeitssinn beleidigt.

»Sie sind böse Menschen«, sagte er. »Sie wollen es nicht zulassen, daß ein Vater sein Kind beschützt. Mein eigener Vater wollte das Geld, das Nells Überleben sichern sollte, einfach verschenken. Und weshalb? Wegen eines lächerlichen, sentimentalen Familiengefühls! Was glaubte er eigentlich, daß wir sind? Europäischer Landadel? Jetzt, wo er tot ist, kann er Nell nicht mehr schaden. Es sei denn, meine

Mutter mit ihrem Gerechtigkeitswahn enterbt Nell für das, was ich getan habe.«

»John, wovon sprichst du überhaupt?« ächzte Oma DeGraaf. Sie war blaß geworden und rang mühsam nach Luft.

»Wenn du gewußt hättest, daß ich Dad getötet habe, hättest du mich und meine Nachfahren bis in alle Ewigkeit dafür bestraft. Du hättest Nell enterbt, weil ich ein Verbrechen begangen habe.«

»John, so etwas würde ich nie tun«, entgegnete Oma DeGraaf mit zitternder Stimme. »So etwas wäre nicht christlich.«

Die alte Frau sackte zusammen und fing an zu weinen. Es war die erste wirkliche Gefühlsregung, die ich jemals bei ihr wahrgenommen hatte. Auch Marie und Hank starrten ihre Mutter erstaunt an. Clara stand auf, ging hinüber zu Oma DeGraaf und nahm sie sanft in die Arme. Hank betrachtete einen Augenblick die beiden alten Frauen, die sich sachte in den Armen wiegten, und drehte sich auf dem Absatz um. »Ich werde Doktor Brink anrufen«, sagte er und verließ den Raum.

John wandte sich jetzt direkt an Nell: »Luis hat versucht, mich zu erpressen. Er hatte herausgefunden, daß ich die Weste deines Großvaters versteckt hatte, und dachte nun, er könne mir sein Schweigen verkaufen. Er war eben nicht ganz so wundervoll, wie du immer geglaubt hast. Ich sagte ihm, er solle mich vor der Scheune treffen, wo wir alles besprechen würden.«

Nell schüttelte mit weit aufgerissenen Augen den Kopf. Sie sah aus wie ein im Scheinwerferlicht eines Autos gefangenes Reh.

»Doch als ich dann zur Scheune kam, wollte er kein Geld mehr. Warum, weiß ich nicht, aber ich wußte, daß er mein Leben zerstören würde und damit auch das deine. Er sagte

mir, ich solle mich stellen, oder er würde zur Polizei gehen. Wie konnte er bloß so naiv sein und glauben, ich würde ihm das durchgehen lassen?«
Nell hatte es die Sprache verschlagen. Auch VanLente sagte nichts, sondern gab lediglich einem Hilfssheriff, der unauffällig in einer Ecke des Raumes gewartet hatte, ein Zeichen. Dieser ging langsam zu John hinüber, nahm die Handschellen vom Gürtel und ließ eine davon um Johns linkes Handgelenk schnappen. Dann bog er ihm die Arme auf den Rücken und befestigte die zweite Handschelle an Johns rechtem Handgelenk. Danach packte er ihn am Ellenbogen und führte ihn mit den Worten »Geh'n wir, Freundchen« zur Tür. Als sie verschwunden waren, hörte ich, wie der Hilfssheriff John draußen auf der Veranda seine Rechte vorlas.
Für ein paar Sekunden schien es so, als wären wir alle zu Salzsäulen erstarrt. Auch ich blieb bewegungslos in meinem Stuhl sitzen und wagte es nicht, Nell anzusehen. Marie brach schließlich den Bann und ging hinüber zu Nell. Sie reichte ihr die Hand, aber Nell beachtete sie nicht und stand auf. Nell trat langsam auf mich zu, blieb direkt vor mir stehen und schrie mir ins Gesicht: »Ich hasse Sie, Cat. Ich hasse Sie!«

Nell rannte aus dem Zimmer und die Treppe hinauf. Marie folgte ihr, kam aber nach kurzer Zeit wieder zurück. »Sie hat sich eingeschlossen.«
»Doktor Brink wird in zwanzig Minuten hier sein«, sagte Hank, der wieder ins Wohnzimmer trat.
Ich nahm mich so weit zusammen, daß ich die Decke ablegen konnte. Es war gut, daß Nell nicht mehr im Zimmer war, dann konnten die anderen reden, was sie wollten. »Ich gehe jetzt besser.«

»Nein, bitte bleiben Sie noch«, bat mich Marie. »Sie wissen offenbar mehr über die ganze Angelegenheit als wir alle. Hat Luis denn wirklich versucht, John zu erpressen?«
»Luis hat niemanden erpreßt. John hat das nur so aufgefaßt. Ich habe einen Teil ihrer Unterhaltung mit angehört. Luis hat John lediglich gesagt, er solle das tun, was zu tun sei.«
»Das klingt aber ganz anders als ›Ich will Geld‹.«
»Natürlich, aber nicht für John. Der dachte wohl, Luis meinte damit, er solle ihn für sein Schweigen bezahlen. Vermutlich konnte John, der vor einem halben Jahr seinen eigenen Vater umgebracht hatte, zu diesem Zeitpunkt auch in anderen Menschen nur noch das Böse sehen. Außerdem war ihm klar, daß Luis ihn in der Hand hatte. Er fühlte sich in die Enge getrieben und sah keinen anderen Ausweg mehr, als Luis ebenfalls zu töten.«
»Aber warum hat John Luis nur auf eine so grausame Weise umgebracht?« fragt Oma DeGraaf, die immer noch in Claras schützenden Armen lag.
»Mutter, du solltest dich jetzt wirklich hinlegen«, meinte Marie. »Wir werden dir dann Doktor Brink hochschicken.«
»Dies ist immer noch mein Haus, Marie, und ich lasse mir hier nicht vorschreiben, was ich zu tun und zu lassen habe.«
»Okay, Mutter, ganz wie du willst. Ich persönlich glaube, daß John einen Groll gegen Luis hegte, weil er glaubte, er wolle sich an Nell heranmachen.«
»Da bin ich mir nicht so sicher«, widersprach ich. »Vielleicht hat das auch eine Rolle gespielt, aber der wahre Grund für seine Grausamkeit war meiner Meinung nach ein anderer.«
»Und welcher?«
»Ich denke, daß John tief in seinem Herzen ein Fanatiker ist«, sagte ich und mußte einen Sekundenbruchteil lang daran denken, daß er das vermutlich von seiner Mutter geerbt haben dürfte. Ich behielt diese Erkenntnis aber für

mich, denn heute war schon genügend Leuten weh getan worden. »Wenn wir an einen gewalttätigen Menschen denken, stellen wir uns meistens jemanden vor, der beim geringsten Anlaß an die Decke geht. Aber es gibt auch die stillen Fanatiker, bei denen die Wut jahrelang unter der Oberfläche brodelt, bis sie eines Tages aus ihnen herausbricht.«

»Ich kann mir vorstellen, daß John etwas gegen jemanden unternehmen würde, der Nell etwas antun will«, sagte Marie, »aber einen gemeinen Mord wie diesen ...«

»Er fühlte sich vollkommen im Recht, so wie das Leute, die sich ihr Leben lang für gute, gesetzestreue Bürger halten, ziemlich häufig tun. Wenn solche Menschen dazu kommen, einen Mord zu begehen, sind sie meistens der festen Überzeugung, daß sie damit das absolut Richtige tun. Auch John glaubte, einen guten Grund für seine Verbrechen zu haben: Er wollte einzig und allein sein Kind beschützen. Seine rasende Wut auf Luis resultierte daraus, daß er sich von ihm zu dem Mord getrieben sah.«

Hank trat, ganz offensichtlich zutiefst geschockt, von einem Fuß auf den anderen. »Aber das ergibt trotzdem keinen Sinn für mich. John hatte einen guten Arbeitsplatz und verdiente genügend Geld, um Nell eine sichere Zukunft bieten zu können. Wieso brauchte er da so dringend Geld für Nell?«

»Stimmt«, bestätigte Marie. »Er hat einen guten Job.«

»Er hätte die ganzen nächsten zwanzig Jahre ein gutes Einkommen gehabt«, fuhr Hank fort, »und hätte dann eine ordentliche Pension bekommen. Außerdem hätte Nell bis dahin bestimmt schon auf eigenen Füßen gestanden.«

»Aber was wäre gewesen, wenn er jetzt zu arbeiten aufgehört hätte?«

»Dann hätte er natürlich nicht allzuviel bekommen. Er war

erst seit vierzehn Jahren als Lehrer angestellt und hatte noch zwanzig Jahre bis zu seiner Pensionierung.«

»Aber das spielt doch überhaupt keine Rolle«, unterbrach Marie. »Schließlich hatte er sein Einkommen und brauchte das Geld aus dem Verkauf der Farm nicht so dringend. Warum hat er sich selbst nur so unter Druck gesetzt?«

»Weil er nicht mehr lange zu leben hat«, erklärte ich.

Marie und Hank schüttelten beide den Kopf. »Das kann doch nicht wahr sein«, flüsterte Marie.

»Ist es aber. Erinnern Sie sich an das Stück, daß ihm an der Schulter fehlt? Ich dachte zuerst, es sei auf die Verletzung mit einer Kettensäge zurückzuführen, aber die Narbe sah eigentlich nicht aus wie ein Sägenschnitt. Sie war eher wie ein kleiner Krater. Ich glaube, daß man ihm dort ein Melanom entfernt hat, vermutlich im vergangenen Frühling. Der Größe der Narbe nach zu urteilen, haben ihm die Ärzte wahrscheinlich mitgeteilt, daß sich bereits Metastasen gebildet hätten. Und aus diesem Grund ging er im vergangenen Sommer an die Universität von Michigan. Nicht, um einen sechswöchigen Fortbildungskurs zu belegen, sondern zur Chemotherapie, die aber vermutlich nicht erfolgreich war. Sie hat das Fortschreiten der Krankheit wohl nur vorübergehend aufgehalten. Deswegen kam er auch so abgemagert und müde zurück, und nicht etwa deshalb, weil er so viel lernen mußte. John hat von den Vorfahren der DeGraafs eine Menge guter Eigenschaften geerbt, aber leider auch ihre blasse weiße Haut. Da war es Gift für ihn, daß er so viele Stunden in der sengenden Sonne auf der Farm arbeiten mußte.«

»O mein Gott« entfuhr es Clara, »damit könnten Sie recht haben. Vor sieben Jahren nämlich ist meine Schwester auch an Hautkrebs gestorben.«

Ich ging nach oben, holte LJs Käfig und ging auf Zehenspitzen hinunter zu meinem Auto. Wenigstens dieses eine Mal war der verdammte Vogel klug genug, seinen Schnabel zu halten, so daß ich unbemerkt aus dem Haus schleichen konnte. Ich stellte LJ in den Wagen und befestigte seinen Käfig mit dem Sicherheitsgurt auf dem Kindersitz.
Dann ging ich noch einmal zurück in mein Zimmer, stopfte meine Klamotten in die Reisetasche und verließ das Zimmer, nachdem ich meinen Laptop unter den Arm genommen und das Licht ausgemacht hatte. Auf dem Tisch hatte ich einen Zettel zurückgelassen:

Liebe Miss DeGraaf, Hank, Marie, Clara und Nell,
Sie waren alle sehr gastfreundlich zu mir. Was passiert ist, tut mir unendlich leid, und ich wünschte, ich hätte Sie alle unter besseren Umständen kennengelernt. Trotzdem wünsche ich Ihnen noch viele friedliche und glückliche Jahre.

Ihre
Cat

Mit der Reisetasche über der Schulter ging ich leise den Gang entlang. Dort, wo der alte Teil des Hauses an den neuen stieß, traf ich auf Marie, die gerade vor der Tür von Nells Zimmer stand. Als sie mich hörte, drehte sie sich um und zog die Tür zu.
»Sie verlassen uns?« fragte sie, während sie ein paar Schritte auf mich zuging.
»Ja.«
»Gut.«
»Kümmern Sie sich um Nell.«
»Soweit das überhaupt jemand kann.«
Mit diesen Worten drehte sie sich abrupt um. Sie war böse auf mich, aber gleichzeitig auch böse auf sich selbst, weil sie

wußte, daß nicht ich es war, die dieses, über ihre Familie hereingebrochene Unglück verursacht hatte.

Im Erdgeschoß sah ich Hank am Küchentisch sitzen. Er hatte den Kopf in die Hände gestützt, und Dr. Brink saß neben ihm und redete auf ihn ein. Oma DeGraaf stand am Herd und kochte Kaffee. Als die beiden mich mit meiner Reisetasche in der Hand an der offenen Tür vorbeigehen sahen, drehte mir Hank demonstrativ den Rücken zu.

Seine Mutter kam heraus zu mir und reichte mir zu meiner Überraschung die Hand.

»Es tut mir alles so leid«, stammelte ich.

»Sie müssen sich nicht entschuldigen.«

»Sind Sie sicher?«

»Ja.«

»Aber John ist doch Ihr Sohn.«

»Und Henry war mein Mann.«

Ich spürte ihren Händedruck noch, als ich die sandige Zufahrt entlangfuhr. Oma DeGraaf machte weiterhin das, was sie vermutlich ihr ganzes Leben lang gemacht hatte: Sie blickte nach vorn, führte die Familie und kümmerte sich darum, daß das Haus warm war und immer Essen auf dem Tisch stand. Solange sie am Leben war, würde sie Nell bestimmt ein sicheres Zuhause geben.

30

Heute ist Heiligabend. Während der letzten drei Wochen habe ich an einer neuen Geschichte gearbeitet, einem langen Artikel mit dem Arbeitstitel »Das große Farmensterben«. Er befaßt sich mit dem Verschwinden vieler kleiner, von Familien bewirtschafteter Farmen. Der *Insider* hat die Geschichte für eine Summe angekauft, von der ich meine Miete für Dezember und Januar bezahlen kann. Allerdings fiel es mir nicht leicht, den Artikel zu schreiben, denn das Thema war unglaublich traurig.

Sam Davidian, der Notfallchirurg und zeitweise auch meine bessere Hälfte, hat mir die Schrotkugel aus dem Fuß entfernt. Da Ärzte alle Schußwunden der Polizei melden müssen, erfand ich eine kleine Notlüge. Einer meiner Neffen, so erzählte ich, habe mit dem Luftgewehr herumgespielt und mich dabei getroffen. Nur leider bin ich keine allzu begabte Lügnerin, schon gar nicht, wenn ich Leute belügen muß, die ich mag. Und so sagte ich Sam, daß in Wirklichkeit eine ganz andere Geschichte dahinterstecke, die ich ihm aber nicht erzählen wolle. Und als guter Freund, der er nun mal ist, gab er sich damit zufrieden.

Meinen Artikel über die Christbäume habe ich übrigens doch noch fertig geschrieben. Ich war bei der Anlieferung der Ladung in Chicago und beobachtete, wie der Christbaumhändler und seine »Holzknechte« das Verkaufsgelände herrichteten. Dann sah ich, wie die Käufer kamen. Die meisten hatten ihre Kinder dabei, die zwischen den

Bäumen herumrannten und ihren Eltern zuriefen: »Den da! Nein, den!« Dabei jauchzten und kicherten sie, daß es eine wahre Freude war. Andere Käufer wiederum gingen ganz feierlich um die einzelnen Bäume herum und betrachteten sie ausgiebig. Ob sie wohl wußten, daß man in der Fachwelt von einem Baum mit zwei, drei oder vier Seiten sprach? Irgendwie hatte ich das Gefühl, daß mich unglaublich viel mit den Bäumen verband. Sie ließen mich an die Pflanzungen denken, auf denen sie gewachsen waren, an all die harten Winter und trockenen Sommer, die sie dort miterlebt hatten. Fast kamen sie mir wie menschliche Wesen vor, und ich fragte mich, wie sie sich wohl fühlten, wenn sie festlich geschmückt als Mittelpunkt der Familie in einem warmen Wohnzimmer standen.

Um dann nach einigen Wochen auf den Müll geworfen zu werden. Aber so war nun einmal der Kreislauf des Lebens.

Hör auf mit diesen trüben Gedanken, sagte ich mir, aber es half nichts. Ich sah, wie die Christbaumhändler die Bäume aus ihren Netzen packten, und schon beim Anblick der Netze wurde mir so übel, daß ich mich auf den Heimweg machte.

Long John Silver drückte seine Freude über unsere Heimkehr dadurch aus, daß er besonders übel gelaunt war. Damit wollte er mir natürlich zu verstehen geben, was für Strapazen ich ihm in den letzten Tagen zugemutet hatte. Er biß mich ins Ohrläppchen und flog dann auf die Vorhangstange, wohl wissend, daß ich ihn von dort nur herunterholen konnte, wenn ich auf einen Stuhl stieg. Ich spielte sein Spielchen aber nicht mit und ließ ihn einfach sitzen.

Es ist also Heiligabend, und Long John Silver und ich sitzen ganz allein in meiner Wohnung. Sam ist über die Weihnachtsfeiertage zu seinem kränklichen, 92jährigen Großvater nach Boston gefahren. Vor seiner Abreise hat er mir

noch ein Geschenk gebracht, das ich dann morgen früh auspacken werde. Ich sinniere gerade darüber nach, wem man mehr verpflichtet ist: Den Eltern, die einen aufgezogen haben, oder den Kindern, der kommenden Generation, für deren Existenz man die Verantwortung trägt. John DeGraaf und sein Vorfahr Hendrik hatten sich für letzteres entschieden.
Ich habe mir eine kleine Flasche Sekt aufgemacht, eine von der Sorte, die Weinkenner verachten, weil der Sekt darin nicht genügend Platz hat, um seinen Geschmack zu entfalten. Nicht, daß mich das auch nur im geringsten stören würde.
Für Long John habe ich ein hartes Ei gekocht, was für ihn eine besondere Delikatesse ist und weshalb ich das Lied »Mein Papagei frißt keine harten Eier« eigentlich nie richtig nachvollziehen konnte. Ich selbst werde ein paar Cracker essen und dazu einen schönen dänischen Brie.
Long John fliegt auf den Stuhl neben mir, neigt den Kopf in Richtung Brie und zitiert: »Etwas ist faul im Staate Dänemark.«
Ich werfe mit einem Cracker nach ihm, verfehle ihn aber.
Natürlich denke ich an diesem Abend auch an Nell. Vor ungefähr einer Woche rief ich bei Marie an, aber sie hatte ihren Telefonanschluß gekündigt. Also versuchte ich es bei ihrer Arbeitsstelle im Krankenhaus, wo ich sie schließlich auch erreichte.
»Ich lebe jetzt bei meiner Mutter«, erzählte sie.
»Sie sagten doch, das würden Sie niemals tun.«
»Ja, aber ich muß mich schließlich um Nell kümmern.«
Sie klang weder abweisend noch besonders freundlich. Ich fragte: »Wie geht es Nell?«
»Sie ist todtraurig. Vermutlich deshalb, weil ihr langsam bewußt wird, daß John das alles nur ihretwegen getan hat.«

Knaur

Krimi-Autorinnen garantieren Spannung

(67042)

(67018)

(67049)

(67008)

(67089)

(67052)